Julia Landers

Trennung al dente

Roman

DAS BUCH

Julias Leben ändert sich schlagartig, als sie entdeckt, dass ihr Mann eine Affäre hat. Sie kämpft um den Erhalt der heilen Familie. Doch als ein Italiener in ihr Leben tritt, der sie mit amore und Spaghetti verwöhnt, droht ihr Leben, endgültig ins Klischee zu kippen.

Viele Fragen tauchen auf: Was will sie eigentlich? Was ist das Beste für ihre Familie? Wie wichtig darf (soll) sie sich selbst nehmen? Plötzlich meldet sich auch noch eine alte Flamme bei ihr, was die Sache nicht unbedingt einfacher macht. Wird Julia ihren Weg zwischen amore, alter Liebe und heiler Familie für sich finden?

DIE AUTORIN

Julia Landers lebt mit ihrer Katze im Salzburger Land.

TRENNUNG

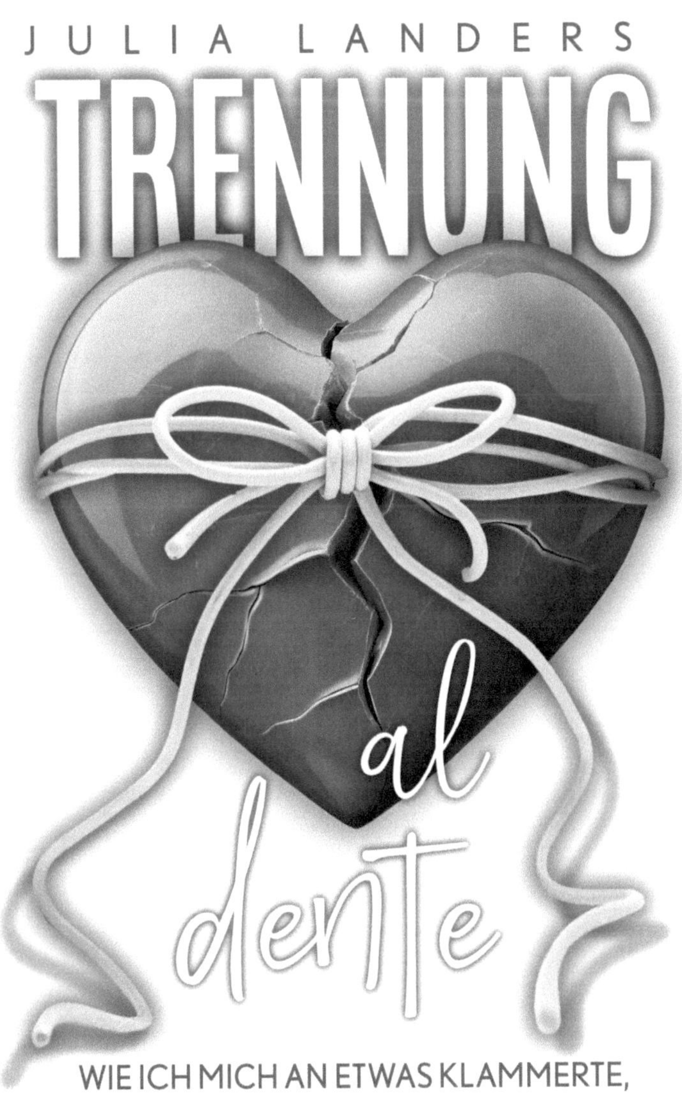

WIE ICH MICH AN ETWAS KLAMMERTE, DAS ICH OHNEHIN NIE HATTE

ROMAN

Impressum

Bibliografische Information der Deutschen Nationalbibliothek: Die Deutsche Nationalbibliothek verzeichnet
diese Publikation in der Deutschen Nationalbibliografie;
detaillierte bibliografische Daten sind im Internet über
http://dnb.dnb.de abrufbar.

Lektorat und Korrektorat: Mona Jakob, buchfein.at

Covergestaltung und Buchsatz:
Constanze Kramer, coverboutique.de

Bildnachweise: ©seoashi – stock.adobe.com
©rendy erianda, ©Apostrophe – shutterstock.com
freepik.com, Leonardi AI.com

Verlag: BoD · Books on Demand GmbH,
Überseering 33, 22297 Hamburg, bod@bod.de

Druck: Libri Plureos GmbH,
Friedensallee 273, 22763 Hamburg

ISBN: 978-3-8423-4166-1

TEIL 1
SIEBZEHN KILOMETER TRÄNEN

LEBEN IM KLISCHEE

Im Bus sitzt außer mir nur ein junges Mädchen, das ich vom Sehen kenne. Wie könnte es anders sein in unserem kleinen Dorf?

Ich bin auf dem Heimweg von einer Firmenfeier. Die war heute langweilig gewesen. Spontan hatte ich beschlossen, den letzten Bus nach Hause zu nehmen, anstatt mich wie sonst von meinem Mann zu fortgeschrittener Stunde abholen zu lassen.

Es hat aufgehört, zu regnen, als ich an meiner Haltestelle aussteige. Auch jetzt, kurz vor Mitternacht, liegt eine Schwüle in der Luft. Ich nähere mich der Einfahrt unseres Hauses und sehe sofort, dass der dunkelblaue Pick-up fehlt, und in diesem Augenblick weiß ich es: Mein Leben wird nie wieder so sein wie vorher. Natürlich gibt es auch andere Erklärungen für das Fehlen des Autos, die mein Leben nicht gleich auf den Kopf stellen würden. Der Wagen ist in der Werkstatt, eines unserer Kinder hat sich verletzt und wurde damit ins Krankenhaus gefahren. Aber ich weiß, dass nichts von alldem der Fall ist.

Mit der Gewissheit beginnt sich auch schon der Schmerz auszubreiten. Ausgehend von einem Punkt unter meinem Brustbein schießt eine Welle glühender Lava durch meinen Körper. Trotzdem zittern meine Hände nicht. Äußerlich ruhig und gefasst schließe ich die Haustür auf, mache das Licht an, durchquere den Flur vorbei an Sandalen und bunten Kinder-Crocs und steige rechts die Treppe hinab in den Keller. In dem Raum, der zuerst als Spielzimmer und dann halbherzig als Trainingsraum diente, schlummern auf zwei Matratzen friedlich die beiden Kinder. Ich steige wieder hinauf ins Erdgeschoss, hole mein Handy aus der Handtasche und rufe Martin an.

»Es ist besser, du kommst jetzt nach Hause.« Mehr brauche ich nicht zu sagen.

Ich gehe noch einmal in den Keller und komme mit einer Flasche Rioja wieder zurück. Nehme zwei Weingläser aus dem Schrank und stelle sie auf den hölzernen Terrassentisch. Suche die Streichhölzer und entzünde ein kleines Windlicht, das unruhig flattert, öffne den Wein. Immer noch bin ich erstaunlich gefasst. Der Schmerz wütet bis in die Fingerspitzen, während sich der Korken mit einem leisen Plopp aus dem Hals der Weinflasche löst, aber meine Hände sind ruhig. Als ich ein wenig Wein in die Rotweingläser gieße, biegt auch schon der Pick-up in die Einfahrt. Während Martin die paar Schritte vom Auto zur Terrasse zurücklegt, wappne ich mich mit einem Schluck Wein, bin aber frei von jeglichem Zweifel. Auch wenn mein Leben mir jetzt gleich um die Ohren fliegen wird, höfliches Übersehen steht für mich keinesfalls zur Diskussion.

»Wo warst du?« Ich halte mich nicht mit den Floskeln einer Begrüßung auf.

»Ich war mit Freunden Pizza essen.«

Die offensichtliche Lüge – Martin hat keine Freunde – entfacht Wut in mir, die sich über den Schmerz legt, ohne ihn zu vertreiben. Ich versuche, mich mit einem weiteren Schluck zumindest äußerlich unter Kontrolle zu bringen.

»Wir wissen beide, dass das nicht stimmt.«

»Ich war bei einer Frau.« Leise, kontrolliert, ohne einen hörbaren Anflug von schlechtem Gewissen kommt die Antwort. Mein Mann ist die Emotionslosigkeit in Person.

»Wie lange geht das schon?« Ich nehme noch einen Schluck Rotwein.

»Seit ein paar Wochen.«

Jetzt übernimmt meine Wut die Führung, das Kommando entgleitet mir. Mit einem erstaunlich leisen Klirren zerspringt das nun leere Weinglas an der Wand und rieselt in Scherben auf den Fliesenboden.

Ich versuche, Zeit und Fassung zu gewinnen, indem ich Besen und Kehrblech hole, die größeren Scherben aufsammele, die kleineren mit dem Besen auf das

Kehrblech schiebe und das kaputte Glas im Müll verschwinden lasse.

»Wie kannst du mir das antun!«, schreie ich. Trotz der kleinen Arbeitspause wütet die Wut ungebremst in mir, der Satz bahnt sich aus den Tiefen des Schmerzes seinen Weg an die Oberfläche, mit einem Schrei, der in dieser Situation ebenso banal ist wie die Worte selbst. Dass ich klinge wie in einer Vorabendserie, ist mir in diesem Augenblick ebenso egal wie die Tatsache, dass die Nachbarn mich hören können. Einzig der Gedanke an die Kinder dringt durch den Strudel aus Wut und Schmerz zu mir durch: Gut, dass sie heute wegen der Hitze im Keller schlafen, da bekommen sie nichts mit. Und das ist auch gut so, denn die restliche Nacht verbringe ich mit Weinen, Schluchzen und Schreien, während Martin emotionslos bleibt.

»Ist es so wie beim letzten Mal?«

Martin weiß genau, worauf ich anspiele. Ich hingegen weiß nicht, was ich mit dieser Frage genau bezwecke. Jahre bevor wir an Ehe und Familie dachten, hatte ich schon eine ähnliche Szene erlebt. Ich war vorzeitig von einer Dienstreise zurückgekommen und hatte das Haus leer vorgefunden. Die ganze Nacht. Wenigstens war mir die schlimmere Alternative erspart geblieben: Ein leeres Haus ist besser als ein Haus mit einer Person zu viel. Keine Sekunde hatte ich damals gezögert: Am nächsten Tag hatte ich das Haus mit all meinen Sachen verlassen, mich in meiner Pendler-Garçonnière häuslich eingerichtet und mein Singleleben wieder aufgenommen.

»Nein, es ist nicht wie beim letzten Mal.«

Da ich nicht weiß, was ich mit der Frage eigentlich bezweckt habe, stellt mich seine Antwort nicht zufrieden. Was genau soll sein wie beim letzten Mal – die gleiche Frau? Die gleichen Gefühle? Ich werde etwas konkreter. »Wer ist es?«, möchte ich wissen, als ob das irgendetwas zur Sache tun würde.

»Kennst du nicht. Eine Patientin.«

Typisch Martin. So einfach wie möglich. Und man kann sie gleich nackt kennenlernen, da gibt es dann keine bösen Überraschungen. Aber immerhin stimmt die Aussage, es sei nicht wie beim letzten Mal, denn da war es eine Kollegin.

—

Nach einer schlaflosen Nacht kanalisiere ich Schmerz und Wut in Aktivität. Ich hole das Fahrrad aus dem Schuppen und radle zum Bäcker, um frische Semmeln zu holen. Der hat noch nicht einmal offen, als ich ankomme, und ich muss ein wenig warten. Die Morgenfrische und die Bewegung kühlen mein Gemüt ein wenig ab, nicht aber den Schmerz.

Zu Hause decke ich den Frühstückstisch, arrangiere das frische Gebäck im geflochtenen Brotkorb mit dem rot-weiß karierten Tuch und koche Eier. Früher hat Martin immer die Semmeln geholt, das Frühstück zubereitet, ich hatte ihn immer den »Held des Morgens genannt«. Früher ist vorbei.

Als die Familie sich um den Frühstückstisch versammelt hat, geselle ich mich zu ihnen, obwohl an Essen nicht zu denken ist. Trotzdem versuche ich, einen Hauch von Normalität für die Kinder aufrechtzuerhalten, anstatt mich weinend im Bett zu verkriechen – obwohl mir das jetzt als verlockende Option erscheint. Der Vorsatz hält immerhin ein paar Sekunden, bis die Frage der Kinder meine mühsam aufrechterhaltene Beherrschung zu Fall bringt.

»Was ist los, Mama?«

Ich könnte jetzt aufstehen, um etwas aus der Küche zu holen, oder noch besser, auf die Toilette gehen und ein paarmal tief durchatmen, um mich zu fangen und mich wieder auf meine Aufgabe zu besinnen: eine Familie zusammenhalten. Stattdessen platzt der Satz aus mir heraus, ohne dass ich auch nur die geringste Chance hätte, dies zu verhindern. Der Satz wird unser aller Leben verändern, mehr noch als die Tatsache des Betruges selbst. Mit dem hätten wir uns vielleicht arrangieren können, so wie viele andere das auch tun. Aber ich kann den Satz jetzt nicht für mich behalten. Sein Drang nach draußen ist stärker als mein Wunsch, die Kinder zu schützen.

»Papa hat eine Freundin.«

Was einmal gesagt wurde, kann nicht mehr zurückgenommen werden.

»Das ist jetzt natürlich ein starker Hebel.« Martin stellt seine Kaffeetasse ab.

Ich schüttele angewidert den Kopf – als ob ich die Kinder damit konfrontiere, um ihn unter Druck zu setzen.

Nichts liegt mir im Augenblick ferner als Kalkül, Taktieren, Strategie. Meine Amygdala hat bis auf Weiteres die Kontrolle übernommen, ohne sich mit dem präfrontalen Kortex abzustimmen. Meine Äußerungen sind ungefähr so durchdacht wie ein lauter Schmerzensschrei, wenn mir jemand ein Messer in den Leib rammt. Daher entkommt mir die nächste Frage wie ein Keuchen: »Sie oder ich?«

Der Schatten dieser Äußerung legt sich auf unsere Familie wie ein zäher Nebel. Was einmal gesagt wurde, kann nicht mehr zurückgenommen werden.

»Papa, wenn du das tust, kann ich dir nie mehr vertrauen!« Unsere Tochter Sarah schließt sich mit einem Ultimatum an.

Martin hat nicht unrecht mit seiner Vermutung, dass die Kinder Druck auf ihn ausüben würden, auch wenn das von mir nicht beabsichtigt war.

Ich stürze mich in Aktivität – aus einem inneren Drang heraus und aus verzweifelter Hoffnung. Wir haben in unserer Ehe in letzter Zeit eigentlich kaum gestritten und ich habe das als gutes Zeichen gewertet, nicht ahnend, dass es das Gegenteil bedeuten könnte. Überaus beschäftigt sind wir unserem Alltag nachgegangen: Alle Eltern können nachvollziehen, was das Leben mit zwei Kindern an Schönem und auch an Organisatorischem bedeutet. Ich war immer sehr stolz auf meinen Mann gewesen: ein richtiger Vorzeige-Papa, der ehrlich versucht, seinen Anteil beizutragen.

Nachdem ich das erste Jahr bei unserer Tochter verbracht hatte, tauschten wir die Rollen. Ich arbeitete in Vollzeit, er blieb für ein halbes Jahr zu Hause. Das war noch in der analogen Welt und so sprachen wir persönlich beim für uns zuständigen Sachbearbeiter vor, um den Tausch der Elternkarenz in die Wege zu leiten. Der Herr schien ehrlich aus allen Wolken zu fallen. »Wos, ihr wollts tauschen?«

Ja, das wollten wir.

»Mochts des nit, sin jo nur die Kinder schockiert!«

Er versuchte, uns davon abzuhalten. Es blieb ungeklärt, ob er unsere Tochter vor seelischem Schaden bewahren oder sich selbst eine Amtshandlung ersparen wollte, von deren genauem Verlauf er wahrscheinlich nur eine vage Vorstellung hatte. Zumindest war das in seiner Dienststelle noch nie vorgekommen. Und wo waren überhaupt die passenden Formulare dafür? Es blieb ihm nicht erspart. Wir waren wild entschlossen und Martin verbrachte eine wunderschöne Zeit mit unserer Tochter. Ich genoss den Wiedereinstieg in den Beruf.

Bald würde ich mich bei meiner Freundin selbst anklagen (Selbstanklage ist eine Spezialität von mir), weil ich anscheinend den falschen Mann als Vater meiner Kinder gewählt habe. Sie tröstet mich. »Mach dir nichts draus, für die Brutpflege war er sehr geeignet.«

Und nun will dieser Vorzeige-Papa, der sogar mal im Regionalteil der Kronenzeitung abgelichtet war, wie er die Kinder vom Hort abholte, die Familie verlassen.

Das Aufteilen der Erziehung unserer Kinder verursachte allerdings zusätzlichen Abstimmungsaufwand. Der fällt beim klassischen Modell »Frau ist immer für alles allein verantwortlich und wenn es sich ausgeht, hilft der Mann nach genauer Spezifikation, was wann wie zu tun ist, auch mal mit« weg. Ich will damit keinesfalls dieses Modell glorifizieren, im Gegenteil: Mir war und ist stets bewusst, in welch privilegierter Lage ich mich befinde, weil ich mit kurzen Pausen stets meinem Beruf nachgehen konnte. Und auch diese Pausen waren selbst gewählt. Wenn ich das gewollt hätte, wäre mein Mann bereit gewesen, mir nach dem Mutterschutz die Ernährer-Rolle zu überlassen. Ich hatte ein äußerst seltenes Exemplar ergattert.

Mit der Abstimmung über die Belange in Haushalt und Kindererziehung kann man allerdings wunderbar eine gewisse Sprachlosigkeit in der Beziehung überdecken. Da ich bis dato ein privilegiertes Leben geführt habe, müssen zusätzlich zur Abstimmung über schulische Belange beider Kinder auch die Urlaube und die Erhaltung von Haus und Autos organisiert werden. Sehr viel Gesprächsstoff also für ein Ehepaar, das schon einmal übersehen kann, dass es sich sonst vielleicht nicht (mehr) viel zu sagen hat.

In der Kindererziehung waren wir immer ein gutes Team gewesen, das an einem Strang zog. Die »Frag den Papa«-Nummer zog bei uns ebenso wenig wie der Versuch, uns gegeneinander auszuspielen. Wir waren meist top informiert und einer Meinung. Weniger

Einvernehmen herrschte allerdings in Belangen des Haushalts. Auch hier gaben wir ein ungewöhnliches Paar ab – meine Sauberkeitsstandards lagen unter denen meines Mannes. Natürlich lebe ich auch gern in einem sauberen Heim, aber es hat für mich wenig Priorität und meist gibt es Wichtigeres zu tun. Wenn ich in der Vergangenheit einmal Zeit und Muße für eine Reinigungsaktion hatte, war es in der Zwischenzeit schon von meinem Mann erledigt worden. Ich war mir damals dieser Ungerechtigkeit bewusst. Deswegen schlug ich vor, diese Tätigkeiten auszulagern.

»Können wir uns nicht eine Putzfrau suchen?«, fragte ich.

»Das können wir doch selber machen, nebenbei.«

Diesmal wollte ich nicht sofort aufgeben. »Ich will aber nicht nebenbei etwas machen, wenn ich bei den Kindern bin. Und ich will es auch nicht am Wochenende machen, da habe ich Wochenende. Wir verdienen beide gut, warum sollen wir uns das nicht leisten?«

»Ich finde, wir machen das selbst.«

Damit war für Martin die Diskussion beendet und für mich leider auch. Damals wäre es mir nicht in den Sinn gekommen, meine Interessen durchzusetzen, dafür zu kämpfen. Offensichtlich hatte ich übersehen (oder übersehen wollen), dass unter dem Teppich unseres Zusammenlebens etwas ganz anderes brodelte, wenn mein Mann mir vorwarf, ich würde das Bad zu selten putzen.

Und genau das mache ich jetzt in meiner tiefsten Verzweiflung – ich beginne, das Bad zu putzen. Einerseits kann ich damit meiner Schockstarre entkommen, indem ich Handgriffe ausführe, die mir vertraut sind. Da sie aber nicht automatisiert ablaufen, muss ich immerhin noch ein wenig mit den Gedanken bei der Sache sein. Natürlich wüten Wut und Verzweiflung in mir während der Verrichtungen weiter, aber ich kann damit auch ein Statement absetzen: Sieh mal, ich verstehe dein Problem und bin bereit, mich zu verändern. Nicht nur theoretisch, nein: Ich habe es sogar schon in die Tat umgesetzt.

Nach dem Bad sauge ich das Haus und wische feucht hinterher. Spätestens jetzt hätten die Kinder sowieso mitbekommen, dass etwas nicht in Ordnung ist.

Das zweite Statement, das ich absetzen will, ist etwas pikanter und betrifft eine Disharmonie in einem Lebensbereich, die wir mit vielen Familien teilen, aber noch weiter unter den Teppich gekehrt haben als das ungeputzte Bad: Schon länger haben wir keine Auseinandersetzung mehr über die Sexfrequenz geführt. Genau das hätte mir zu denken geben sollen, anstatt mich in Sicherheit zu wiegen.

Nach der Geburt unseres zweiten Kindes begann mich die Unlust heimzusuchen. Dieser Satz ist so trivial und alltäglich, dass ich ihn kaum aufzuschreiben wage, aber er spielt eine entscheidende Rolle in unserer Trennungsgeschichte.

Unser »erstes Mal«, nachdem wir eine vierköpfige Familie geworden waren, war symptomatisch für die folgenden Jahre. Da wir auf keine Großeltern oder sonstige familiäre Unterstützung zurückgreifen konnten, holten wir kurz nach der Geburt des zweiten Kindes ein Au-pair-Mädchen ins Haus. Danach waren mit etwas Organisationsgeschick manchmal beide Kinder außer Haus. Während das Au-pair-Mädchen mit dem Säugling im Kinderwagen zu einem kleinen Spaziergang aufbrach, schlenderte das jugendliche Nachbarsmädchen hinter unserer zweijährigen Tochter auf dem Dreirad hinterher. Jetzt hieß es, schnell ein Kondom zu suchen und der ehelichen Pflicht nachzukommen, bevor ein Pflaster auf ein aufgeschlagenes Knie geklebt oder der Sohn gewickelt oder gestillt werden musste.

Zumindest einmal im Jahr versuchten wir, uns für ein paar Tage als Paar zu zelebrieren, während wir die Kinder bei den weit entfernt lebenden Großeltern gut aufgehoben wussten. Dann begann meist auch die Erotik wieder zu knistern.

Das entschädigte aber nicht für den Rest des Jahres. Ich vereinbarte einen Termin für uns beide bei einer Sexualtherapeutin, las schlaue Bücher zu dem Thema (ein von mir bevorzugter Versuch der Lebenshilfe, der leider selten von Erfolg gekrönt ist) und versuchte, mich selbst mit Reizwäsche und Spielzeug in Fahrt zu bringen (bei meinem Mann war das ja nicht nötig). Leider landeten wir doch immer wieder beim Frequenzthema. Irgendwann einigten wir uns auf jeden zweiten Tag. Somit hatte ich wenigstens einen Fahrplan. Ich versuchte, mich jeden zweiten Tag mit Rioja in Stimmung zu bringen, was besser funktionierte als die Reizwäsche.

Ich freute mich immer mehr auf die Abende, die ich in Ruhe allein vor dem Fernseher verbringen konnte. Aber wer will es meinem Mann verdenken, wenn er begehrt statt geduldet werden möchte?

Ich habe also wesentlich mehr zu tun, als das Bad zu putzen, wenn ich um meine Ehe kämpfen will.

Soll ich überhaupt kämpfen? Und wenn ja, wie? Wie kann ich, die abgetakelte Ehefrau mit zwei Kindern, latenten Figurproblemen und dem getakteten Alltag einer berufstätigen Mutter, mit einer frischen Verliebtheit konkurrieren?

Kinder, da ist wieder das Stichwort. Für die Kinder muss ich alles tun, alles ertragen. Ich habe das dringende Bedürfnis, mit jemandem zu reden – aber mit wem? Ich habe keine Freundinnen. Die letzten Jahre haben wir sehr zurückgezogen gelebt. Martin sagt, er brauche keine Freunde, und irgendwann habe ich aufgehört, meine wenigen Freundschaften zu pflegen. Wen soll ich jetzt anrufen? Das Bedürfnis, mich jemandem anzuvertrauen, wird übermächtig. Ich rufe meinen älteren Bruder an. Seit wir 500 Kilometer voneinander entfernt leben, sehen wir uns nur mehr auf Familienfeiern. Trotzdem ist er der Erste (und Einzige), der mir einfällt. Ich schluchze ins Telefon. »Martin hat eine Freundin.«

Mein Bruder hört ruhig zu, rät mir, Ruhe zu bewahren, dann sei vielleicht vieles möglich.

Ich habe keine Ahnung, wovon er spricht. »Aber die Kinder, wir können uns doch nicht trennen«, sage ich schluchzend.

»Kinder halten mehr aus, als du jetzt denkst. Sie können sich an vieles gewöhnen.«

Redet der jetzt ernsthaft von Trennung? »Aber ich will um ihn kämpfen.«

»Beim Kämpfen gibt es immer einen Verlierer.«

»Wieso Verlierer? Das verstehe ich nicht. Ich will ihn doch zurückgewinnen.«

»Versteif dich nicht zu sehr darauf«, versucht mein Bruder mir noch mit auf den Weg zu geben. Aber auf diesem Ohr bin ich taub. Ich muss und werde um Martin kämpfen.

Martin telefoniert in der entferntesten Ecke des Gartens mit seinem Schwager, ebenfalls geschieden mit einem Sohn und in zweiter Ehe mit Martins Schwester verheiratet.

»Das wird teuer.« Wesentlicher Gesprächsinhalt scheint der finanzielle Aspekt zu sein und am Ende steht die Erkenntnis: »Mit den Kindern ist es das Vernünftigste.«

Dieser Satz prägt die nächsten Tage: Mit den Kindern ist es das Vernünftigste. Ein Hauch von Erleichterung will sich in mir ausbreiten. Die Kinder sind das Wichtigste. Die Familie soll ihnen erhalten bleiben. Ich muss mit dem Betrug zurechtkommen. Und unser Eheleben wieder auf Kurs bringen.

Ich bestelle schlaue Bücher zu dem Thema und bekomme bei der Eheberatung einen Termin für nächste Woche. Ich muss nur noch eine Woche durchhalten, dann wird alles besser.

Vor längerer Zeit schon habe ich ein Schreibseminar in Wien gebucht, auf das ich mich sehr gefreut habe, doch jetzt plagen mich Zweifel. Fahren oder bleiben? Ich würde bei meiner Freundin aus Kinder- und Jugendtagen wohnen, die ich sehr selten sehe, hätte Abwechslung, jemanden zum Reden und tagsüber wäre ich mit meinem liebsten Hobby gefordert. Jedoch möchte ich in dieser labilen Lage Martin nicht allein lassen. Jetzt, wo er sich gerade für uns entschieden hat, muss ich doch dafür sorgen, dass wir wieder zusammenwachsen können! Doch mein alter Herzenswunsch gewinnt. Ich fahre nach Wien.

Abends lasse ich mich von meiner Freundin im Cabrio zu angesagten Lokalen in der Innenstadt fahren. Wir reden viel, ich kann mein Innerstes nach außen kehren. Im Seminar bin ich auf die genau richtige Weise gefordert. Die Gruppe bietet einen geschützten Raum, in dem geschrieben, vorgelesen und auf sehr wertschätzende Weise Feedback gegeben wird. Ich erhole mich ein wenig vom Drama der letzten Tage und blicke schon zuversichtlicher in die Zukunft.

Zwischen den Schreibblöcken verbringe ich Zeit allein, sitze am Donaukanal und lasse das Wasser an mir vorüberziehen, während ich einen langen Brief an Martin verfasse. All mein Herzblut lasse ich in diese Seiten fließen. Ich lege meine Verfehlungen dar, kombiniert mit dem Versprechen auf Besserung, und analysiere den Verlauf der Beziehung gepaart mit dem Anspruch an uns beide, an uns zu arbeiten.

Mit leichterem Herzen trete ich den Rückweg an.

Und erfahre sofort, dass mein Herz hätte schwer bleiben sollen. Er hat sie wieder getroffen, während ich in Wien war. Entweder wurde mein »Sie oder ich« fehlinterpretiert. ICH war schließlich nicht da, also konnte er inzwischen mit IHR zusammen sein. Oder es war von Anfang an nicht ernst gemeint. Oder er hat es sich anders überlegt. Oder, oder, oder. Kommunikation ist ohnehin nie eine starke Seite in unserer Beziehung gewesen und ich habe das immer als gegeben hingenommen.

Dass ich noch nie eine Liebeserklärung bekommen habe, habe ich darauf zurückgeführt, dass Martin es halt nicht ausdrücken kann. Aber er fühlt es doch. Bestimmt. Früher begehrte ich noch manchmal dagegen auf, versuchte, es aus ihm herauszulocken. Aber Martin bestand darauf, seine Taten seien Liebeserklärung genug. Er parke doch immer mein Auto in der Garage und führe es mir vor die Tür, bevor ich aufbrechen möchte, und er erledige ganz viele Dinge in Haus und Garten – das müsse doch ausreichen!

Irgendwann kapitulierte ich, fragte mich allerdings auch nicht mehr, ob er mich liebt. Mein Leben war halt so. Einen kleinen emotionalen Kick verschaffte mir in den letzten Jahren ein harmloser Flirt mit einem Kollegen, ebenfalls verheiratet. Unsere Kinder gehen auf dieselbe Schule. Mehr kam für uns beide niemals infrage, aber es reichte dafür, mich begehrenswert zu fühlen. Und für ihn vielleicht auch.

Nach meiner Rückkehr aus Wien beginne ich, die wahre Dimension meiner Probleme zu begreifen, und verbringe eine weitere schlaflose Nacht. Ich muss nicht nur einen Betrug verarbeiten. Ich muss darum kämpfen, dass Martin nach seinem Betrug wieder zu mir zurückkommt.

Glücklicherweise findet gleich am Montag der Termin beim Eheberater statt. Ich setze große Hoffnung darauf – und erlebe die Überraschung meines Lebens.

DIE VERORDNETE POLYGAMIE

»Gönnen Sie Ihrem Mann in der nächsten Zeit die Möglichkeit, mit zwei Frauen zusammen zu sein, wenn Sie das können.«

Habe ich mich verhört? Hat der Schlafmangel meine Sinne benebelt? Leide ich unter Halluzinationen?

»Und Sie genießen in nächster Zeit die Möglichkeit, mit zwei Frauen zusammen zu sein«, wendet der Herr Eheberater sich jetzt an meinen Mann.

Es geht nicht darum, ob ich das kann. Ich kann alles, wenn es sein muss (na ja, fast alles). Ich bin stark, bin eine Kämpfernatur. Meine innere Stimme versucht zwar, mich zu warnen, aber ich lasse sie gar nicht erst zu Wort kommen. Ruhe da unten, wenn der Eheberater das sagt! Wenn das meine Chance ist, dann werde ich das so machen.

»Sie verbringen einen Abend in der Woche mit Ihrer Freundin. Und an einem Abend in der Woche machen Sie etwas Schönes mit Ihrer Frau.«

Jahre später rumort es noch immer in meinen Eingeweiden, wenn ich an diese Aussage denke, doch ich bin wild entschlossen, alles Nötige für die Eherettung zu tun und auch zu ertragen.

Wir, die wir in den letzten Jahren bis auf wenige Firmenveranstaltungen beiderseits alle Abende in trauter Zweisamkeit nebeneinanderher gelebt haben, beginnen jetzt, für traute Zweisamkeit gemeinsam zu planen. Für Zweisamkeit mit der Ehefrau und für Zweisamkeit mit der Geliebten. Und ich bewege mich immer weiter auf meine Grenze zu, doch mein emotionaler Ausnahmezustand macht es mir leicht, meine innere Stimme gar nicht erst zu Wort kommen zu lassen, die doch so gern an meine Selbstachtung, meine Selbstliebe, den Schutz meiner Gefühle appellieren möchte. Schweig, ich muss hier eine Ehe retten. Besondere Situationen erfordern besondere Maßnahmen. Ich schaff das schon.

Und das tue ich auch. Ich beteilige mich am Alltag, versorge die Kinder, fahre zur Arbeit. Leiste mir nur einen Ausraster, als Martin nach seiner verordneten Liebesnacht morgens mit frischen Semmeln zu Hause aufkreuzt.

»Ich hatte dich doch gebeten, nicht hierherzukommen, sondern direkt in die Praxis zu fahren.« Eherettung hin oder her, der Satz bahnt sich wütend seinen Weg aus meinem Innersten.

»Ich fand es so besser.«

Meine Wünsche werden ignoriert, zählen überhaupt nicht mehr. Ich kann das Schluchzen nicht länger zurückhalten.

»Ich muss ja weggehen, um Ruhe und Liebe zu finden«, sagt Martin.

Ich flüchte mich so schnell wie möglich in mein Auto, um zur Arbeit zu fahren. Jede Minute länger hier wird den Streit weiter anfachen. Ich kann Wut und Schmerz nicht zurückhalten. Jetzt habe ich siebzehn Kilometer lang Zeit, mich auszuweinen. Meine ganz persönliche Wut- und Schmerzzeit, in der ich mich weder vor den Kindern noch vor Martin zusammenreißen muss. In der Tiefgarage tilge ich, so gut es eben geht, die Spuren meiner Tränen, bevor ich im Büro erscheine.

Mein persönlicher Abend, an dem ich ein Date mit meinem Mann habe, verläuft nur unwesentlich angenehmer. Wir radeln in ein Ausflugslokal am See, wo wir uns anschweigen. Als wir uns danach zu Hause noch auf die Terrasse setzen, schläft Martin sofort ein. Er hat ja schließlich ein anstrengendes Leben mit Job und zwei Frauen.

ENTSCHEIDUNG AUF SEE

Während ich versuche, den Auftrag des Eheberaters bestmöglich zu erfüllen, nähert sich der jährliche Familienurlaub mit Riesenschritten – was tun? Mitfahren? Zu Hause bleiben? Urlaub für alle absagen?

Mein Bruder ist wieder einmal skeptisch. Zwei Wochen auf einem Segelboot unter diesen Umständen hält er für keine gute Idee.

»Aber ich möchte doch mit der Familie gemeinsam Urlaub machen und vielleicht gibt uns das die Chance, wieder zusammenzuwachsen«, versuche ich meine Wünsche vor meinem Bruder zu verteidigen.

»Vielleicht kannst du dir in der Nähe des Hafens ein Zimmer in einer Pension nehmen und ihr könnt euch ab und zu sehen, wenn sie in die Marina kommen?«

Mein wild entschlossenes »Das muss doch« ist stärker als meine warnende Stimme (und die meines Bruders). Wir machen uns auf den Weg zum Flughafen nach Wien. Der Pick-up wird in der Tiefgarage auf uns warten, bis wir wieder aus der Türkei zurück sind.

Schon die Nacht in einem Hotel in der Nähe des Wiener Flughafens bereitet einen kleinen Vorgeschmack auf die kommenden zwei Wochen. Ich heule fast die ganze Nacht an Martins Seite, möglichst leise, um die Kinder im Nebenraum nicht zu wecken. Seine Härte und Kälte mir gegenüber, seine zur Schau getragene Überheblichkeit, all das stürzt mich in immer tiefere

Verzweiflung. Mit aller mir eigenen Sturheit klammere ich mich an die Hoffnung, in diesem Urlaub das Ruder herumreißen zu können. Dabei bin ich nicht mehr als ein Häuflein Elend.

In der Marina angekommen, können wir uns erst einmal gut aus dem Weg gehen. Ich übernehme den Großeinkauf allein, den wir bisher immer zu zweit oder mit unseren jeweiligen Gästen gemeinsam erledigt haben. Jetzt muss ich Martin ja davon überzeugen, welch eine tolle Hausfrau ich bin. Das gilt natürlich auch – und erst recht – für den Urlaub. Außerdem bin ich froh über die Ablenkung. Ich kenne den Supermarkt der Marina zwar ganz gut, trotzdem erfordert es meine volle Konzentration, die Regale abzuschreiten und Berge von Cerealien, Nudeln, Pesto und sonstigen haltbaren Lebensmitteln für die nächsten zwei Wochen in den riesigen Einkaufswagen zu stapeln. Dazu Obst und Gemüse, bis wir den nächsten Markt ansteuern können. Martin regelt mit den Angestellten der Charterbasis die technischen und organisatorischen Belange, während die Kinder das Boot erkunden und sich häuslich in ihren Kabinen einrichten.

Ich balanciere die Lebensmittel über die wackelige Gangway ins Innere des Bootes, schlichte Verderbliches in die Kühlschränke und Schweres möglichst weit unten ein.

Frühankömmlinge drängeln sich mit ihren Taschen im spärlichen Schatten der Marina oder sitzen im Lokal, während sie darauf warten, ihr Charterboot entern zu können. Als Eigner genießen wir gewisse Privilegien und müssen nicht auf einen Übergabetermin warten. Martin hat von seinem Erbe dieses Segelboot gekauft und bestreitet von den Chartereinnahmen die laufenden Kosten. Deswegen verbringen wir jeden Urlaub hier. Manchmal frieren wir sogar in den Weihnachtsferien unter Deck, möglichst dicht um den Heizlüfter versammelt. Bei der Anschaffung des Bootes war ich zwar skeptisch, es in die Türkei zu legen: Die Anreise ist umständlich und teuer, die politische Lage unsicher. Aber da es sein Geld war, mischte ich mich nicht weiter ein. Auch dass die Urlaubsdestination bis auf Weiteres fixiert war, nahm ich einfach so hin, obwohl ich eigene Wünsche und Träume für die schönsten Wochen des Jahres gehabt hätte.

Traurig stimmte mich allerdings die Art und Weise, wie die Überstellung des Bootes in die Türkei ablief. Ich hatte gerade eine seit Monaten geplante Operation der Nasennebenhöhlen hinter mich gebracht, als das Schiff die Werft verließ und auf einem Lkw nach Slowenien gebracht wurde. Ostern stand vor der Tür. Wir brachen mit den Kindern nach Izola auf und trafen dort meinen Bruder, der das Boot mit Martin gemeinsam nach Fethiye überstellen würde.

Unser Jüngster, Florian, war im Kindergarten noch nicht an Ferien gebunden und durfte mitkommen. Ich hingegen würde mit Sarah in Dubrovnik aussteigen und zurückfliegen. Sie musste am Dienstag wieder in der Schule sein. Wir gönnten uns für die Zwischennacht in Dubrovnik ein schönes Hotel mit Pool, was vor allem Sarah kaum über ihre Traurigkeit hinwegzutrösten vermochte. »Ich vermisse den Papa jetzt schon und es sind noch zwei Wochen«, jammerte sie nach einer Stunde.

Meinen angespannten Zustand zeigte ich nicht, animierte meine Tochter stattdessen zu einem Rundgang auf der Stadtmauer und belohnte sie mit Eis. Dabei kämpfte ich selbst noch mit den Nachwirkungen der OP, hatte Angst vor dem Flug und war sehr betrübt über das Timing. Ein paar Wochen später in den Ferien hätten wir aus dieser Unternehmung ein Happening für die ganze Familie machen können. Aber ich war es gewohnt, die Entscheidungen meines Mannes nicht zu hinterfragen, höchstens ganz tief in mir drin mit einem Grummeln, das mit den Jahren immer leiser geworden und irgendwann zu einem vagen Unwohlsein mutiert war.

Dabei war ich in den ersten Jahren unserer Beziehung so kämpferisch gewesen, hatte ohne jeden Anflug von Diplomatie versucht, meine Sicht der Dinge darzulegen. Jetzt fiel es mir nicht einmal mehr auf, wie sehr ich mich verändert hatte. Ich war ein Waserl. Nicht einmal mehr in der Lage, mein Auto aus der Garage zu fahren. Genau genommen hatte ich nicht einmal mehr ein Auto. Martin hatte bei der Anschaffung meines Flitzers (den ich von meinem Gehalt bezahlt hatte) darauf bestanden, dass er auf seinen Namen angemeldet wurde. Wegen eines Unfalls war ich in einer ungünstigeren Versicherungsstufe und wenn beide

Autos auf seinen Namen liefen, sparte das Geld. Der Wunsch, mein eigenes Auto mit meiner eigenen Versicherung zu fahren und dadurch auch wieder langsam in eine günstigere Stufe zu fallen, war ebenfalls nur ein Hintergrundrauschen. Das ignorierte ich und versuchte nicht, die Wünsche hinter dem Rauschen ausfindig zu machen.

Ich habe gelernt, meinen Mann nicht zu hinterfragen. Sonst würde ich jetzt wahrscheinlich nicht bei 45 Grad im Schatten in der stickigen Marina darauf warten, in eine überfüllte Ankerbucht auszulaufen.

Das geht dann in der üblichen Arbeitsteilung vonstatten, als alle Vorbereitungen abgeschlossen sind. Martin steuert das Boot aus dem Hafen, ich hole die Fender aus dem Wasser, lege sie an Deck und knüpfe sie an den Relingstützen fest. Jede Aufgabe, die meine Konzentration auch nur ein bisschen fordert, ist willkommen. Ich muss ein wenig in meinem Gedächtnis kramen, bis ich dort die seit dem letzten Urlaub nicht mehr benötigten Knoten finde.

Ich gehe unter Deck und überprüfe noch einmal, ob alles sicher verstaut ist, die Kinder eingecremt sind. Doch die haben sich ohnehin mit Handy und iPad in ihre Kajüten zurückgezogen. Erstaunlich ruhig und still waren sie bisher und sind ganz in die Kontakte mit ihren Freunden vertieft.

Vor einigen Jahren steuerte ich den kleineren Vorgänger dieses Bootes noch selbst, während sich eine Freundin um Sarah kümmerte. Meine Mutation zur Hilfskraft war schleichend, aber unaufhörlich vorangeschritten.

Nachdem wir in der Bucht angekommen sind, bin ich als solche Hilfskraft gleich wieder beim Ankermanöver gefordert. Während Martin das Boot im richtigen Winkel hält, lasse ich den Anker mit Getöse in die Tiefe rauschen. Danach springe ich mit Badeschuhen an den Füßen ins Wasser, die Landleine um mich herumgewickelt wie beim Bergführer das Kletterseil. Damit schwimme ich an Land, versuche, das Seil dabei nicht zu verlieren, und steuere einen Felsen an, den wir vorher vom Boot aus gemeinsam ausgewählt haben. Vorsichtig klettere ich aus dem Wasser – wer weiß, ob die Schuhe wirklich seeigelfest sind – und suche die passende Felsformation zum Festbinden des Bootes. Aus dieser Perspektive sehen die potenziellen Festmacher immer ganz anders aus und sind manchmal auch untauglich, sodass ich oft improvisieren muss. Spätestens jetzt sollte die Erinnerung an die Knoten wieder sitzen.

Ich schwimme zurück zum Boot. Dort rechtfertige ich mich, warum ich diesen und nicht jenen Felsen ausgewählt habe, um die Landleine zu fixieren. Diese Aktion fordert mich wesentlich mehr als das Festbinden der Fender – dabei kann ich mein Elend für ein paar Minuten vergessen oder zumindest in einem erträglichen Ausmaß halten. Auch die Zubereitung des Abendessens gewährt mir noch eine Galgenfrist, während der ich sehr beschäftigt bin. Selbstverständlich war mir nach der Geburt der Kinder auch die Rolle des Smutje an Bord zugefallen, die ich nur manchmal an Gäste abgeben konnte.

Nach dem Essen lasse ich mich von der Badeplattform ins Wasser plumpsen, um eine Runde zu schwimmen, bevor das Unvermeidliche beginnt – nichts mehr zu tun, mit Martin gemeinsam an Bord eines nicht einmal vierzehn Meter langen Schiffes. Ich mit meiner verzweifelten Mission, meinen Mann zurückzugewinnen, der – das muss ich mir ehrlich eingestehen – mit den Gedanken und wohl auch mit dem Herzen nicht bei diesem Urlaub, sondern mehrere Tausend Kilometer weit weg weilt.

Trotzdem suche ich seine Nähe, versuche, ein Gespräch in Gang zu bringen. Erfolglos.

Unter Deck ist es viel zu heiß zum Schlafen, die Kinder haben es sich schon mit ihrem Bettzeug in der Plicht bequem gemacht. Martin legt seine Matratze aufs Vorschiff, bedeckt sie mit dem Bettlaken und legt sich hin. Ich tue es ihm gleich und kuschle mich an seinen Rücken. Keine Reaktion. Ich presse meinen Körper an ihn, versuche, ihn zu verführen. Das hat doch sonst immer geklappt. Jetzt rückt er ein Stück von mir ab. Ich rücke hinterher.

»Ich möchte das nicht.« Nachdem ich die nonverbalen Signale nicht akzeptieren wollte, wird Martin klar und deutlich.

Er will ihr treu sein. Schlimmer hätte es wohl nicht kommen können. Wie hatte ich mir nur einbilden können, in diesem Urlaub meine Chancen zu vergrößern, das Ruder herumreißen zu können? Schmerz und Wut wollen sich jetzt einen Weg aus meinem Innersten nach außen bahnen. Seit ich Urlaub habe, konnten sie das nicht mehr auf den siebzehn Kilometern Arbeitsweg tun. Ich beginne zu weinen.

»Denk an die Kinder«, will Martin mich zum Schweigen bringen. Damit bringt er das Fass zum Überlaufen.

»Das sagst du mir? Denk du doch an die Kinder! Du machst die Familie kaputt!«, schreie ich ihn an.

Martin ist nicht aus der Ruhe zu bringen. Mit kalter Stimme weist er mich zum wiederholten Male darauf hin, dass meine Verfehlungen in der Ehe mindestens so schwer wiegen, ja, sogar schwerer als sein Betrug. Dass ihm wegen dieser Verfehlungen ja nichts anderes übrig geblieben sei. »Deinetwegen ist die Familie kaputt.«

Der Satz legt einen Schalter um in meinem Kopf. Etwas zerbricht in mir. Ich suche die Schlaftabletten, die ich von zu Hause mitgebracht habe, und dazu die neue Packung, die ich mir in Fethiye vor der Abfahrt in die Bucht noch besorgt habe. Er hat recht. Es wäre besser für alle, wenn es mich nicht mehr gäbe. Zwei Packungen müssten doch ausreichen: mich dann ins Wasser sinken lassen und nie mehr leiden. Und den Weg für die anderen frei machen in ein neues Leben.

Martin scheint den Ernst der Lage zu begreifen. Er packt mich hart an den Händen, nimmt mir die Schlaftabletten weg.

Durch das körperliche Gerangel springt der Schalter in meinem Kopf in seine Ursprungsposition zurück. Ich bekomme Angst vor mir selbst und gleichzeitig erwacht endlich, endlich mein Überlebenswille, meine Selbstachtung. Ich muss hier raus. So schnell wie möglich. Aus dem Schiff und aus der Ehe.

Ich suche das iPad in den Kojen der Kinder. Diese Bucht ist nicht allzu weit von der Zivilisation entfernt und so haben wir hier wenigstens Empfang. Eine kurze Suche zeigt: Alle Flüge sind ausgebucht. Ich werde bis zum Ende des Urlaubs ausharren müssen. Dann checke ich einigermaßen ansprechende Unterkünfte in der Nähe. Die Idee meines Bruders ist schon nicht verkehrt. Auch nichts. Dann eben auf dem Schiff bleiben. Ich schaffe das schon.

Martin macht einen Vorschlag zur Sicherheit an Bord. »Wir fahren morgen zurück nach Fethiye und verbringen den Rest des Urlaubs im Hafen. Das ist sicherer und wir können uns besser aus dem Weg gehen.«

Zurück im Hafen springt mein Planungsmodus an für die Zeit »danach«. Es würde nicht leicht werden, von »wir machen beide beides« zu »berufstätige Alleinerzieherin« zu wechseln, von einem Tag auf den anderen, ohne familiäres oder freundschaftliches Netzwerk in der Nähe. Als Erstes muss ich meinem Vorgesetzten und meinem Kollegen Bescheid sagen, teilweises Homeoffice erbitten und gelegentliche Ausfälle ankündigen. In meinen Handykontakten finde ich außerdem die Nummer eines Psychiaters, den ich schon einmal konsultiert habe. Ich habe Glück. Er praktiziert noch. Ich erreiche ihn und vereinbare einen Termin für die Woche nach unserer Ankunft.

Die Aussicht auf Hilfe macht es leichter, die restlichen Tage durchzustehen. An Schlaf ist trotzdem nicht zu denken. Ich wälze mich auf meiner Matratze, bis im Morgengrauen der Ruf des Muezzins ertönt. Die kühle Morgenluft bringt mich leicht zum Frösteln.

»Ich gehe joggen. Kommst du mit?« Martin steht in Shorts und Laufschuhen bereit zum Aufbruch.

»Nein« – das wäre die adäquate Antwort. »Ja«, höre ich mich stattdessen sagen. Warum eigentlich? Was erwarte ich mir davon? Kann ich mich immer noch nicht lösen vom Traum der heilen Familie? Oder kann ich mich bloß nicht allein zum Joggen aufraffen in der einzigen Stunde des Tages, die sich für schweißtreibende Aktivitäten eignet? Und warum fragt er mich überhaupt? Was will er von mir? Ich schlüpfe in Sport-BH, Shorts und T-Shirt und balanciere mit den Laufschuhen in der Hand über die Gangway.

Unser Ziel ist der Sendemast auf dem nächstgelegenen Hügel. Mich plagt Seitenstechen. Nicht nur deshalb bereue ich meine Entscheidung. Ich könnte sie immer noch rückgängig machen, könnte in die andere Richtung laufen, die Einsamkeit genießen, zu mir kommen.

Aber nein. Ich trabe hinter Martin her. Nackter Oberkörper und blaue Boardshorts sind meine Aussicht. Als wir die letzten Häuser hinter uns gelassen haben, geht die Teerstraße in einen Schotterweg über und steigt leicht bergan. Mein Atemrhythmus will sich nicht einfinden, ich kämpfe. Martin läuft locker ein Stück voran, dreht dann wieder um, umrundet mich und läuft wieder davon. Er könne nicht so langsam laufen. Das kenne ich schon von früher. Jetzt stört es mich nicht mehr. Jetzt habe ich ganz andere Probleme.

Beim Sender angekommen, machen wir halt. Mein Seitenstechen beruhigt sich, dafür werde ich jetzt wieder von meinen Gefühlen überwältigt. Die Sonne ist gerade hinter den Hügeln hervorgekrochen. Bald beginnt es, um mich herum so heiß zu werden wie in mir.

Wenn ich jetzt einen Stein nähme, so groß, dass ich ihn gerade mit Schwung werfen könnte … Plötzlich kann ich Menschen zumindest ansatzweise verstehen, die eine solche Tat begehen, und zum zweiten Mal in diesem Urlaub erschrecke ich vor mir selbst.

Wir planen, getrennt zurückzulaufen. Bergab quält mich mein Seitenstechen noch mehr und mein Laufen gleicht mehr einem Schleichen. Ich bitte Martin um einen kleinen Stopp im Supermarkt.

»Kannst du bitte auf dem Rückweg noch Schokopops für Florians Frühstück kaufen? Die sind aus.«

Sofort breitet sich Unwillen auf Martins Gesicht aus. »Wir haben doch sicher noch irgendwas zu essen an Bord. Das reicht doch. Die Kinder müssen nicht so verwöhnt werden.«

Ich sage nichts mehr. Martin um etwas zu bitten, ist ein sinnloses Unterfangen. Er kann ein großzügiger Mann sein, der viel für andere tut, aber es muss von ihm selbst kommen. Man darf ihn um nichts bitten, dann wird er meist ungehalten ob der ungebührlichen Beanspruchung seiner Zeit und Energie.

Ich werde die Frühstücksflocken selbst besorgen auf meinem Rückweg. Dann frühstücken die Kinder eben später.

Auf meinem einsamen Weg zurück komme ich ein wenig zu mir. Was für eine hirnrissige Idee, dieser gemeinsame Joggingausflug. Was habe ich mir davon erwartet? Es war einfach eine spontane Zusage, ohne mir etwas zu überlegen, ohne etwas zu erwarten. Im Kopf bin ich schon getrennt, aber das Herz hinkt noch hinterher.

Ich zähle die Tage bis zum Ende des Urlaubs. Dann wartet zwar mein Leben als Alleinerzieherin auf mich, aber schlimmer als das hier kann es ja wohl nicht sein.

Endlich. Um fünf Uhr morgens brechen wir mit dem Taxi nach Dalaman auf. Im Flughafen nutze ich den guten Handyempfang und lasse mir noch einmal meinen Termin beim Therapeuten bestätigen.

In Wien hole ich den Pick-up aus der Tiefgarage und fahre mit den Kindern zu meinen Eltern, die eine Stunde entfernt wohnen. Martin fährt mit einem Leihwagen nach Salzburg und ist hoffentlich fertig ausgezogen, wenn ich am Sonntagabend dort eintreffe. Die Kinder werden noch für eine Woche bei den Großeltern bleiben und ich habe inzwischen ein wenig Zeit, ein möglichst gemütliches vaterloses Heim zu schaffen.

FULL RESET

»Du hast jetzt die Möglichkeit, etwas wirklich Schwieriges zu schaffen.« Mein Vater hat wirklich ein Talent, jeder noch so bescheidenen Situation etwas Positives abzuringen. Manchmal mag das grotesk erscheinen, manchmal ärgert man sich darüber, manchmal kann es helfen. Als Kind regte ich mich immer am meisten über seinen Spruch auf: »Das ist noch gar nichts gegen noch viel mehr.«

Manchmal erkenne ich erst Jahre später, wie recht er hatte. So wie in diesem Fall. Im Augenblick bin ich einfach nur der bedauernswerteste Mensch der Welt. Erst Jahre später werde ich erkennen, wie sehr ich durch diese Situation gewachsen bin, dass sie mir erst die Möglichkeit gegeben hat, zu mir selbst zu werden.

Aber noch bin ich die bedauernswerteste Person der Welt. Das erzähle ich jedem, der es hören, und auch jedem, der es nicht hören möchte. Und zwar auf dem Sommerfest der Freiwilligen Feuerwehr, das jedes Jahr in einem aufgelassenen Steinbruch etwas außerhalb des Ortes über die Bühne geht.

Ich stehe an der Bar, um mir ein weiteres Bier zu holen. Die bisherigen Biere haben mir einen Level beschert, der genau richtig ist. Ich bin zwar immer noch die bedauernswerteste Person der Welt, aber durch die leicht verschwommene Nebelwand, durch die diese Tatsache zu mir durchdringt, erscheint sie mir gerade nicht ganz so schlimm.

Plötzlich ragt neben mir aus der Masse der Kopf von Georg heraus, einem Bekannten aus der Jugendzeit. Wir tauschen die üblichen Floskeln aus. Ich leere zügig mein eben noch gut gefülltes Glas, während ich ihm von meiner misslichen Lage berichte: betrogen, alleinerziehend mit zwei Kindern. Georg ist kein Mann der großen Worte, er lässt nur ab und zu eine zustimmende Bemerkung fallen. Mehr hätte ich mit meinem steigenden Alkoholpegel auch gar nicht wahrgenommen. Durch das Aussprechen der Tatsachen werden eben diese immer realer. Ich bin betrogen, verlassen, alleinerziehend. Sie verlieren durch das Aussprechen auch ihren bisher übermächtigen Schrecken. Ich bin betrogen, verlassen, alleinerziehend, aber ich lebe, bin gesund und habe noch ein Leben vor mir, wie auch immer das aussehen mag.

Und ich habe die Figur meines Lebens. Selbst durch meinen Alkoholpegel dringen die anerkennenden Blicke der Männer auf meine unverhüllten Beine in den Hotpants und auf die schmale Taille unter dem figurbetonten weißen Tanktop. Immer mehr alten Bekannten erzähle ich während immer mehr Bieren meine Geschichte, bis ich meine Umgebung nur noch bruchstückhaft wahrnehme.

»Kann ich Ihnen helfen?«

Erstaunt hebe ich den Kopf. Wo bin ich? Und wie bin ich hierhergekommen?

»Nein, mir geht es gut.«

Ich liege auf hartem Untergrund. Das ist nicht mehr das Steinbruchfest, ich liege auf dem Asphalt des

Hauptplatzes. Irgendwann habe ich offensichtlich den Rückweg angetreten – und ihn hier unterbrochen.

Eigentlich geht es mir gar nicht gut. Plötzlich fällt mir mein ganzes Elend wieder ein. Plötzlich ist der Alkoholpegel kein sanfter Nebel mehr, der die scharfen Kanten meines neuen Status als verlassene Frau abrundet, sondern ein zusätzliches Gewicht, das den Tatsachen noch mehr Schwere aufdrückt.

Ich ziehe den Ehering von meinem rechten Ringfinger und werfe ihn über den leeren Platz, während ich meinen Mann verfluche.

»Na, na, so schlimm wird es schon nicht sein«, redet die Unbekannte beruhigend auf mich ein und macht sich über das leichte Gefälle auf in die Richtung, in die mein Ring gerollt ist. Sie findet ihn und bringt ihn mir wieder. Ich wehre mich nicht, werfe ihn auch kein weiteres Mal. Ich bedanke mich aber auch nicht und stecke den Ring wortlos in die Hosentasche.

Irgendwie werde ich wohl nach Hause gekommen sein, wo ich am Sonntag mit Brummschädel erwache. Aus dem Garten dringen die Stimmen der Kinder und meiner Eltern. Das ist das Schöne an den Besuchen im Elternhaus. Wieder Kind sein. Keine Verpflichtungen haben. Na ja, fast keine, zumindest fühlen sie sich nicht so schwer an. Ich kann nach einer durchzechten Nacht ausschlafen, als ob ich keine Kinder hätte, während die Eltern Frühstück machen und die Kids im Garten bespaßen. Ganz allein residiere ich im oberen Stockwerk in meinem ehemaligen Kinderzimmer, in dem immer noch die auf Spanplatten gezogenen Poster aus meiner Jugendzeit an den Mansardenwänden hängen: ein Windsurfer in der Welle, eine Pusteblume vor untergehender Sonne, ein Zylinderhut mit der amerikanischen Flagge.

Vorsichtig stehe ich auf, ziehe mich an und gehe nach unten. Bier ist schon was Feines: Ein Kater nach harten Getränken wäre wesentlich schlimmer als mein kleiner Brummschädel. So kann ich meinen Kaffee genießen und bald darauf auch ein kleines Mittagessen. Wir planen einen Ausflug an den Badeteich. Obwohl ich wieder so gut wie nüchtern bin, hat sich etwas nachhaltig verändert. Das immer wiederkehrende Aussprechen meiner Situation hat ihr den Schrecken genommen, auch ohne den gnädigen Nebel des Alkohols. Ich fühle mich ein wenig müde und immer noch als betrogene, verlassene Alleinerzieherin, aber nicht mehr als bedauernswerteste Person der Welt.

Ich bin bereit, mein neues Leben zu beginnen.

Nach dem Mittagessen packen wir Handtücher, Getränke, Sonnencreme und Badesachen in eine große Tasche und brechen zum See auf. Dort treffen wir meinen jüngeren Bruder mit einer Frau, die ich vom Sehen kenne. Sie wirken seltsam vertraut, sind aber kein Paar. Sollte sich da etwas anbahnen? Auch mein Bruder hatte bisher wenig Glück in der Liebe, wozu er selbst tatkräftig beigetragen hat. Diese Frau auf dem Handtuch neben ihm – die ist doch auch verheiratet oder war es zumindest? Bis vor Kurzem hätte ich wahrscheinlich die gedankliche moralische Keule geschwungen.

Die Frau hat Kinder, das geht doch nicht! Jetzt aber erscheint es mir nur als weitere Bestätigung meiner Erkenntnis der letzten Nacht: Das Leben geht weiter. Deswegen melde ich mich jetzt auch gleich bei der Plattform PaarGlück an.

TEIL 2
IO SONO IMPORTANTE
ICH BIN WICHTIG

NEUSTART

So viele Fragen sind auf dieser Plattform zu beantworten. Gut, dass die Kinder so lange im Wasser sind. Schlafe ich lieber bei offenem oder geschlossenem Fenster? Bin ich Frühaufsteher oder Morgenmuffel? Unternehme ich gern etwas allein oder lieber nur mit dem Partner? Ich klicke mich ungeduldig durch die Seiten, während die Sonne auf das Handydisplay scheint. Irgendwann ist es geschafft: Mein Profil ist online mit einem Foto aus der Türkei, ich in Hotpants und Tanktop.

Ich hätte in dem Augenblick nie gedacht, wie viel Lebenszeit ich in den nächsten Jahren auf dieser Plattform verbringen würde, wie viel hier gelogen wird – auch, aber nicht nur beim Alter –, wie viele

Hoffnungen – enttäuschte, erfüllte, nicht erfüllbare – sich hier tummeln. Die Kinder kommen aus dem Wasser, mein Leben geht weiter.

Am frühen Sonntagabend verabschiede ich mich von den Kindern und mache mich auf den Weg nach Salzburg. Dort werde ich eine Woche Zeit haben, um unser neues Leben zu organisieren, während die Kinder bei den Großeltern bleiben.

Bereits auf der Autobahn mischt sich in den Schmerz so etwas wie positive Aufregung. Werde ich Nachrichten haben? Wer wird sich melden? Wann werde ich mein erstes Date haben?

Beim Betreten des Hauses löst sich diese flüchtige Vorfreude in Luft auf, es bleiben nur mehr die quälenden Gedanken an Martin. Ohne nachzudenken, ob dies für mein Seelenheil förderlich wäre, öffne ich seinen Kleiderschrank. Was er wohl alles mitgenommen hat? Was will ich eigentlich hier an Martins Schrank? Was erhoffe oder fürchte ich zu finden? Möchte ich möglichst viele Sachen vorfinden, in der Hoffnung, dass er noch nicht so richtig ausgezogen ist, sondern nur ein bisschen? Dass es noch nicht für immer ist? Oder möchte ich lieber einen komplett leeren Schrank vorfinden, in der Hoffnung, dass mir weitere Begegnungen erspart bleiben, ich diesen Mann nie wieder sehen muss? Ich bin zerrissen wie mein Herz.

Der Schrank spricht eine eindeutigere Sprache. Er ist leer. Das unterstreicht wenigstens die Notwendigkeit des Neubeginns.

Zur Beruhigung und zur Abkühlung hole ich mein Fahrrad aus dem Schuppen und radle eine halbe Stunde lang zum Thumsee. Die Bewegung tut mir gut. Etwas zu unternehmen, das mein Mann nicht mag, es ganz allein zu genießen, tut besonders gut. Der Bergsee kühlt Körper und Gemüt, ich spüre mich. In dieser Sekunde, in der ich ins Wasser tauche, zählt nur dieser eine Moment, nicht die Frage, was alles geschehen ist und was noch alles geschehen wird. Mein erhitzter Körper schaudert und erst bei den ersten Schwimmbewegungen dreht sich wieder das Gedankenkarussell.

Bevor ich wieder nach Hause radle, schicke ich eine kurze SMS an Sabine und frage, ob sie heute Abend Zeit hat. Sabine ist die Mieterin der kleinen Einliegerwohnung, die sie auf der Rückseite unseres Einfamilienhauses bewohnt. Ihre beiden Zimmer grenzen direkt an unser Wohnzimmer. Dass unser Haussegen einigen Turbulenzen ausgesetzt war im letzten Monat, wird ihr nicht ganz verborgen geblieben sein.

Ich fahre mit meiner Offensivstrategie fort und berichte von meiner Trennung. Martin ist ausgezogen, ich bin jetzt alleinerziehend. Sabine, als Single in ihren Zwanzigern, ist Liebesleid nicht fremd. Als Krankenschwester ist sie an das Leid anderer Menschen gewöhnt, sodass sie adäquate emphatische Reaktionen zeigt. Ich springe über meinen nächsten großen Schatten und mache etwas, das bei mir Seltenheitswert hat, weil ich es so ungern mache: Ich bitte um Hilfe. Ich, die ich mein Leben doch immer allein auf die Reihe kriege.

Gut, mithilfe meines Ehemannes, aber das zählt ja nicht, der ist sogar vertraglich dazu verpflichtet. Ohne die Hilfe von Familie und Verwandten mussten wir die Kindererziehung allein bewältigen, weil diese mehrere Hundert Kilometer weit entfernt leben. Mit unserer Berufstätigkeit und mangelnder Kinderbetreuung auf einem Dorf Anfang der 2000er-Jahre war das nur mit wechselnden Au-pair-Mädchen zu schaffen, aber das war eine bezahlte Dienstleistung und zählte nicht als Hilfe. Ich kann alles selbst machen oder eben outsourcen, so war mein Mindset.

Und jetzt frage ich Sabine um Hilfe. »Ich überlege, für die Kinder eine Katze anzuschaffen. Das ist schon seit vielen Jahren Sarahs Traum. Könntest du dir vorstellen, sie ab und zu zu füttern, wenn wir auf Urlaub fahren oder so?«

»Ja schon. Außer wenn ich halt selbst nicht da bin.«

Das klingt jetzt nicht so, als wollte sie ihren gesamten Urlaub mit mir absprechen, aber ich werte es als Zustimmung und gehe einen Schritt weiter. »Könntest du vielleicht ab und zu die Kinder in die Schule fahren oder abholen, wenn ich auf Dienstreise bin?«

Auch dafür bekomme ich eine vage Zustimmung und ich werde es tatsächlich einmal in Anspruch nehmen.

Sabine legt eine angenehme Mischung aus professioneller Beratung und persönlicher Anteilnahme an den Tag, als wir dann über meine nicht ganz so stabile psychische Verfassung sprechen. »Du könntest dich krankschreiben lassen. Aber ich denke, es tut dir gut, eine Struktur zu haben, morgens aufzustehen, dich zurechtzumachen und ins Büro zu fahren.«

Und genau das mache ich am nächsten Morgen und starte dort eine weitere Offensive.

NEUSTART IM BÜRO

»Brauchst du irgendetwas?«, fragt mein Vorgesetzter, als ich ihn über meinen neuen Beziehungsstatus informiere. Das ist notwendig, weil ich mich bisher immer recht flexibel gezeigt habe, was Dienstreisen und spontane Meetings angeht. Unser Modell »Wir machen beide beides« hat mir ein recht entspanntes Arbeiten ermöglicht.

Das ist jetzt vorbei. Ich reihe mich ein in die Riege der Frauen, die sich zerteilen zwischen Beruf und Familie, immer auf den letzten Drücker, immer spät dran zum nächsten Tagesordnungspunkt.

Meinen Kollegen Matthias, mit dem ich mir mein Aufgabengebiet und das Büro teile, habe ich schon aus dem Urlaub per SMS informiert. Jetzt sitze ich ihm am Schreibtisch gegenüber und versuche, mich auf die Zahlen in meinen Excel-Sheets zu konzentrieren. Das will mir nicht gelingen. Immer wieder schweifen meine Gedanken ab zu meiner privaten Misere. Ich versuche, mich wieder auf die Aufgabenstellung auf meinem Monitor zu fokussieren, aber je mehr ich kämpfe, desto mehr droht der Schmerz, mich zu übermannen. Jetzt spüre ich sogar den Tränenspiegel bedenklich steigen.

Matthias hat mich wohl schon ein paar Minuten lang beobachtet. Er sammelt wahllos ein paar Zettel vom Schreibtisch zusammen und sagt: »Komm, wir gehen auf Besprechung.«

Widerstandslos erhebe ich mich und folge ihm auf den Flur. An einem freien Besprechungszimmer macht er halt, aktiviert die »Bitte nicht stören«-Lampe und wir betreten beide den Raum.

»Ich glaube, ich kann gut nachfühlen, wie es dir geht. An meiner letzten Trennung habe ich jahrelang geknabbert. Als ich zwölf war, hat mein Vater die Familie verlassen. Mach dir keine Gedanken, wenn du ab und zu ein wenig unkonzentriert bist. Wenn du reden willst, bin ich jederzeit für dich da. Und wenn du zwischendurch eine Pause brauchst, dann gehen wir einfach auf Besprechung.«

»Danke.« Ich nicke und bringe nicht mehr heraus. Bin einfach nur dankbar für so viel Empathie und Hilfe. Matthias muss ja jetzt meine Minderleistung ein wenig ausgleichen.

Eine Hilfe, die eher dem Komfort eines Zahnarztbesuches ähnelt – unangenehm, aber notwendig –, ist auch meine langjährige Kollegin und frühere Freundin. Gerlinde hütete meine Kinder, während Martin und ich zum Hochzeitstag auswärts essen waren. Sie begleitete uns auf den Spielplatz, wir klagten einander unser dienstliches und privates Leid. In letzter Zeit haben wir nur noch beruflich Kontakt gehabt, denn zufällig arbeiten wir jetzt in derselben Abteilung. Der private Kontakt zu ihr aber war genauso wie zu all meinen anderen Freundinnen eingeschlafen.

Gerlinde ist das komplette Gegenteil von mir. Vielleicht waren wir auch befreundet, damit ich eine unterentwickelte Seite von mir kompensieren konnte. Sie hört immer und überall das Gras wachsen, ist ständig unterwegs, um Neuigkeiten von und vor allem über Kollegen zu erfahren und zu verbreiten. Wenn ihr sonst kein noch so fadenscheiniger Grund einfällt, um in einem Büro aufzutauchen, fragt sie einfach: »Ich wollte nur schauen, ob ihr eh was arbeitet.«

Da ist meine Trennung natürlich ein gefundenes Fressen. Aber Gerlinde hat nicht nur flurfunktechnisches Interesse an meinem neuen Beziehungsstatus. Sie will mir ehrlich helfen. Deswegen zückt sie jetzt das Handy und wählt die Nummer von Christian, einem Anwalt, der sie einmal vertreten hat. Ich habe ihn auf einer Feier kurz kennengelernt.

Als die Verbindung hergestellt ist, drückt Gerlinde mir das Handy in die Hand. Jetzt komme ich nicht anders aus der Nummer raus. Ich vereinbare einen Termin in der Anwaltskanzlei für die übernächste Woche und mache mich dann auf den Weg zum Psychiater.

»Sie sind in einem fürchterlichen Zustand«, stellt Dr. Maier nüchtern fest.

Das ist vielleicht nicht gerade das, was man in dieser Lebenslage hören will, aber es entspricht zumindest der

Wahrheit. Seine Praxis vermittelt ein heimeliges Gefühl. Alle Wände sind bis oben angefüllt mit Büchern, die Sessel der Sitzgruppe leicht durchgesessen. Der Psychiater strömt denselben vertrauenerweckenden Hauch von umfangreicher Erfahrung aus wie sein Mobiliar. In diesem Umfeld fällt es mir leicht, mich vollkommen zu öffnen, mein Innerstes nach außen zu kehren. Vielleicht ist es bei Fremden sogar einfacher.

Zum Schluss gibt er mir eine Anregung, eine Aufgabe, mit: »Sie können jetzt lernen, sich selbst genug zu sein.«

Er verschreibt mir ein Antidepressivum und ein leichtes Schlafmittel. In einem Monat solle ich wiederkommen, bis dahin müsse das Medikament wirken. Das Schlafmittel brauche ich nur bei Bedarf nehmen.

Ich mache mir gar nicht die Mühe, die Spuren meiner Tränen zu tilgen, als ich die Praxis verlasse und über die Straße zur Apotheke gehe, um die Medikamente zu holen. Ich lege das grüne Rezept auf den Tresen und fühle mich sonderbar. Das ist etwas anderes, als die üblichen Nasentropfen oder schleimlösende Mittelchen zu kaufen. Psychische Beschwerden hat man einfach nicht. Ich jedenfalls nicht.

MEIN ERSTES DATE

Am nächsten Abend winkt eine Ablenkung, die diametral zum Auftrag des Psychiaters steht. Mein erstes Date. Da ich ja jetzt die Figur meines Lebens habe und diese auch zu behalten gedenke, spricht nichts gegen die Anschaffung eines weiteren figurbetonten Tops, diesmal in schreiendem Rot, mit Trägern aus Spitze. Die lange Jeans entschärft das Teil ein wenig, sodass es nicht ganz so laut »Pflück mich« ruft.

Ich mache mich noch ein wenig zurecht, bevor ich in den Gastgarten aufbreche, der nur zehn Minuten von meinem Büro entfernt liegt. Schon am Nachmittag begann in meinem Bauch ein leichtes Grummeln, das sich jetzt auf dem Fußweg in das Lokal immer weiter nach oben ausbreitet, bis es auch die Brust erreicht hat. Mein letztes Date liegt fünfzehn Jahre zurück, die ich als brave Ehefrau und Mutter verbracht habe.

Die Erkennung des Blind Dates geht einfach und ohne vereinbarte Merkmale vonstatten – es sitzt nur ein einzelner Mann unter den alten Kastanien vor einem Bier. Markus sieht mich auf seinen Tisch zusteuern und erhebt sich. Die Frage »Umarmung oder Küsschen« löse ich ganz pragmatisch, indem ich ihm demonstrativ meine Hand zur Begrüßung entgegenstrecke. Markus wirkt von der Geste zumindest nicht überrascht. Im Stehen wirkt er ziemlich groß und ich erkenne seinen leichten Bauchansatz. In den kurz geschnittenen braunen Haaren finden sich ein paar störrische Wirbel und erstaunlich wenig Grau. Im Kontrast zu seinem schlichten Hemd über der Jeans wirkt mein Spitzentop vielleicht ein wenig overdressed.

»Hallo, ich bin Markus«, stellt er sich mit einem Lächeln vor.

»Ich bin Julia.«

Ich setze mich ihm gegenüber und sehe mich suchend nach der Bedienung um.

»Magst du auch ein Bier?«, fragt Markus.

»Ja, gern.«

Markus winkt einem Kellner und bestellt ein Bier für mich.

Zunächst ähnelt die Konversation eher einem Vorstellungsgespräch. Auf diesem Terrain fühle ich mich einigermaßen sicher, da ich ein paar solcher Termine in den letzten Jahren absolviert habe. Nach dem Was-machst-du-denn-so kommt das Wie-alt-sind-deine-Kinder und auch dieses Thema meistere ich souverän. Als sich das Gespräch von den Kindern zu den Haustieren hin entwickelt, kann ich sogar einen praktischen Nutzen verbuchen: Ich erfahre alles über die Anbringung von Katzenklappen, was für den bevorstehenden Einzug unseres neuen Familienmitgliedes sicherlich von Vorteil sein wird.

Die nächste Frage stellt Markus im selben entspannten Plauderton, in dem die bisherige Unterhaltung verlaufen ist. Sie scheint ihm nicht unangenehm zu sein. »Wie lange bist du denn schon Single?«

Nach dem Warm-up geht es jetzt offensichtlich ans Eingemachte. Auf diese Frage bin ich nicht vorbereitet. Jetzt ist ein wenig Kreativität gefragt, denn selbst ganz ohne Erfahrung in diesem Dating-Geschäft erscheint mir eine Woche doch etwas wenig. »Ein paar Monate«, runde ich auf und so ganz verkehrt ist das ja nicht. Wir haben Ende August. Am 30. Juni habe ich von Martins Affäre erfahren und die hatte doch sicher schon eine Weile bestanden. Das zählt ja eigentlich auch schon zu meinem Singledasein, nicht wahr?

Auf der Stirn meines Gegenübers erscheint eine feine Falte, die Augenbrauen gehen fast unmerklich nach oben. Markus scheint sowohl mein Unwohlsein bei der Frage als auch den zweifelhaften Wahrheitsgehalt meiner Antwort zu bemerken.

Plötzlich geht ein heftiges Gewitter nieder. Bald beginnt der Regen auch durch die alten Kastanienbäume zu tropfen. So toll ist die Chemie zwischen uns nicht, dass ich unsere Unterhaltung in den Innenräumen fortsetzen wollte. Das scheint auf Gegenseitigkeit zu beruhen. Das Date findet durch das Gewitter ein natürliches Ende. Keiner von uns beiden fragt nach einer Fortsetzung oder Wiederholung.

Mit indifferenten Gefühlen stapfe ich durch den Regen zur Bushaltestelle. Ein Anfang ist gemacht, ich habe mich auf den freien Markt begeben. Mein Profil ist interessant genug, um Männer zu einer Anfrage, zu einem Date anzuregen. Ich kann mich mit Wildfremden einen Abend lang ganz passabel unterhalten, allerdings eher auf eine Art und Weise, die an ein After-Work-Bier mit einem Kollegen oder Geschäftspartner erinnert. Aber ob ich mich auf diese Weise verlieben kann? Setze ich durch diese Fragestellung nicht bereits die selbsterfüllende Prophezeiung in Gang? Wenn ich glaube, mich nicht auf PaarGlück verlieben zu können, dann werde ich es auch nicht können, oder?

Viele Dates und fast zehn Jahre später werde ich über diese Fragen schmunzeln und vor allem über den Zeitpunkt, zu dem ich sie mir gestellt habe.

FREUNDE

Vorerst gilt es aber, ein anderes Problem zu lösen, und zwar so schnell wie möglich. Ich habe keine Freundinnen. Ehrlicherweise brauche ich eine Freundin jetzt dringender als einen neuen Partner.

Immerhin habe ich mit meinem neuen Beziehungsstatus jetzt einen Anknüpfungspunkt für das Auffrischen alter Kontakte. Wie sehr ich es bereue, den Kontakt zu Teresa abgebrochen zu haben. Wir haben uns in der Ballettschule kennengelernt, und zwar nicht beim Abholen unserer Töchter, sondern bei unseren eigenen Kursen. Daher ist Teresa auch die einzige unter den Müttern, mit der mich mehr verbunden hat als gleichaltriger Nachwuchs und gemeinsames Singen von Kinderliedern in der Krabbelgruppe. Wir hatten viele Themen auch abseits der Kinder und waren beide bekennende Rabenmütter in einer Zeit, in der die Fremdbetreuung frühestens nach dem dritten Geburtstag vorgesehen war – und dann maximal halbtags. Ich begann ein dreiviertel Jahr nach der Geburt meines zweiten Kindes zu arbeiten und überließ die Betreuung zum Teil einem Au-pair-Mädchen. Teresa startete eine Ausbildung zur Kinder- und Jugendtherapeutin und übertrug die Verantwortung für ihre beiden Kinder oft ihrem Mann.

Nach der Übersiedlung ins Eigenheim jenseits der Grenze, nicht einmal einen Kilometer entfernt, luden wir die beiden zu einem Abendessen im neuen Zuhause ein. Martin beschwerte sich hinterher über die Hochnäsigkeit der beiden und überhaupt brauche er keine Freunde. Da ich damals so gut wie keine eigene Meinung hatte, ließ ich den Kontakt einschlafen. Nicht einmal zur Eröffnung der eigenen Praxis gratulierte ich meiner ehemals guten Freundin.

Ein bisschen unangenehm ist es mir schon, jetzt, wo ich Hilfe brauche, eine Mail an ihre Praxisadresse zu schreiben, die ich im Internet finde. Aber wie bei so vielen anderen Dingen, die ich jetzt zum ersten Mal machen muss, steht der Überlebenswille im Vordergrund. Ich brauche jemanden zum Reden, wenn es mir nicht gut geht, und kann dann nicht bis zum nächsten Termin beim Psychiater warten.

Falls Teresa sich ärgert, dass ich mich nach jahrelangem Stillschweigen aus heiterem Himmel mit der

Nachricht von meiner Trennung melde, lässt sie sich zumindest nichts anmerken. Sie bietet mir an, ihr jederzeit zu schreiben, und kündigt an, mich zu besuchen. Wie schön, dass ich Menschen um mich habe, die für mich da sind. Nie wieder werde ich mich so isolieren wie in der Zeit mit Martin.

Als Nächstes schreibe ich eine Freundin an, von der ich immerhin noch die Kontaktdaten habe und die ich in den letzten Jahren sogar ab und zu gesehen habe. Auch Stefanie wird in den nächsten Jahren eine Stütze für mich sein – und nach einem halben Jahr ich auch für sie. Sie wird meine Geschichte wiederholen.

Und noch ein alter Kontakt wird ausgegraben, aber der hat eine erotischere Geschichte. Auf einer Tagung vor fünfzehn Jahren kam ich mit einem Mann ins tiefere Gespräch – und nicht nur das. Das Setting war dafür ideal: ein Thermenhotel in der Südsteiermark mit Ausflügen auf die umliegenden Weingüter als Abendprogramm. Damals hatte ich gerade meine erste Trennung von Martin hinter mir. Jegliche Streicheleinheit für Körper und Ego war eine Wohltat. Nach der Tagung hatte ich gelegentlich in seiner Stadt zu tun. Damals wurden noch sehr viele Dienstreisen angetreten. Für mich jungen ungebundenen Menschen war das eine angenehme Abwechslung zum Arbeitsalltag. Wir trafen uns ab und zu zum Abendessen und danach zu einem Schäferstündchen. Ich hätte mir durchaus mehr gewünscht, spürte aber sehr wohl, dass das nicht Geralds Absicht war.

Viele Jahre später traf ich ihn auf der Beerdigung eines Kollegen. Danach schrieb er mir ein paar Zeilen, dass der Anlass zwar ein sehr trauriger gewesen sei, er sich aber gefreut habe, mich wiedergesehen zu haben. Ein ins Auge gefasstes Treffen fand jedoch nie statt.

Auch von Gerald habe ich keine privaten Kontaktdaten mehr und so schreibe ich vom Büro aus eine kurze Mail an die Dienstadresse, bevor ich in die Mittagspause verschwinde. Als ich zurückkomme, erreicht mich ein Anruf unseres Callcenters: Gerald warte auf meinen Rückruf. Mit einer so prompten Reaktion habe ich nicht gerechnet. Ich rufe Gerald an, wir tauschen unsere privaten Nummern aus und verabreden uns zu einem ausführlichen Telefonat am Abend. Das sollte einer meiner Rettungsanker in der nächsten Zeit werden, mein Telefonjoker und dann noch ein bisschen mehr.

Als Gerald mich am Abend anruft, mache ich gerade einen kleinen Spaziergang. Ich erfahre Spannendes. Er leidet ebenfalls an den Nachwirkungen einer Trennung vor ein paar Monaten. Jetzt bin ich doppelt erstaunt. Ich dachte, von seiner Frau hätte er sich schon vor Jahren getrennt. Das war doch schon während unserer Affäre nicht mehr aktuell? Ich hätte mir doch niemals Hoffnungen gemacht, wenn ich ihn in einer intakten Ehe vermutet hätte. Ach so, es geht gar nicht um seine Ex-Frau, er hatte eine Beziehung danach. Da war nach mir offensichtlich eine andere Frau erfolgreicher gewesen als ich – auf lange Sicht auch wieder nicht. Das ist alles lange her und jetzt egal. Trotzdem erstaunt es mich, wie sehr auch der coole Gerald an Trennungsschmerz leiden kann. Jetzt sind wir Verbündete im Schmerz.

AUSSICHTEN

Obwohl ich meine Kinder vermisse, bin ich froh, die erste Woche in meinem neuen Beziehungsstatus allein im leeren Zuhause verbringen zu können. Zumindest äußerlich gesehen ist dieses so leer gar nicht, denn außer dem Inhalt des Schrankes und dem Pick-up in der Einfahrt fehlt so gut wie nichts. Selbst der zweite Schrank im Keller, der selten gebrauchte Kleidungsstücke beherbergt, wurde nicht geleert.

Dort hängt noch Martins Hochzeitsanzug. Ich knalle die Schranktüren schnell wieder zu, als mich eine neuerliche Welle des Schmerzes überrollt, aber es ist zu spät. Was wollte ich überhaupt hier? Was ändert es für mich, zu wissen, was fehlt und was nicht?

Ich lenke mich ab, indem ich meine Tochter anrufe und ihr von meiner genialen Idee mit der Katze berichte. Jahrelang hat Martin die Anschaffung eines Haustiers untersagt (es wäre uns nicht in den Sinn gekommen, diesbezüglich Verhandlungen aufzunehmen), obwohl Sarah den Wunsch nach einer Katze schon heruntergeschraubt hatte auf einen Hamster: kleiner, leichter in

Fremdbetreuung zu geben und mit kürzerer Lebenserwartung. Aber der Haushaltsvorstand war dagegen. Jetzt ist sie offensichtlich so überwältigt von der plötzlichen Wunscherfüllung, dass sie verunsichert wirkt. »Aber was, wenn die dann überfahren wird?«

Das Argument ist nicht ganz von der Hand zu weisen, denn wir wohnen in der Nähe einer stark befahrenen Straße. Aber ich setze mich durch. Das Haustier wird ihr guttun in nächster Zeit, davon bin ich überzeugt. Sarahs Schulfreundin hat vor den Ferien von einem neuen Wurf auf dem Bauernhof berichtet. Wir vereinbaren einen Termin gleich an dem Wochenende, an dem die Kinder heimkommen, um ein Kätzchen abzuholen.

Ein für mich wesentlicher Ablenkungsfaktor von meinem Elend ist PaarGlück. Nicht weil das erste Date so toll gewesen wäre, sondern weil der Chat mit mir (noch) unbekannten Männern ein gewisses Prickeln und einen Ego-Boost in mein Leben bringt, ohne dass die Kandidaten sich gleich dem Reality-Check stellen müssen. Diese für mich neue Welt birgt erstaunliche Weiten – so viele Männer, so viele verschiedene Eigenschaften und Präferenzen, so viele Möglichkeiten, sich kennenzulernen. PaarGlück kannte ich als einzige Plattform nur wegen der massiven Reklamepräsenz. An jeder Bushaltestelle und kurz vor dem Hauptabendprogramm wurde ich damit beglückt. Damals betrachtete ich es für mein Leben ähnlich relevant wie die Werbung für Herrenrasierer. Wie sehr man sich doch täuschen kann.

Nach meinem ersten Date schwant mir bereits, dass es noch andere Plattformen geben muss und ich eine sehr hochpreisige und umständliche Variante erwischt habe. Mit ihren achtzig Fragen verspricht PaarGlück, den perfekten Match zu finden. Da ich aber von dessen Existenz ohnehin nicht restlos überzeugt bin, schaue ich mich weiter um und entdecke Friendclick. Ich freue mich über die einfache Anmeldung und sofortige Fotofreigabe. Hier scheint es legerer zuzugehen. Das eignet sich für meine derzeitige Lebenslage besser. Es wird gern und viel gechattet, das ist genau das Richtige für mich. Ich schreibe lieber, als ich rede. Auch hier findet das Foto von mir in Hotpants und Tanktop rege Beachtung und wann immer ich etwas brauche, das mich aus meiner Trübsal und Verzweiflung holt, chatte ich ein wenig. Manchmal lässt das Gegenüber den Austausch ins Anzügliche gleiten. Ich weise diese Annäherungsversuche nicht zurück, steige aber nur ein wenig in den flirtenden Ton ein.

Schmerz und Trauer scheinen mein Hirn umnebelt zu haben. Ich verschwende keinen Gedanken daran, dass jemand mich erkennen könnte, wo ich doch sonst so auf meine Privacy bedacht bin. Nicht umsonst werden auf PaarGlück die Fotos nur auf konkrete Anfrage freigegeben – oder eben auch nicht.

Mein zweites Date treffe ich in einem Café in der Innenstadt. Heute regnet es schon bei der Anreise. Als ich am Eingang meinen Schirm schließe und den Vorraum betreten möchte, begegne ich einem Bekannten aus meinem Dorf. Das ist mir sehr unangenehm. Aber warum eigentlich? Noch habe ich hier ja mein Date noch gar nicht begrüßt. Und selbst wenn – ich kann ja wohl mit einem Kollegen auf einen Kaffee gehen?

Der Bekannte ist der Vater eines Mitschülers meines Sohnes, der nichts von den häuslichen Dramen weiß. Trotzdem fühle ich mich, als prangte ein Zettel mit »Frisch getrennter Single auf Männersuche« auf meiner Stirn wie in dem Spiel »Wer bin ich?«.

Ich schüttele die negativen Gedanken ab und steuere auf den einzigen Tisch zu, an dem ein Mann allein Zeitung liest. Als er mich bemerkt, legt er sofort die Salzburger Nachrichten beiseite und steht auf, um mich zu begrüßen. Der dunkelhaarige Mann ist mir auf Anhieb sympathisch und so lasse ich mich zu den Wangenküsschen hinreißen.

»Möchtest du auf der Bank oder auf dem Sessel sitzen?«, fragt er mich.

»Bank, bitte«, antworte ich und rutsche gleichzeitig in die Sitzbank hinein.

Nach dem üblichen Was-machst-du-denn-so finden wir sofort einen Anknüpfungspunkt.

»Ach, tatsächlich? Da habe ich mich vor ein paar Jahren mal beworben«, erzähle ich, als er seinen Arbeitgeber erwähnt.

Wir plaudern ein wenig über den Beruf und es ist kaum verwunderlich, dass dabei wenig Flirt-Stimmung aufkommt. Aber wir sind ja erst am Anfang. Ein wenig spannender wird es bei den Lebensumständen.

»Ich lebe seit ein paar Monaten von meinem Mann getrennt.« Heute bin ich auf dieses Thema so gut vorbereitet, dass es schon richtig flutscht.

»Hast du Kinder?« Wenn er mein Profil auf PaarGlück nicht nur gelesen, sondern sich auch gemerkt hat, ist diese Frage rhetorisch. Denn dort habe ich das in der richtigen Rubrik ausgefüllt und sogar »Im gemeinsamen Haushalt« angekreuzt.

»Ja, mein Sohn und meine Tochter leben bei mir. Hast du Kinder?«, frage ich jetzt, um das Spiel mitzuspielen. Obwohl ich die Antwort von der Plattform kenne, werde ich jetzt überrascht.

»Ich wohne mit meinen beiden Kindern und mit meiner Ex-Frau zusammen.«

Meine Augenbrauen wandern nach oben, bevor ich das rechtzeitig verhindern kann.

Er bemerkt meinen skeptischen Blick und beginnt zu erklären. »Wir haben ein freundschaftliches Verhältnis seit der Scheidung. Die Wohnung ist groß genug, jeder hat sein eigenes Zimmer. Die Kinder sind im Teenageralter und wir halten es für das Beste so, bis sie ausziehen.«

Jetzt bin ich geplättet. So ein Leben liegt weit jenseits meines Vorstellungsvermögens. Mit Martin das Haus teilen zu müssen, wo mich doch bei unserem letzten gemeinsamen Joggingausflug in der Türkei die Mordgelüste überfallen haben. Außerdem erscheint es mir schwierig, eine neue Partnerin zu finden, wenn man noch mit der vorherigen unter einem Dach lebt. Wie hat man sich das vorzustellen – als Ménage-à-trois? Oder war es wirklich so, wie mein Date mir versichert, dass ihn mit seiner Ex-Frau ausschließlich Verantwortungsgefühl und Liebe den Kindern gegenüber verbinden und sie dieses Leben deswegen gewählt haben? Ich werde es nicht erfahren. Und das will ich auch gar nicht.

Denn auch dieses Date wird ohne Folgetreffen bleiben. Wieder habe ich einen Mann kennengelernt, durchaus ansehnlich, mit guten Manieren, intelligent – ohne auch nur den Hauch einer Chance auf Verlieben zu verspüren. Ich habe es ja schon immer geahnt: Verlieben auf Knopfdruck aus dem Katalog funktioniert einfach nicht. Das Schöne an einem Dasein mit vorgefassten Meinungen ist ja, dass man so überraschend vom Gegenteil überzeugt werden kann.

DER ANWALT ALS BEICHTVATER

Mein nächster Termin ist von vornherein nicht als romantisches Treffen gedacht, obwohl der Anwalt ein attraktiver Mann ist, den ich auf Firmenfeiern gelegentlich getroffen habe. Und jetzt sitze ich auf Gerlindes Initiative hin als Mandantin in seiner Kanzlei. Zum ersten Mal in meinem Leben bin ich überhaupt in einer Anwaltskanzlei und dann gleich, um meine eigene Scheidung in die Wege zu leiten. Der Anfang ist noch rclativ cinfach. Es drcht sich um die Finanzen.

In schlaflosen Nächten habe ich mir das Hirn darüber zermartert, wie ich als Teilzeitkraft die Familie erhalten soll. So schlimm wird es nicht kommen. Christian listet unsere finanziellen Verhältnisse auf. Vermögen zum Zeitpunkt der Eheschließung, Vermögen zum Zeitpunkt der Scheidung. Alles, was dazwischen aufgebaut wurde, wird aufgeteilt, ausgenommen Erbschaften, Schenkungen und Firmenvermögen. Christian rechnet mir vor, wie hoch der Unterhalt für die Kinder ist, und verkündet, dass mir selbst keiner zusteht. »Du verdienst zu gut.«

Ich hatte nicht mit Unterhalt für mich gerechnet und mit den Zahlungen für die Kinder kommen wir aus. Fragt sich nur, wo. Christian schätzt den Wert unseres Hauses und rät mir, eine Mietwohnung zu nehmen, da es mir wohl kaum möglich sein würde, meinen Noch-Ehemann auszuzahlen.

Was mir bisher als diffuse Angst den Schlaf geraubt hat, sehe ich plötzlich in konkreten Zahlen vor mir: Mein finanzielles Leben nimmt Formen an und das verleiht mir ein wenig das Gefühl von Zuversicht und Stabilität. Ich werde zumindest nicht des Geldes wegen verheiratet bleiben müssen. Aus dem gemeinsamen Haus mit all den Erinnerungen auszuziehen, erscheint mir im Augenblick fast verlockend. Wenn ich schon durch diese emotionale Hölle gehen muss, wenn ich schon zum Neubeginn gezwungen werde, dann wenigstens richtig. Die Zuversicht beginnt zu wachsen und ich bin Gerlinde dankbar für ihre Initiative. Ich werde das schaffen. Mein soeben erwachtes Selbstvertrauen hat allerdings nicht sehr viel Gelegenheit, sich weiter auszubreiten.

»Jetzt wird es persönlich, jetzt musst du die Hosen runterlassen.« Christian unterbricht meinen innerlichen Höhenflug gleich nach dem Start. »Es ist sehr wichtig, dass du mir alles erzählst, was zwischen euch vorgefallen ist. Wenn die Gegenseite etwas vor Gericht vorbringt, was ich nicht weiß, kann das zu einem großen Nachteil bei der Scheidung für dich werden.«

Christian ist so sachlich wie immer. Seine Mimik ändert sich bei dem heiklen Thema ebenso wenig wie sein Ton. Er bleibt entspannt am Tisch sitzen und greift schon mal nach dem Diktiergerät in Erwartung meiner spannenden Beichte.

Wer sich so wie ich bis zu diesem Zeitpunkt wenig mit österreichischem Familienrecht beschäftigt hat, wird sich kaum Gedanken über den Begriff »Eheverfehlung« gemacht haben. Schlagartig wird mir meine Blauäugigkeit bewusst, mit der ich vor der Eheschließung einen Vertrag unterzeichnete. Von dessen Inhalt, Bedeutung und Folgen hatte ich nicht einmal eine vage Vorstellung. Ich betrachtete die Heirat damals als romantische Veranstaltung, und das, wo ich doch sonst so rational bin. Zu meiner Entschuldigung kann ich immerhin meine Schwangerschaft zum Zeitpunkt der Eheschließung anführen. Die emotionale Achterbahnfahrt dieser Zeit ist mir in lebhafter Erinnerung. Man sollte in diesem Zustand tunlichst keine Verträge unterzeichnen. Ob ich wohl im Nachhinein auf Unzurechnungsfähigkeit plädieren kann?

Was in dem Vertrag steht, weiß ich auch nicht genau. Ich kann mich nur noch daran erinnern, dass ich mich gegen die Unterzeichnung wehrte. Ohne genau zu wissen, warum. Es war nur so ein Gefühl.

Aber jetzt sitze ich beim Scheidungsanwalt und werde danach gefragt. Ja, so etwas gibt es. Irgendwo. Ich werde mich darum kümmern, ihn ausfindig zu machen. Am besten beim Notar in Gastein, der ihn damals aufgesetzt hat. Immerhin so viel weiß ich noch.

Abgesehen davon ist auch die Frage nach der Eheverfehlung wichtig. Ich bin fassungslos. Martin zieht zu seiner Freundin, die er sich heimlich zugelegt hat, und ich muss mein Leben beim Anwalt nach einer möglichen Eheverfehlung durchleuchten lassen?

Es hilft wohl alles nichts. Ich muss hier auspacken, was ganz tief unten ruht, wo ich es vor meinen eigenen Gedanken verbergen kann. Etwas, das Martin aber seit seinem Betrug gern immer wieder hervorholt als Rechtfertigung für sein Tun. Ich trat ihm einmal in seine Weichteile. Ich kann mich nicht einmal mehr an den genauen Grund erinnern. Ich weiß nur noch, dass wir im Familienurlaub auf Gran Canaria (glücklicherweise schliefen die Kinder im Nebenraum schon tief) fürchterlich gestritten hatten. Plötzlich schwappte ein unbeschreibliches Gefühl der Hilflosigkeit, des Ausgeliefertseins, der Ausweglosigkeit über mich hinweg, das sich in diesem Akt der körperlichen Aggression entlud. Ich trat einfach zu. Dabei zielte ich, anders als von Martin im Nachhinein gern und oft betont, keinesfalls auf seine Kronjuwelen. Ich hatte einfach wütend um mich getreten. Das macht es natürlich nicht besser.

Christian zeigt sich von meiner mit rotem Kopf und stockender Stimme vorgetragenen Beichte wenig beeindruckt. Er spricht in sein Diktiergerät: »… hat die Mandantin dem Ehemann in die Genitalien getreten.«

Das oft beschworene Loch im Boden tut sich natürlich nicht auf, um mich zu verschlingen, und noch schlimmer ist der Gedanke, dass eine Sekretärin diese Sprachnotizen abhören und tippen wird. Ich versuche, mich damit zu trösten, dass man in der Anwaltskanzlei wohl schon Schlimmeres gehört haben dürfte.

Danach bringt Christian noch ein weiteres Thema zur Sprache, dessen Tragweite mir bisher nicht bewusst gewesen ist: »War da eigentlich was mit Herbert?«

Diese konkrete Frage löst weiteres Unwohlsein in mir aus. Selbst der Anwalt weiß von meinem harmlosen Flirt? In unserem tratschfreudigen Unternehmen gilt ein Mittagessen zu zweit mit einem abteilungsfremden Kollegen fast schon als Heiratsantrag. Ich hätte es wissen müssen. Mein reines Gewissen rettet mich aus der peinlichen Situation. Ich habe mir nichts zuschulden kommen lassen und deswegen kann mir auch nichts nachgewiesen werden, schon gar keine Eheverfehlung.

Als ich von Christian die Instruktionen für mein Verhalten in nächster Zeit bekomme, erfahre ich, dass selbst ein Essen nicht unbedingt harmlos ist: »Es ist besser, du lässt dich nicht bei einem romantischen Candle-Light-Dinner mit einem Mann blicken, bis das hier vorüber ist.«

Wie jetzt? Nicht einmal mein Dating darf ich weiter betreiben? Oder vielleicht nur in ungemütlichen Spelunken? Es sollte sich herausstellen, dass nicht alle Anwälte die Sache mit dem Dating so eng sehen.

Zum Abschluss versucht Christian, mich zu trösten. Ich muss wirklich einen sehr traurigen Eindruck machen. »Du wirst sehen, in dem Alter gibt es wieder einen großen Markt an geschiedenen Männern.«

Ja, den Eindruck habe ich auf den diversen Platt-formen auch schon gewonnen. Aber wie soll ich die kennenlernen, wenn ich keinen treffen darf?

Völlig desillusioniert über das Wesen der Ehe und das Scheidungsrecht, aber gestärkt in meinem Selbst-vertrauen und in meiner Vorstellung von der Zukunft verlasse ich die Anwaltskanzlei.

FAMILIENLEBEN 2.0

Mir ist ein wenig mulmig, als ich meine Kinder vom Bahnhof abhole. Wie wird das sein, jetzt zu dritt hier zu wohnen? Der elfjährige Florian scheint eine ziemliche Verantwortung zu fühlen, als er sagt: »Jetzt bin ich der Mann im Haus.« Aus dem Munde des für sein Alter kleinen und zierlichen Jungen klingt das beinahe grotesk.

Aber wir schaffen ja Abhilfe. Heute ist Simba hier eingezogen, ein kleiner schwarz-weißer Kater, der das Geschlechterverhältnis somit wieder ausgleicht und ein wenig für Trubel und auch für verschmuste Momente sorgt.

Und noch eine Anschaffung soll für Trubel im Haus sorgen. Nachdem der DVD-Spieler den Geist aufgegeben hat, fahre ich spontan zum Elektrohändler und besorge einen Blue-Ray-Player mit Dolby-Surround-Anlage und ein paar Krawumm-Filme dazu. Die erste Herausforderung besteht darin, das Ganze in meinem kleinen MiTo zu verstauen. Der Viersitzer war als Pendlerauto für mich gedacht, allen anderen Zwecken diente die Familienkutsche. Da diese nun nicht mehr zur Verfügung steht, muss ich erst einmal mit dem kleinen Wagen das Auslangen finden. Offensichtlich wächst nicht nur der Mensch mit der Aufgabe, sondern auch das Auto, denn nach endlosen Versuchen habe ich alle Pakete verstaut.

Die richtige Herausforderung wartet zu Hause auf mich. Beim Öffnen der Pakete sind sowohl Kinder als auch Kater noch Feuer und Flamme für das Projekt. Ein Karton nach dem anderen wird mit dem scharfen Messer aufgeschlitzt. Bald ist der Terrakottaboden bedeckt mit Füllmaterial wie mit dem ersten Schnee. Simba klettert in leere Schachteln und wieder heraus und jagt das Styropor durchs Wohnzimmer. Auch für das mechanische Zusammenschrauben der Teile kann ich noch die eine oder andere Minute Aufmerksamkeit des Nachwuchses gewinnen.

Als ich die Gebrauchsanleitungen für die Einrichtung der Anlage zu studieren beginne, haben plötzlich alle Wichtigeres zu tun. Die Kinder verziehen sich in ihre Zimmer, Simba legt ein Nickerchen auf der Couch ein, erschöpft von so viel hektischer Aktivität. Eigentlich bin ich ganz froh darüber, diese Arbeit ohne ungeduldiges Gedrängel im Hintergrund verrichten zu können. Ich habe eine Aufgabe, die mich fordert, auf die ich mich konzentrieren muss.

Aus der Gebrauchsanleitung lese ich die optimale Verteilung der Lautsprecher im Raum heraus und beginne zu probieren. Schließlich soll es auch einigermaßen ansprechend aussehen und nicht im Weg herumstehen. Erst als alles fertig ist, wagt der Nachwuchs sich aus seinen Zimmern.

Mit Popcorn und Kater machen wir es uns auf dem Sofa bequem und schauen »Men in Black«. Obwohl ich diese Momente mit den Kindern genieße, linse ich zwischendurch möglichst unauffällig auf das Display meines Smartphones. Es zieht mich magisch an, obwohl es schon Beschwerden von den Kindern gab, als ich eine Nachricht vom Friendclick-Chat beantwortet habe.

Auf den Fotos sieht Daniel richtig gut aus und auch seine Nachrichten gehen über das übliche »Hi, wie gehts?« oder »Wollen wir uns treffen?« hinaus. Aber wie soll ich mich mit Daniel treffen, wo ich doch vom Anwalt ein Dating-Verbot habe?

Ich brauche unbedingt ein Outfit für ein Treffen. Ein Kleid wäre ideal, um meine Figur zu betonen. Am Freitagvormittag parke ich meinen roten Flitzer in der Nähe der Fußgängerzone und schlendere durch die Schachtstraße, die ihrem Namen alle Ehre macht: ein dunkler, enger Schlurf, der den unteren Teil der Fußgängerzone, die Lokale und eine Radfahrerlaubnis bietet, mit dem oberen Teil verbindet, wo Trachtenläden, Optiker, Reisebüro und ein Kaufhaus zum Shoppen einladen und griesgrämige Senioren jeden verirrten Radfahrer streng auf das Verbot hinweisen.

In der Schachtstraße selbst fristen nur ein paar kleine Lädchen ihr mehr oder weniger einsames Dasein zwei Treppenstufen unter dem Straßenniveau. Ein Schuhmacher aus Südosteuropa repariert Schuhe aller Art zu einem sensationellen Preis. Ob der Absatz eines Pumps neu besohlt oder der Snowboard-Boot geklebt werden muss – in diesem schummrigen kleinen Raum kann die Einsatzdauer jeglicher Fußbekleidung verlängert werden. Schräg gegenüber werden Halbedelsteine und indianischer Schmuck verkauft. Am Schaufenster klebt ein vergilbter Zettel mit der Telefonnummer, unter der die Verkaufstransaktion vereinbart werden kann. Ich habe noch nie gesehen, dass das Geschäft geöffnet war.

Daneben prangt das Schild »Baci e Abbracci« mit der Reklameaufschrift einer Brauerei. Das Schaufenster gleicht einem riesigen Fotoalbum. Es reihen sich Bilder von Feierlichkeiten aneinander, im Mittelpunkt stets der strahlende Gastgeber dieses Lokals. In der Ecke steht eine kleine Büste von Cäsar, halb verborgen unter einem eleganten Sonnenhut und einer Sonnenbrille. Blickdichte weiße Stores versperren die Sicht oberhalb der Fotowand ins Innere des Lokals. Hier haben Martin und ich uns zu Hochzeitstagen oder Geburtstagen von Antonio bekochen, bedienen und unterhalten lassen. Das Lokal hat nur abends geöffnet und nur wer dem Gastgeber sympathisch ist, bekommt einen der drei Tische, die normalerweise über Wochen ausgebucht sind. Tagsüber dringt meist laute italienische Musik aus dem Lokal in die Schachtstraße, begleitet von Antonios Gesang, mit dem er sich das Waschen der Teller und das Putzen seines Lokals versüßt. So viel südländische Lebensfreude ist zu viel in einem Ort wie Bad Eichenfels, in dem sich Rentner aus ganz Deutschland zu ihrer vorletzten Ruhestätte begeben, eine Art alpenländisches Florida. Und so gab es auch schon die eine oder andere Beschwerde wegen Lärmbelästigung. Das kümmert Antonio allerdings wenig und lässt ihn auch nicht weniger laut singen.

Immer wieder machen Gäste seines Lokals oder seine Freunde tagsüber hier halt, um einen Espresso mit ihm zu trinken. In Italien gehört es zum guten Ton, einen Tisch persönlich zu reservieren. Sofern man kein Stammgast ist, sollte man das auch tun, denn Antonio spricht nur sehr gebrochen Deutsch und so gut wie kein

Englisch. Falls er doch Deutsch versteht, kann er das meist sehr gut verbergen. Außerdem wird ein potenziell neuer Gast erst sehr genau in Augenschein genommen, bevor man ihm eine Reservierung zugesteht.

Jetzt dringt aus dem Lokal »Tutta la vita«. Die Stimme von Lucio Dalla wird begleitet von der Antonios. Offensichtlich ist er allein. Durch die offene Tür kann ich im schummrigen Gastraum nur den Lokalbesitzer erspähen, der hinter dem Tresen seine Espressomaschine reinigt.

Einer plötzlichen Eingebung folgend, steige ich die zwei Stufen hinab. Ich, die ich doch immer so zurückhaltend bin, nach Möglichkeit nicht mit Fremden spreche, auch Bekannten gegenüber sehr reserviert bin und lange brauche, um Freundschaften zu knüpfen.

»Buongiorno«, sage ich lächelnd. Ich habe keine Ahnung, was ich hier will. Ich durchquere den Raum, in dem es nach Putzmittel riecht, gehe vorbei an den drei Tischen zu meiner Linken und an der kleinen Anrichte zu meiner Rechten. Die Wände sind dicht behängt mit Bildern, Fotos einer italienischen Altstadt, Zeichnungen derselben Altstadt. Dazwischen hängen Poster von Sophia Loren und das berühmte Bild, auf dem Don Camillo seine Spaghetti schlürft.

Durch die offene Tür dringt nur wenig Tageslicht herein. Trotzdem kann ich den Ausdruck der Überraschung erkennen, der rasch über Antonios Gesicht huscht, aber sofort seinem professionellen Lächeln Platz macht.

»Buongiorno, signora. Wolle eine Espresso?«

Damit begrüßt Antonio mich, bevor Verlegenheit sich breitmachen kann. So ungewöhnlich ist mein Auftauchen nun auch wieder nicht. Ich könnte ja einen Tisch reservieren wollen, obwohl Martin das immer erledigt hat, dessen Praxis ganz in der Nähe liegt.

»Si, per favore.«

Damit ist mein Italienisch bald ausgereizt. Antonio mahlt den Kaffee in den Siebträger, befestigt ihn an der Maschine, nimmt zwei angewärmte Espressotassen von der Warmhalteplatte und stellt sie unter den Siebträger. Unter beruhigendem Brummen läuft die dunkelbraune Flüssigkeit in die Tassen und verbreitet den angenehm herben Geruch, der mich bereits in Vorfreude versetzt.

»Zucchero?«

Ohne meine Antwort abzuwarten, stellt Antonio einen silbernen Behälter mit fein ziselierter Inschrift auf den Tresen. Er schaufelt einen Löffel Zucker in seinen Espresso und beginnt zu rühren. Ich mache seine Bewegung mechanisch nach, obwohl ich eigentlich den Kaffee seit meinem sechzehnten Lebensjahr aus Figurgründen ohne Zucker trinke. Allerdings ist Im-Kaffee-Rühren eine wundervolle Beschäftigung, um Verlegenheit zu überspielen.

Antonio fragt nicht nach dem Grund meines Besuches, auch nicht, ob ich einen Tisch reservieren will. Er trinkt einfach mit mir seinen Espresso, als wäre es das Selbstverständlichste der Welt, als hätten wir das immer schon so gemacht. Auf dem Weg zu Müller bin ich schon oft an seinem Lokal vorbeigekommen und habe mich an Gesang und Musik erfreut, die die ansonsten so triste Schachtstraße ein wenig mit Lebensfreude erfüllen. Aber noch nie hat meine innere Stimme mich dazu verleitet, hier allein tagsüber einen Kaffee zu trinken. Bis heute.

»Wie geht Martino?«, fragt Antonio.

»Martin hat mich verlassen«, falle ich mit der Tür ins Haus.

Jetzt braucht er ein wenig länger, um den Ausdruck der Überraschung auf seinem Gesicht wieder durch den Ausdruck eines geschäftigen Wirts zu ersetzen.

»Oh. Vielleicht ist nur eine Phase«, versucht er, mich zu trösten.

»Das glaube ich nicht. Er ist zu seiner Freundin gezogen.«

Antonio legt einen Ausdruck von Bedauern in sein Gesicht, der noch ein paar mehr Falten zu den vorhandenen hinzufügt, und schenkt mir einen gefühlvollen Blick aus seinen grünen Augen. Ich kann sein Alter schwer schätzen. Sein durchtrainierter, sehniger Körper wirkt jugendlich, wenn er zwischen den Tischen herumtanzt: abends beim Servieren oder zum Unterhalten der Gäste, tagsüber mit dem Besen, wenn er sein Lokal putzt und vorbereitet für die nächsten Feierlichkeiten der Gäste am Abend. Sein Gesicht hingegen wirkt ein wenig älter als der Körper, den er heute mit einem engen weißen T-Shirt betont. Kein Ansatz von Fett stört den Blick auf den Sixpack unter dem dünnen Stoff. Die gut geschnittene Jeans lässt einen ebenfalls gut trainierten Po darunter vermuten. Rauleder-Sneakers vervollkommnen das italienisch gestylte Outfit.

Hinter dem Tresen steht ein kleines Podest, auf dem Antonio thront, während er Espresso für seine Kunden zubereitet oder sich mit Gästen unterhält. Somit kann er jetzt während unserer Unterhaltung aus einer leicht erhöhten Position auf mich blicken, obwohl er ein wenig kleiner ist als ich. »Wolle mit mir tanzen gehen?«

Diese Frage empfinde ich keinesfalls als Anmache, sondern als Tröstungsversuch. Die Idee eines Flirts erscheint mir geradezu absurd. Auch mein Hereinschneien hier ins Lokal hatte keinerlei romantischen Hintergrund. Zumindest keinen, der mir bewusst gewesen wäre.

Inzwischen ist »Tutta la vita« verklungen. Jetzt verbreitet »Gianna« von Rino Gaetano passenderweise italienische Tanzstimmung. Der Rhythmus übernimmt die Kontrolle über meinen Körper. Ich kann gar nicht anders, als mich der Musik hinzugeben, ein wenig mitzuwippen. Als hätte Antonio zur Vorbereitung auf meinen Besuch eine Playlist erstellt. Jetzt bin ich es, die ein wenig Überraschung zeigt, aber sofort übernimmt mein Unterbewusstsein wieder die Regie, bevor ich anfangen kann zu denken, zu bewerten, zu grübeln. »Warum nicht, gern.«

Ich antworte mit einem Lächeln, das sich ebenso unterbewusst breitmacht. Wie gern habe ich immer getanzt, wie lange habe ich keine Gelegenheit mehr dazu gehabt.

»Wohin?« Inzwischen ist mein bewertendes Ich aus der Schockstarre erwacht und will jetzt doch die Eckdaten abklären, um sich eine Vorstellung von dem eventuell bevorstehenden Rendezvous machen zu können.

»Lienbacher«, antwortet Antonio.

Ich habe schon von dem Stadl gehört, ihn aber noch nie persönlich betreten: eine Art Dorf-Disco, aber ich bin jetzt nicht in der Position, wählerisch sein zu können. Außerdem erscheint mir der Gedanke, nach jahrelanger Abstinenz überhaupt wieder tanzen zu können, sehr verführerisch. So verführerisch, dass ich mein Dating-Verbot gern ganz hinten in meinen Gehirnwindungen platziere, wo es mich möglichst wenig stört.

»Ich gebe dir meine Nummer und du schreibe eine SMS.« Antonio will mich nicht zu einer sofortigen Antwort und Planung drängen. Die Initiative muss letztendlich von mir ausgehen. Er zückt sein Nokia-Handy und zeigt mir die Nummer, die ich in mein Smartphone tippe und unter »Antonio« speichere.

Inzwischen sorgt Lucio Dalla wieder für die passende Hintergrundmusik. Die Gitarrensoli aus »Piazza Grande« lassen auch Saiten in mir mitklingen. Ich hatte ganz vergessen, wie gern ich Musik mag.

»Wir könne essen vorher, aber ich muss warten, bis meine Gast gegangen«, schlägt Antonio vor.

Ein Blick auf die Uhr zeigt mir, dass ich in Eile bin. Nicht die Uhr, die im Lokal hängt – die ist schon vor geraumer Zeit stehen geblieben. Seit ich hier zum ersten Mal gegessen habe (und wahrscheinlich schon vorher), zeigt sie halb eins an. Ich habe verabredet, die Kinder von der Schule abzuholen. Für das Date mit Daniel habe ich jetzt zwar kein Kleid, aber die Schwere in meinem Inneren ist ein wenig leichter geworden. Für einen Augenblick habe ich sie sogar vergessen. Ich fühle mich fast ein wenig beschwingt nach dieser Espressopause in Klein-Italien.

Mit dem Nachschwingen dieses Gefühls verbringe ich einen entspannten Freitagnachmittag mit den Kindern und unserem neuen Familienmitglied Simba.

EIN VERBOTENES DATE
MUSS NICHT UNBEDINGT AUFREGEND SEIN

Am Samstagabend bin ich ein wenig in Zeitnot. Vor dem Date mit Daniel muss ich noch am Einkaufszentrum halten und ein Outfit besorgen. Ich kurve mehrmals durch die in verschiedenen Farben gestalteten Gänge der Tiefgarage, bevor ich den MiTo endlich in einer Lücke parken kann. In dieser Ecke war ich noch nie, keine Ahnung, wo ich in der Ladenebene ankommen werde. Oben kenne ich mich besser aus als unten und die Geschäfte sind leichter auseinanderzuhalten als die Parkplätze, Farbkonzept hin oder her.

Ich rolle mit der Treppe in die erste Ebene – immerhin weiß ich, dass ich bis ans andere Ende gehen muss, um bei Tally Weijl oder H & M anzukommen. Als ich mich gerade auf den Weg gemacht habe, klingelt mein Handy. Das Display zeigt den Namen meiner Tochter.

»Mama, wir haben einen Igel im Haus. Der will aus Simbas Napf fressen. Wir haben Simba auf dem Klo eingesperrt.«

Was tun? Soll ich jetzt mein Date absagen und daheim nach dem Rechten sehen? Oder darauf vertrauen, dass der 11- und 13-jährige Nachwuchs selbst mit der Situation zurechtkommt?

Ich entscheide mich für Letzteres und setze mit ein paar anleitenden und beruhigenden Worten meinen Weg fort. Diese Zerrissenheit ist mein ständiger Begleiter: für die Kinder da sein oder für mich selbst?

Bei Tally Weijl probiere ich hastig zwei Kleider. Das rote Stretchkleid mit schwarzen Einsätzen an der Taille sieht ein wenig gemäßigter aus und wird für zukünftige Anlässe mitgenommen. Das schwarze Kleid mit Spitzen am Saum lasse ich gleich an, auch wenn es vielleicht ein wenig kurz ist. Auf dem Weg zur Garage fühle ich es noch dazu an meinen Oberschenkeln hochklettern. Vielleicht ist es ja doch ein wenig ZU kurz. Soll ich es schnell noch auf der Toilette gegen das rote tauschen? Nein, dazu ist jetzt keine Zeit.

Ich betrete die Unterwelt an einem anderen Ort, als ich sie verlassen habe, und begehe damit einen Fehler. Ich habe auf Orange geparkt, ziemlich sicher sogar. Oder war es vielleicht doch gelb? Ich irre erfolglos umher, gehe zurück zum Aufgang, um den Plan zu studieren. Aha, ganz zurück zum anderen Ende also.

Ich mache mich wieder auf den Weg und spüre etwas Warmes in meinen Slip hineinlaufen. Nein, nicht das auch noch! Meine Periode ist doch erst in ein paar Tagen fällig. Also zurück zum nächsten Ausgang und auf der Toilette das Notwendige erledigen. Das wird mein Date zumindest in keuschen Bahnen ablaufen lassen, falls ich mir dessen unsicher gewesen sein sollte. Im nächsten Anlauf finde ich das Auto fast auf Anhieb.

—

Daniel hat mein vom Anwalt verordnetes Dating-Verbot gelassen aufgenommen und eine sichere Alternative vorgeschlagen: Wir holen uns leckeres Essen vom Thai, fahren auf den Gaisberg und genießen von dort aus den romantischen Ausblick auf die Stadt wie aus einem Autokino. Mit allem, was sonst im Autokino noch so dazugehört, habe ich mir gedacht.

Wir treffen uns auf dem Parkplatz von Billa – das fällt garantiert nicht unter das Candle-Light-Dinner-Verbot – und steigen in Daniels anthrazitfarbenen, kleinen BMW. Ein älteres Modell, wie ich als Fast-Laie feststellen kann. Aber er scheint Wert auf derlei zu legen und bewundert auch mein schickes italienisches Auto mit den roten Ledersitzen, das auf dem Supermarkt-parkplatz auf mich warten wird. Mindestens ebenso bewundernde Blicke fallen auf meine Beine, die für meinen Geschmack etwas zu weit unter der schwarzen Spitze hervorlugen.

Während wir die Serpentinen auf den Gaisberg hinaufkurven, kommt mir ganz kurz der Gedanke, ob es so eine kluge Idee war, zu einem wildfremden Mann ins Auto zu steigen. Manchmal lege ich in derlei Situationen eine gewisse Sorglosigkeit an den Tag. Ich spazierte einmal in Wien auf dem Heimweg über den Gürtel, als ich die letzte Bim verpasst hatte, und gewährte einem auf einer Feier gestrandeten Berliner Studenten ein anderes Mal spontan Unterkunft bei mir. Bisher bin ich nie in eine auch nur ansatzweise brenzlige Lage geraten, aber vielleicht hat die Welt sich ja verändert seit meinen Studententagen, die ja nun schon einige Zeit zurückliegen. Eine Zeit, die ich sicher weggeschlossen als Ehefrau und Mutter auf dem Dorf verbracht habe.

Ich verscheuche den Gedanken wieder. Daniel macht einen sehr vertrauenerweckenden Eindruck und wir haben uns im Chat immerhin schon eine Weile ausgetauscht. Er hat einen ähnlich seriösen Beruf wie ich.

In der nächsten Kehre falle ich gleich mit der Tür ins Haus und berichte Daniel von meiner Unpässlichkeit. Diplomatie ist noch nie meine Stärke gewesen und so kann ich vielleicht gleich abchecken, was er sich von dem Abend erwartet oder zumindest erwartet hat. Er zeigt Verständnis dafür, dass die Natur auf diese Weise auf Aufregung reagiert, oder kann seine Enttäuschung zumindest gut verbergen.

Im schummrigen Licht des Autos habe ich wenig Gelegenheit, Daniel zu betrachten und sein Aussehen mit den Fotos im Internet abzugleichen, aber das Gesicht unter dem kurzen blonden Haar scheint etwas runder zu sein und auch ein leichter Bauchansatz macht sich unter dem Hemd bemerkbar. Auch Männer versuchen offensichtlich, sich in einem besseren Licht zu zeigen.

Auf dem Plateau parkt Daniel den BMW mit Blick auf das Lichtermeer unter uns. Im Radio läuft »Grenade« von Bruno Mars. Mittlerweile ist es ganz dunkel geworden und erstaunlicherweise sind wir bisher das einzige Pärchen, das die Idee hatte, ein Date an diesem Ort zu arrangieren. Wir genießen das Thai-Essen aus den Pappschachteln und unterhalten uns über Gott und die Welt und erstaunlich viel über Daniels Ex. Ich scheine nicht die Einzige zu sein, die sich mit einem Rucksack voller unbewältigter Altlasten in die unendlichen Weiten des Onlinedatings begeben hat.

Als wir mit dem Essen fertig sind, entsorgen wir die Pappschachteln im nächsten Mülleimer. Auf dem kurzen Weg überrascht uns die Kälte, die mit der Dunkelheit herangekrochen ist, und wir ziehen uns wieder ins warme Auto zurück, diesmal auf die Rückbank. Zum Küssen und Streicheln brauchen wir keinen romantischen Ausblick. Ich genieße die Berührung, die erste seit Langem, und die ersten Küsse seit unendlich erscheinender Zeit. Ich will niemanden verführen, weder zum Sex noch zum Bleiben. Ich küsse einfach nur, um zu sehen, wie es sich anfühlt, ob ich mich verlieben könnte, wie es ist, zu küssen, ohne verliebt zu sein. So schön es auch ist, wieder zu berühren und berührt zu werden, in mir regt sich nicht der Wunsch nach mehr und das ist nicht nur dem Tampon geschuldet, der den Platz heute ohnehin besetzt hält. Es ist ein Anfang.

Wir liegen einander noch ein wenig in den Armen. Daniel scheint es ähnlich zu gehen wie mir. Vielleicht ist er auch gerade dabei, sich an einen fremden Körper zu gewöhnen, während seine Gedanken bei einem anderen, vertrauteren verweilen. Wir reden nicht darüber. In stillem Einvernehmen beenden wir den Ausflug. Daniel fährt mich zurück zu meinem Auto. Wir verabschieden uns mit einem »Wir hören voneinander«.

DER EHEBERATER GIBT AUF

Obwohl mich die Tatsache meines neuen Lebens als verlassene Alleinerzieherin immer noch jeden Morgen nach dem Aufwachen wie ein Keulenschlag trifft, gibt es jetzt immerhin eine Zeit dazwischen, und es gibt ein Aufwachen. Ich schlafe wieder ohne Schlaftabletten. Und ich fühle langsam, ganz langsam, eine Art von Zuversicht, das vage Gefühl, ich könnte mein Leben schaffen, zur Not auch allein, und den Kindern ein stabiles Heim bieten. Dieses Gefühl breitet sich ausgehend von meinem Magen aus, wo sich bisher ausschließlich Schmerz, Wut, Eifersucht und Verzweiflung um die besten Plätze geschlagen haben. Mittlerweile kommt es manchmal fast bis in die Schultern, auch wenn es in die Fingerspitzen, die Zehen und in den Kopf noch ein weiter Weg ist. Es ist nicht mehr erforderlich, alles auf mich zu nehmen, alles zu erdulden, alles zu ertragen, nur damit mein Mann zu mir zurückkommt und ich wieder heile Familie mit ihm spielen kann. Die Kinder werden zurechtkommen, ich muss mich nicht für sie opfern. Und irgendwann werde ich mich vielleicht sogar wieder verlieben, wenn ich fleißig weiterdate.

Gestärkt von diesen Gefühlen betrete ich, wenn schon nicht hoch erhobenen, so doch nicht mehr ganz gesenkten Hauptes die Praxis des Eheberaters. Martin sitzt bereits im Besprechungszimmer. Ich falle gleich mit der Tür ins Haus, bevor Dr. Huber weitere abstruse Eherettungsvorschläge vorbringen kann, die mich wieder an die Grenzen meiner Möglichkeiten bringen. »Ich war beim Anwalt, ich möchte mich scheiden lassen. Überleg dir, was du mit dem Haus machen willst.«

Martin setzt sofort sein beleidigtes »Meine Frau ist so böse zu mir – ich bin so arm«-Gesicht auf. Der Profi bleibt bei seinem interessiert fragenden »Erzählen Sie mehr davon«-Ausdruck.

»Das ist jetzt aber schon sehr weit gedacht«, versucht Martin, erst einmal auf Zeit zu spielen.

»Das finde ich nicht. Du hast seit April eine Freundin, zu der du gezogen bist und mit der du eine ideale

Beziehung führst. Ich lebe zwischen deinem ganzen Krempel und in einem Zwischenstadium. Ich möchte Klarheit in mein Leben bringen.« Den Ausdruck »ideale Beziehung« betone ich, um die Anführungsstriche hörbar zu machen.

Martin wendet sich an den Eheberater in der Hoffnung auf Unterstützung. »Meine Frau ist so hart zu mir, sehen Sie?«

Diesmal ist der Profi erstaunlicherweise auf meiner Seite. »Ihre Frau ist klar in ihren Aussagen und sie möchte Klarheit schaffen. Das ist ein berechtigter Wunsch.«

Martin hat sich in sein Schneckenhaus zurückgezogen und die Klappe geschlossen. Viel weiter werden wir in dieser Sitzung nicht kommen. Das habe ich auch nicht erwartet, mir geht es gar nicht um seine Reaktion. Ich bin stolz auf mich, weil ich meine Bedürfnisse vertreten habe. Spätestens jetzt bin ich dankbar für diesen neutralen Rahmen und die Rückendeckung. Für die Rettung einer Ehe ist diese Beratung vielleicht nicht ideal, aber für starke Frauen kann sie gute Unterstützung bei der Trennung leisten. Ich habe einen Grund, stolz auf mich zu sein, habe mir ein kleines Stück meines inneren Territoriums zurückerobert. Schmerz, Wut und Verzweiflung sind wieder ein paar Millimeter, vielleicht sogar Zentimeter, zurückgewichen und haben der Zuversicht Platz gemacht. Ich werde das schaffen.

DER DEIBEL SCHEISST AUF DEN GRÖSSTEN HAUFEN

Diese Zuversicht brauche ich dringend für die kommenden beruflichen Herausforderungen. Mein verstorbener Schwiegervater hätte gesagt: »Der Deibel scheißt auf den größten Haufen.« »Ein Unglück kommt selten allein« ist die salonfähigere Variante des Sprichwortes. Als wäre mein privates Drama nicht genug, fusioniert mein Arbeitgeber mit der Münchner Muttergesellschaft. Der Vorstandsvorsitzende verkündet auf der Mitarbeiterversammlung im Brustton der Überzeugung: »Für euch wird sich nichts ändern.«

Mittlerweile bin ich fusionserfahren genug, um zu wissen, dass genau dieser Satz meist das exakte Gegenteil zur Folge hat.

Nach der Versammlung werde ich ins Vorstandsbüro gerufen.

Dort thront mein Vorgesetzter hinter seinem Schreibtisch und sieht mich aus graublauen Augen an, während er mir eröffnet: »Was ich vorhin gesagt habe, gilt nicht für dich.« Wenigstens ist er unter vier Augen ehrlich. Bei uns auf der Arbeit duzen wir uns alle, vom Vorstand bis zum Hausmeister, hipp wie wir sind. »Das Risikomanagement geht nach München. Eine Halbtagsstelle wird es hier weiterhin geben. Es müssen ja die Zahlen geliefert werden. Aber wenn du was Interessantes machen willst, komm mit mir nach München.«

Ein tiefer Atemzug soll mir den Mut verschaffen, meine private Situation zu erklären und zu erläutern, warum es mir nicht möglich ist, als Alleinerzieherin in München zu arbeiten, selbst wenn ich das wollte.

»Ich kann leider nicht, weil –«

»Ach ja, verstehe. Dein Mann hat die Praxis hier, das geht natürlich nicht.«

Ich lasse ihn in dem Glauben. Nur wenige Menschen wissen über meinen neuen Beziehungsstatus Bescheid und bei diesem Prototypen der traditionellen Ehe und Rollenverteilung wären sämtliche Aufklärungsversuche vergeudet.

In all dem Groll gegen meinen Noch-Ehemann mischt sich jetzt ein wenig Wehmut. Wären wir noch ein Paar, könnte ich tatsächlich jetzt den nächsten Karriereschritt in München andenken. Und lande wieder beim Groll. Nur weil der Idiot mich verlassen hat, muss ich jetzt darauf verzichten und werde zum Excel-Ausfüller degradiert.

Nun muss dieser Excel-Ausfüller die Details der Tätigkeit besprechen und dafür nächste Woche nach München reisen.

Ich lege mir einen schicken anthrazitfarbenen Anzug in meiner neuen Kleidergröße zu – meine Hosen aus der Prä-trennungszeit rutschen mir von den Hüften – und bitte Sabine, die Kinder am Dienstag zur Schule zu bringen. Ich muss den ersten Zug nach München nehmen. Nach Hause können sie zu Fuß gehen, da ist ja kein Zeitdruck mehr. Ich weiß noch nicht, wann ich zurückkomme.

Für diesen Tag hatte Oliver, meine neue PaarGlück-Errungenschaft, ein Date vorgeschlagen. Ist das jetzt ein passender oder ein unpassender Zeitpunkt? Ich entscheide mich für »passend« und sage zu. Es fällt mir immer schwer, mich zu Hause loszueisen für ein Date. Ständig plagt mich das schlechte Gewissen. Wenn mich allerdings alle in München glauben, habe ich damit kein Problem.

Es fühlt sich ein wenig sonderbar an auf dem Weg nach München, die Morgenroutine jemand anderem zu überlassen. Bei meinen bisherigen Dienstreisen war Martin immer zu Hause. Das war ja quasi eine Erweiterung meiner selbst und zählte somit nicht als Überlassung. Vielleicht war das auch Teil des Problems.

Während des Meetings in München wächst mein Erstaunen darüber, wie unausgegoren die Idee der Fusion noch ist. Als würde man ein Restaurant eröffnen, ohne den Hauch einer Ahnung, ob es eine Pizzeria, ein Burger-Laden oder ein Haubenrestaurant werden soll. Wie gut, dass das nicht mein Problem ist. Ich kläre die technischen Details der Datenlieferung mit Vertretern des Rechenzentrums. Es tut unheimlich gut, wieder in der Projektarbeit aufzugehen, mich darauf zu fokussieren, meine Rollen als Verlassene, als alleinerziehende Mutter zumindest für ein paar Stunden abzulegen.

AUSGESPERRT

Das Meeting endet früher als gedacht. Ich mache mich auf den Rückweg. Für das Date mit Oliver bin ich viel zu früh in Salzburg. Wenn ich jetzt nach Hause fahre, werde ich wieder eingesogen von der Mutterrolle und kann nur mit schlechtem Gewissen zu meiner Verabredung fahren.

Spontan beschließe ich, in der Zwischenzeit bei Antonio reinzuschauen. Um diese Zeit müsste er schon im Lokal seine Vorbereitung für die abendlichen Gäste treffen. Dort finde ich ihn auch vor, als ich an die versperrte Glastür klopfe. Er lugt kurz zwischen den aufgeklebten Fotos hervor und öffnet mir mit einem Strahlen und einem »Buona sera«. Unter seiner Schürze trägt er eine Jeans und ein akkurat gebügeltes Hemd. Die verbliebenen Haare sind nach hinten gegelt und lassen eine hohe Stirn frei. »Ich habe die Tiramisu gemacht – willst du?« Antonio lässt erst gar keine Verlegenheit aufkommen und begrüßt mich, als hätte er mich erwartet.

»Ja, gern.«

Mit Hingabe richtet er mein Tiramisu auf einem Dessertteller an. »Eine Espresso dazu?«

»Bitte!«

Das Tiramisu schmeckt göttlich, ebenso wie der starke Kaffee. Ich löffle mein Dessert. Aus den Lautsprechern singt Vasco Rossi »Vivere«. Ich fühle mich auch am Leben.

Antonio setzt sich mir gegenüber und sieht mich aufmerksam an, während ich von meiner Dienstreise berichte, obwohl ich den Eindruck habe, dass er nicht sehr viel davon versteht. Als ich aufgegessen habe, legt er seine Hand an meine Wange, eine Geste nur für einen Augenblick. Ich tauche kurz in seine grünen Augen ein, aber nicht so lange, dass ich darin versinken könnte. Kein Schmetterling regt sich in mir, aber vielleicht ein kurzer Flügelschlag eines viel kleineren, noch zarteren Insektes.

Wir wiederholen wieder unsere lose Verabredung zum Tanzen, bevor ich die zwei Stufen aus Italien wieder in die Wirklichkeit hinaufsteige und mich auf den Weg nach Salzburg mache.

Es regnet in Strömen, als ich den MiTo in eine kleine Parklücke vor dem Steinlechner manövriere und das Lokal betrete. An einem kleinen Stehtisch in der Ecke wartet bereits ein Mann mittleren Alters im grauen Anzug. Das muss Oliver sein. Ich steuere durch das gut gefüllte Lokal auf ihn zu. Er reicht mir die Hand und wir tauschen Wangenküsse zur Begrüßung aus. Die Gespräche der gut gelaunten Gäste vor ihren Feierabend-Bieren umhüllen uns mit Geborgenheit und lassen keine Verlegenheit aufkommen. Wir sind wie sie, zwei fleißige Menschen bei ihrer wohlverdienten Abendunterhaltung, die sich von ihrem Tag erzählen. Hier fühle ich mich nicht wie bei einem Candle-Light-Dinner und berichte meinem Gegenüber vom Dating-Verbot.

Oliver zeigt sich amüsiert über diesen Ratschlag meines Scheidungsanwalts. »Ich finde, der Kollege übertreibt hier ein wenig mit seiner Vorsicht.«

Oliver ist auch Anwalt und teilt Christians Meinung überhaupt nicht. Er erzählt ein wenig von seiner Arbeit, ich berichte von meiner Dienstreise. Es fühlt sie wieder einmal alles andere als amourös an. Wir bezahlen die Getränke. Oliver begleitet mich galant zu meinem Auto, bevor er mich überraschend in den Arm nimmt und küsst. Ich bin so überrumpelt, dass ich gar nicht in den Kuss eintauchen, ihn einordnen und schon gar nicht zurückküssen kann. Keine Zärtlichkeit liegt darin, ganz anders als in dem kurzen Moment, in dem Antonios Hand auf meiner Wange lag. Wie komme ich jetzt auf Antonio? Unschlüssig verharre ich in der Umarmung. Diesen Mann finde ich attraktiv und er entspricht dem bildungsmäßigen Filter, den ich bei PaarGlück auf »Akademiker« eingestellt habe. Er drängt sich an mich. Ich möchte es ihm so gern gleichtun, aber ich fühle es nicht.

»Ich muss nach Hause«, sage ich, während ich mich von ihm löse.

»Ja, sonst kommen wir noch auf ganz andere Gedanken, nicht wahr?« In Olivers Stimme schwingt Enttäuschung mit.

Sein Empfinden scheint Lichtjahre von meinem entfernt zu sein. Ich lasse ihn in dem Glauben, steige in mein Auto und fahre nach Hause.

Dort stelle ich fest, dass meine Kinder mich ausgeschlossen haben. Im strömenden Regen schleiche ich ums Haus, in der Hoffnung auf eine offene Terrassentür. Die dünnen Absätze meiner schwarzen Schuhe versinken in der aufgeweichten Wiese. Natürlich wurde das Haus gewissenhaft verschlossen, nicht einmal meine halbwüchsigen Kinder lassen bei diesem Wetter eine Tür offen.

Sabine ist ja glücklicherweise gleich nebenan. Das Untergeschoss ihrer Wohnung ist durch eine Außentreppe zu erreichen. Dort hat sie ihr Gästezimmer. Vielleicht ist es unverschlossen, vielleicht kann ich dort übernachten? Aber was dann? Wie soll ich die Kinder morgen früh wecken, damit sie rechtzeitig zur Schule kommen?

Es hilft nichts. Ich stapfe wieder zurück zur Westseite des Hauses, auf der die Kinder im Obergeschoss ihre Zimmer haben. Um auf den Balkon zu klettern, fehlen mir eindeutig die sportlichen Fertigkeiten, und leider habe ich keine Leiter, mit der ich im eigenen Haus fensterln könnte. Ich sammle ein paar Steinchen auf und werfe sie gegen die Fenster. Florian wacht als Erster auf. Nachdem ich ihm die Lage erklärt habe, kommt er ins Erdgeschoss und öffnet mir die Haustür. Mein schlechtes Gewissen drückt einen Schwall entschuldigender Worte aus mir heraus, die meinen Sohn in dieser Lage nur mäßig interessieren. Er trottet über die Treppe hinauf zurück in sein Zimmer, wo er sofort wieder einschläft.

Ich hingegen quäle mich noch ein wenig mit meinen Selbstvorwürfen. Was bin ich für eine Mutter, mich mit mehr oder weniger amourösen Abenteuern zu vergnügen, anstatt meine Kinder ins Bett zu bringen, wie es sich gehört? Es kommt mir nicht in den Sinn, dass diese halbwüchsigen Kinder ja auch einen Vater haben, der sie während meiner Dienstreise versorgen könnte, der sich überhaupt ab und zu mal blicken lassen könnte, so wie es bei anderen getrennten Paaren üblich ist.

Die Gedanken an diesen Vater habe ich in einem schwer zugänglichen Winkel meiner Seele verschlossen. Er ist eine Persona non grata – noch mehr, er ist schlicht nicht existent. Die Kinder wollten ihn bisher auch nicht sehen, was diese Strategie erheblich erleichtert. Keinerlei Hol- oder Bring-Aktivitäten sind erforderlich. Wir wissen nicht, wo er wohnt und was er treibt, kennen seine Freundin nicht. Obwohl mich schon manchmal die Neugier quält: Wer ist diese Frau, für die er mich Knall auf Fall verlassen hat? Bei den abendlichen Balkongesprächen mit Sabine haben wir schon ein Gedankenexperiment gestartet. Was, wenn wir ihn einmal verfolgen, um zu sehen, wohin er fährt? Quasi eine Observation? Mit meinem Auto geht das keinesfalls, aber vielleicht mit Sabines unauffälligem schwarzen Polo?

Am nächsten Tag bin ich mit meinem Leben schon wieder viel zu sehr beschäftigt, um mich mit Gedankenspielereien und Selbstvorwürfen aufzuhalten. Simba gibt alles, um die Kinder mit seinen drolligen Streichen ein wenig abzulenken. Während seiner Eingewöhnung hatten die Kinder noch Ferien und verbrachten viel Zeit beim Spielen und Kuscheln mit dem kleinen Kater. Mittlerweile sind die beiden vormittags in der Schule und Simba erkundet allein das Haus. Als wir heimkommen, hat er eine ganze Rolle Klopapier abgerollt und im Erdgeschoss verteilt. Wir brauchen ein wenig, bis wir alle Fetzchen aufgesammelt haben. Sein Katzenklo steht in der Toilette. Vielleicht sollten wir einen neuen Platz dafür suchen und die Toilettentür geschlossen halten. Am morgigen Samstag steht ohnehin die wöchentliche Katzenklo-Reinigung an. Das würde sich für eine Übersiedlung der Kiste anbieten.

Ich beginne das Wochenende mit den üblichen Beschäftigungen: einkaufen, zur Tierhandlung fahren, kochen, essen und am Nachmittag mache ich gemeinsam mit den Kindern das Haus noch katzensicherer. Aus Simbas bisherigen Aktivitäten haben wir gelernt, alles Zerbrechliche aus seinem Aktionsradius zu entfernen. Die Dating-Plattform rufe ich eher halbherzig auf und ich schreibe auch keine Nachrichten. Heute Abend werde ich mit Antonio zum Tanzen fahren.

CANDLE-LIGHT-DINNER UND TANZSTADL

Als die Kinder im Bett sind, beginne ich mit dem Styling. Antonio will mir eine SMS schreiben, wenn seine Gäste gegangen sind. Ich trage das kurze rote Stretchkleid mit den schwarzen Einsätzen in der Taille und schwarze High Heels. Während ich noch

Wimperntusche auftrage, kommt um halb elf die SMS: »Ho finito adesso.«

Zwei Apps werden die nächsten Jahre meine verlässlichsten Begleiter sein: Google Translate und LEO. Mithilfe dieser verstehe ich, dass Antonio seinen Arbeitstag beendet hat. Ich finalisiere mein Styling, werfe noch einen Blick auf die schlafenden Kinder. Mit Sabine habe ich abgesprochen, dass die Kinder bei ihr klopfen können, falls etwas ist. Den Kindern habe ich erzählt, ich gehe mit meiner Freundin tanzen. Damit bleibe ich immerhin zur Hälfte bei der Wahrheit. Dieses Geflecht aus Halb- und Unwahrheiten wird mich genauso begleiten wie LEO. Und das mir, wo ich mich bisher nicht einmal Schwarzfahren traute, weil sicher jeder mir meine Tat an der Nasenspitze ansehen kann.

Der Mensch wächst mit den Herausforderungen, wenn auch manchmal in zweifelhafte Richtungen.

Ich fahre das kurze Stück von Kleintarfing nach Bad Eichenfels und parke auf dem Parkplatz neben der Fußgängerzone. Niemand ist auf den Straßen unterwegs, die Gehsteige sind bereits hochgeklappt, das Kurpublikum im Bett. Auch in der Schachtstraße ist es dunkel, die Spießhütte neben Antonios Lokal hat schon lang geschlossen. Vor dem »Baci e Abbracci« versuche ich, einen Blick durch die Gardinen oder an den Bildern vorbei zu erhaschen. Was, wenn doch noch Gäste im Lokal sind? Antonio hat mich bereits entdeckt, schließt die Tür auf und begrüßt mich mit einem Strahlen. »Buona sera, signora.«

»Buona sera«, entgegne ich ein wenig eingeschüchtert und steige vorsichtig wieder die zwei Stufen nach Italien hinab zu den Tönen von »Così celeste« von Zucchero.

Einer der drei Tische ist fein gedeckt für ein feierliches Dinner, das Kerzenlicht flackert. »Complimenti«, sagt Antonio, als ich meinen Mantel ausziehe. Offensichtlich gefällt ihm mein für mich ungewöhnliches Outfit, das ich eigentlich für einen Ausflug zum Tanzen gewählt habe.

Ich bin ein wenig überrascht über diese Einladung zum Candle-Light-Dinner. Das war mir vom Anwalt zwar eigentlich verboten worden, aber nur wegen der Öffentlichkeitswirkung. Gegen diesen privaten Rahmen würde Christian sicher nichts einzuwenden haben. Das Lokal ist geschlossen, ich werde exklusiv bekocht. Was für ein herrliches Gefühl.

Antonio nimmt mir meinen Mantel ab und verschwindet damit in den kleinen Flur zu den Toiletten, wo, wie ich weiß, der Kleiderständer steht. Als er wiederkommt, deutet er mit ausladender Geste auf einen der Stühle am gedeckten Tisch. »Bitte schön, signora.«

Ich fühle mich wie einer der Filmstars, die uns hier von den Wänden herab beim Essen zusehen, und genieße die Abfolge hervorragender Speisen. Gebratene Oliven, Sardellen, Garnelen, Jakobsmuscheln, eine halbe Dorade. Ich schwelge in gutem Essen und italienischer Musik. Antonio kocht, serviert und singt dabei. Dazwischen setzt er sich mir gegenüber, isst mit mir und blickt mich ab und zu aus seinen grünen Augen an. Ein fast unmerkliches Lächeln umspielt seine Lippen. Ich entspanne mich allmählich und vermisse nicht einmal Weinbegleitung. Schließlich werde ich heute noch Auto fahren. Nach dem Essen raucht Antonio entspannt eine Zigarette, dann brechen wir auf.

Es fühlt sich seltsam an, an Antonios Seite durch die menschenleere Schachtstraße zum Auto zu gehen. Unsere Schritte auf dem Kopfsteinpflaster hallen durch die ruhige Nacht. Als ich den MiTo vom Parkplatz auf die Straße rollen lasse, ertönt ein penetrantes Piepsen, das Antonio auffordert, sich anzuschnallen. Er scheint sich davon nicht aus der Ruhe bringen zu lassen. Nach einigen Metern erhöht sich die Frequenz des Piepstons und ich frage »Anschnallen?« in Antonios Richtung. Mein Vorschlag scheint ihn eher zum Anlegen des Gurtes zu animieren als die elektronische Bevormundung.

Nach einer Viertelstunde stehen wir am Eingang des Tanzstadls, wo Antonio vom Türsteher herzlich begrüßt wird. Er nimmt meine Hand und zieht mich sanft durch die Menschenmenge in Richtung Tanzfläche. Den Mantel habe ich im Auto gelassen. Wir fangen direkt an zu tanzen. Die Rhythmen von »Gangnam Style« ziehen mich sofort in ihren Bann. Ich bin ganz Musik und vergesse alles um mich herum, während sich mein Körper wie von selbst bewegt. Wir tanzen uns quer durch die diversen Gassenhauer, die der DJ auflegt. Antonio lacht, während er sich in wildem Style bewegt.

Während einer kurzen Pause trinken wir eine Cola an der Bar. Als die Musik immer älter und seltsamer wird, brechen wir auf. Auf dem Heimweg schwelge ich in der Musik und den geradezu ekstatischen Gefühlen, die in mir nachschwingen. Antonio fragt, ob wir noch eine Kleinigkeit im Lokal essen, aber ich will nach Hause, für den morgigen Sonntag mit den Kindern halbwegs fit sein. Das bleibt eine Wunschvorstellung: Ich werde nicht vor vier im Bett sein.

Gemeinsam mit LEO und den Halbwahrheiten wird auch der Schlafmangel mein Begleiter sein. Der ist mir allerdings wesentlich lieber als Schmerz, Wut, Trauer, Ratlosigkeit und all die anderen Trennungsgefühle. Erst jetzt bemerke ich, dass diese Gesellen einen ganzen Abend lang bis in diesen frühen Morgen hinein Pause hatten. Ich bin dankbar für diesen Urlaub.

Antonio scheint auch keinen Appetit mehr zu haben und lässt sich von mir nach Hause fahren. Er lotst mich zu seiner Wohnung an der Hauptstraße Richtung Großtarfing, vielleicht fünf Minuten Fußweg von seinem Lokal entfernt. Es gibt keine Parkplätze, daher lasse ich den Wagen beim angrenzenden Tengelmann ausrollen. Ich mache den Motor aus, wende mich meinem Begleiter zu und bedanke mich für den wundervollen Abend. Der legt wieder eine Hand an meine Wange. Ich wusste nicht, wie unendlich zart eine solche Berührung sein kann, kaum spürbar und doch strömt Wärme, ausgehend von Antonios Hand an meiner Wange, durch meinen ganzen Körper. Während ich noch mit geschlossenen Augen in dieser Wärme bade, spüre ich einen ebenso zarten Kuss auf meinen

Lippen. Zaghaft küsse ich zurück. Bevor Millionen Gedanken durch mein Hirn schießen können über Sinn oder Unsinn dieser Aktion, ist der Kuss auch schon wieder vorbei.

»Buona notte, Giulia. Grazie mille per la meravigliosa serata.«

Die Worte klingen wundervoll in dieser melodischen Sprache, auch wenn ich ihre Bedeutung erst googeln muss.

»Buona notte«, bringe ich immerhin hervor.

Antonio steigt aus, wendet sich noch einmal um und winkt. Sein Gesicht ist von einem fröhlichen Grinsen erhellt, das ich heute schon beim Tanzen gesehen habe.

Die nächsten Tage verbringe ich ein paar Zentimeter über dem Boden schwebend. Im Auto auf dem Weg zur Arbeit suche ich einen Sender, der mich mit Dance-Musik versorgt. Ab jetzt sind es nicht mehr siebzehn Kilometer Tränen, sondern siebzehn Kilometer Dancefloor.

SINNESWANDEL

Im Büro sitze ich wie gewöhnlich meinem Kollegen gegenüber am Schreibtisch. Jeder brütet über seinen Aufgaben. Beinahe vergessen sind die Zeiten, in denen ich mich vor Trennungsschmerz kaum konzentrieren konnte.

Als ich aber den Mail-Absender lese, fährt mir eine heiße Welle durch die Brust in den Bauch und von dort durch den ganzen Körper, in Sekundenschnelle.

Martin möchte mich treffen, möchte eine Stunde beim Paartherapeuten mit mir, möchte »unser Lebensprojekt« retten. Was soll das denn jetzt?

Matthias bemerkt die Veränderung. Ich beginne, zu zittern.

»Was ist denn?« Er sieht mich fragend an.

Ich erzähle ihm von der Mail und sein Gesichtsausdruck changiert zwischen nachdenklich und skeptisch. Mein Kollege ist mir in den letzten Wochen eine große Hilfe gewesen. Als er zwölf war, verließ sein Vater die Familie wegen einer anderen Frau und Matthias hat viele Jahre den Kontakt mit ihm verweigert. Er kann mich und meine Kinder sehr gut verstehen.

»Sei vorsichtig.« Das ist das Einzige, was er mir mit auf den Weg gibt.

Ich habe ohnehin nicht so bald vor, diese Mail zu beantworten. Ich hätte nicht gewusst, wie. In mir tobt ein Sturm voller widersprüchlicher Gefühle, ein Hurrikan aus Emotionen: Erst tut er mir das an und jetzt kommt er damit? Hat seine junge Freundin ihn etwa schon vor die Tür gesetzt? Das wäre ja ein Rekord! Aber wir könnten endlich wieder eine Familie sein, das, was ich mir in den letzten Wochen und Monaten am meisten gewünscht habe. Ein ganz leises, zartes Gefühlspflänzchen versucht, sich sogar durch den Strudel zu kämpfen – vielleicht bildet es auch das Auge des Hurrikans – und fragt dort: »Und was ist mit mir?«

Dass die Mail an meine Arbeitsadresse gesendet wurde, hat seine Gründe. Ich habe eine neue Telefonnummer und eine neue E-Mail-Adresse und habe nicht vor, die Kontaktdaten mit meinem Ex zu teilen. Mit der Beantwortung würde ich warten, bis der Hurrikan vorübergezogen ist.

Am nächsten Tag parke ich in der Straße vor der Schule, um die Kinder abzuholen. Wie meistens bin ich zu früh dran und wie immer lasse ich einen gebührenden Abstand zum Wagen vor mir, um einfach wieder ausparken zu können. Plötzlich schiebt sich ein dunkelblauer Pick-up in die Lücke vor meinem Kleinwagen. Das Heck mit der Ladefläche ragt in die schmale Straße hinein, ich bin eingeparkt.

Jetzt erscheint mir meine frühe Ankunft als Segen. Hoffentlich lassen sich die Kinder noch Zeit, trödeln ein wenig herum, reden mit Freunden, holen Vergessenes aus dem Klassenzimmer. Auf keinen Fall sollen sie mich bei dieser Konfrontation erleben.

Martin steigt aus dem Wagen und kommt auf mich zu wie ein Straßenpolizist im amerikanischen Fernsehen, der einen Verkehrssünder stellt, als würde er mich gleich anherrschen, die Hände aufs Lenkrad zu legen. Ich zeige mich ähnlich kooperativ wie bei einer Verkehrskontrolle und lasse brav die Seitenscheibe herunter, obwohl ich mich hier einsperren und einigeln könnte.

»Ich hab dir eine Mail geschrieben«, fängt er an.

»Weiß ich.«

»Was sagst du dazu?«

»Weiß ich nicht.«

»Ich möchte gern, dass wir einen gemeinsamen Termin beim Huber machen.«

»Wozu soll das gut sein?«

»Wie ich schon geschrieben habe, ich möchte unser Lebenswerk retten.«

Der Hurrikan tobt wieder, aber nicht mehr so stark wie beim Lesen der Mail. Trotzdem bin ich noch keiner Antwort fähig.

Mein Stillschweigen wird inzwischen als Zustimmung gedeutet. »Gut, dann sehen wir uns nächsten Mittwoch um 15 Uhr bei Dr. Huber.«

Wenn man keine Entscheidung trifft, trifft man damit auch eine Entscheidung. Ich habe sie mir einfach abnehmen lassen. Da ich aber eh nicht wusste, wie ich mich hätte entscheiden sollen, was ich hätte sagen sollen, ist es o. k. für mich. Ein Treffen beim Eheberater. Mehr nicht. Ich würde mich auf keine dubiosen Spielchen mehr einlassen.

Als ich die Kinder im Rückspiegel die Schule verlassen sehe, steigt Martin in sein Auto und manövriert es wieder auf die Straße. Ich bin erleichtert. Einen Augenblick lang habe ich befürchtet, dass er hier eine Konfrontation auf der Straße provozieren will, aber er scheint den Wunsch der Kinder, ihn vorerst nicht sehen zu wollen, zu respektieren. Das stimmt mich ein wenig milde.

Ich zwinge meinem Körper eine äußerliche Fassung auf, als die Kinder ins Auto steigen. Wir fahren nach Hause und sehen nach, was Simba inzwischen alles angestellt hat. Dann kochen wir Spaghetti und genießen auf der Terrasse essend die wärmende Septembersonne.

Simba leistet uns Gesellschaft. Die Leine des kleinen Brustgeschirrs haben wir verlängert mit einer Wäscheleine und an ein Tischbein gebunden. Der kleine Kater bewegt sich so lange zwischen Stuhl- und Tischbeinen hin und her, bis die Leine straff gespannt ist und er sich weder vor- noch zurückbewegen kann. Mit einem jämmerlichen Maunzen bringt er seinen Wunsch nach Befreiung zum Ausdruck. Dieses Spiel wird während des Nachmittags mehrmals gespielt, sehr zur Erheiterung der Kinder. Hier fühle ich mich sicher, hier bin ich zu Hause, egal was geschieht.

Am nächsten Vormittag erreicht mich eine SMS auf der Arbeit: »Vuoi un caffè?«

Das ist ja noch recht einfach zu verstehen und mithilfe von LEO und Google Translate kann ich antworten, dass ich bei der Arbeit bin und um ca. 13.30 Uhr da sein kann. Wie gut, dass ich seit einem Jahr nur mehr eine halbe Stelle habe.

Ich tauche die zwei Stufen hinab nach Italien.

Der dicke Inhaber der Spießhütte nebenan grüßt mich freundlich, bevor ich »Baci e Abbracci« betrete. Laute Musik empfängt mich, Antonio lugt hinter seinem verglasten Verschlag hervor, in dem sich die kleine Küche verbirgt, und kommt heraus zum Tresen.

»Ciao, bellissima«, begrüßt er mich und stellt die Musik leiser. Danach finde ich mich plötzlich in einer festen Umarmung wieder. Der durchtrainierte, sehnige

Körper fühlt sich noch fremd an, trotzdem genieße ich, fest in den Arm genommen und gehalten zu werden.

»Brauche die Wärme«, sagt Antonio, als er sich wieder von mir gelöst hat. »Nicht die Liebe, das ist zu früh, aber Wärme.«

Ich versinke in seinen grünen Augen und in den Worten. Wärme ist etwas, das ich zurzeit auch besonders gut gebrauchen kann.

»Caffè?«, fragt er, als der nachdenkliche Blick wieder seinem fröhlichen Grinsen gewichen ist, und beginnt mit dem Zeremoniell der Espressozubereitung. Mit einem Kreischen rieselt das Kaffeepulver aus der Mühle in den Siebträger, den er danach in die Espressomaschine einspannt. Zwei Tassen werden unter dem Geschirrtuch auf der Warmhalteplatte hervorgeholt. Langsam rinnt das duftende schwarze Gebräu hinein.

Antonio stellt die Tassen auf den ersten Tisch neben dem Tresen.

»Zucchero?«, fragt er und stellt den silbernen Behälter in die Mitte zwischen die Tassen.

Wir setzen uns einander gegenüber. Ich lasse wieder einen halben Löffel Zucker in den Kaffee rieseln und überspiele meine Verlegenheit während der nächsten Minuten mit ausgiebigem Umrühren.

»Wie gehts?«, fragt Antonio.

»Gut.«

»Und bambini?«

»Auch gut.«

»Und Martino?« Langsam tastet sich Antonio an heikleres Terrain heran.

»Keine Ahnung.«

»Wie, keine Ahnung?«

Bei unserem letzten Treffen hat Antonio mir erzählt, dass er ebenfalls seit Kurzem von seiner Freundin getrennt ist. So ganz sind mir die näheren Umstände nicht klar. Wir sind jedenfalls so etwas wie Leidensgenossen. Auch von seiner Ex-Frau hat er erzählt, mit der er keinen Kontakt hat, und von seiner erwachsenen Tochter, mit der er ab und zu telefoniert.

»Er will mich treffen.«

»Was ich habe gesagt, ist nur eine Phase.«

»Ich weiß aber nicht, ob ich das will.«

»Denke immer daran – du bist wichtig. Io sono importante. Die Leute sage immer zu mir, du bist ein Egoist, aber ich sage nur: Ich bin wichtig.«

Wir sitzen uns gegenüber, rühren immer noch langsam in unseren Espressotassen und sehen uns in die Augen. Wie viel Zeit habe ich in den letzten Jahren mit meinem Mann verbracht, wie viele Kaffees haben wir gemeinsam getrunken? Aber ich kann mich nicht an eine einzige derart innige Minute erinnern.

Nach diesem ausgiebigen Rühren beginnen wir langsam, unseren Espresso auch zu trinken, aber diese winzige Menge nimmt natürlich keine lange Zeit in Anspruch.

Ich sehe auf meine Armbanduhr – die Wanduhr hinter dem Tresen zeigt wie immer halb eins – und stelle fest, dass mein Italien-Urlaub sich für dieses Mal dem Ende zuneigt.

»Ich muss los, die Kinder abholen.«

Wir erheben uns von unseren Stühlen und treten in den schmalen Durchgang zwischen dem Tisch und der Anrichte. Antonio nimmt mich noch einmal in den Arm und dann werde ich wieder geküsst auf so unendlich zarte Weise. Ein leises Kribbeln lässt meine Zunge und meine Lippen vibrieren und dann ist es auch schon wieder vorbei.

»Ciao«, bringe ich ein wenig atemlos hervor und wende mich zum Gehen.

»Ciao, bella«, ruft Antonio mir hinterher, während ich benommen die beiden Stufen nach Deutschland hochsteige, bevor ich durch die Schachtstraße zu meinem Auto haste.

Zur Schule sind es nur ein paar Minuten, aber ich werde zu spät kommen, wo ich doch sonst der gefürchtete Zu-früh-Kommer bin. Zu jedem Termin bin ich mindestens zehn Minuten zu früh da. Je nach Länge der Wegstrecke kann der Puffer eine halbe Stunde oder am Flughafen auch mehrere Stunden betragen, man weiß ja nie. Die Kinder beschweren sich, dass man »mit der Mama immer warten muss«. Ich bin jedoch stolz darauf, so gut wie noch nie zu spät gekommen zu sein, verdränge dabei aber, wie viel Zeit ich in meinem Leben schon mit Warten verbracht habe.

Jetzt biege ich also in die Allee ein und sehe die Kinder schon dort stehen. Normalerweise bin ich es, die wartet. Niemand verliert ein Wort darüber. Der Satz »Io sono importante« beginnt, in mir zu keimen wie ein Samen, der auf fruchtbaren Boden gefallen ist. Ganz gegen meine Gewohnheit fange ich gar nicht erst mit Rechtfertigungen und Erklärungsversuchen an.

Am Mittwoch, dem Tag, den Martin uns für die Beratung ausgesucht hat, tigere ich ganz entsprechend meiner Gewohnheiten schon ein paar Minuten vor 15 Uhr im Flur vor dem Beratungszimmer von Dr. Huber auf und ab und studiere die ausliegenden Flyer. Vielleicht hätten wir doch einen Ehevorbereitungskurs machen sollen, wie sie hier angeboten werden? Zum Zeitpunkt unserer kirchlichen Hochzeit waren wir schon sechs Jahre standesamtlich verheiratet gewesen – wer kommt auf die Idee, im verflixten siebten Jahr zu heiraten? – und so erließ der Pfarrer beim Vorbereitungsgespräch uns altgedientem Ehepaar die Kurse.

Jetzt kommt Martin um die Ecke gebogen. Ich bin froh, dass er das Ankommen »just in time« besser beherrscht als ich, denn Dr. Huber bittet uns bereits herein und es bleibt mir erspart, mit meinem Noch-Ehemann allein in einen engen Flur gezwängt zu sein.

»Bei Ihnen hat sich einiges getan«, eröffnet Dr. Huber gleich das Gespräch.

Ich habe da so meine eigenen Vermutungen über die Hintergründe von Martins Sinneswandel, aber die behalte ich hier für mich. Möglicherweise hat die Neue von seiner Vasektomie erfahren und musste ihn als potenten Familiengründer und -ernährer ausschließen.

Möglicherweise hat mein Scheidungswunsch die Sache beschleunigt und etwas Schwung in die Geschichte gebracht. Jetzt sitzt mir ein geknickter Mann gegenüber. Von dem großkotzigen »Ich führe eine ideale Beziehung« ist nichts mehr übrig. Er wirkt müde, Augenringe zeugen von zu wenig Schlaf.

Wieder bekommen wir Anleitungen zu Reparaturversuchen unserer Ehe, diesmal zu meinen Bedingungen. Wie seltsam, hier unter umgekehrten Vorzeichen mit vertauschten Rollen zu sitzen. Vor zweieinhalb Monaten hockte hier ein Häuflein Elend, das um jeden Preis seine Ehe retten wollte, beinahe bereit war, sich dafür selbst aufzugeben. Mir gegenüber saß ein aufgeblasener Gockel, dem vom Eheberater in Aussicht gestellt wurde, bis auf Weiteres zwei Frauen genießen zu können. Was für eine Farce.

»Ich kann jetzt nicht sofort zurück und so tun, als ob nichts wäre.« Mit diesem Satz bin ich wieder in der Gegenwart angekommen.

Dr. Huber wendet sich an Martin. »Sie dürfen jetzt um Ihre Frau werben.«

Na, da bin ich ja mal gespannt, wie das aussehen wird. Es ist ja nicht so, dass mein Noch-Ehemann wahnsinnig viel Übung darin hätte. Als wir uns im Urlaub kennenlernten, landeten wir noch am selben Abend gemeinsam in meinem Hotelzimmer und nach ein paar Monaten Fernbeziehung gab ich seinetwegen meinen Job und mein Umfeld auf, um in seine Nähe zu ziehen.

Wieder bekommen wir jetzt den Auftrag, gemeinsam essen zu gehen.

Martin wird übergangsweise in eine Ferienwohnung ziehen. Die letzten Nächte hat er wohl auf seiner Praxisliege verbracht und so sieht er auch aus.

»Ich möchte, dass du den Kontakt zu ihr komplett abbrichst.«

Am Anfang des ganzen Dramas stellte ich mit »Sie oder ich!« schon ein ähnliches Ultimatum. Martin ließ sich scheinbar darauf ein, hielt sich aber nicht daran und warf mir danach vor, ich hätte ihn mit dem streng geführten Regiment in die Arme der anderen getrieben. Nach der ersten Eheberatung machte ich dann einen Rückzieher und versuchte, die Vielweiberei zu ertragen. Jetzt war ich nicht mehr bereit, so über meine Grenzen zu gehen. Das war es nicht wert. Io sono importante.

Erstaunlicherweise macht auch Dr. Huber eine 180-Grad-Wendung. Er findet die strikte Trennung in Ordnung, nach einer Übergangsphase, in der Martin seine Wohnung beziehen und seine Angelegenheiten regeln solle.

Jetzt bin ich es, die in Zukunft zwei Männer genießen wird, aber das weiß hier außer mir niemand. Und ich weiß es in Wirklichkeit auch noch nicht. Zudem ist der Genuss einer solchen Situation mehr als fraglich. Aber zumindest wird sie mich und meine Sicht auf viele Dinge verändern.

Wir verlassen die Praxis und stehen noch ein wenig unschlüssig auf dem Parkplatz vor unseren Autos.

Plötzlich küsst mich Martin. Es fühlt sich hart und ungelenk an nach den zarten italienischen Schmetterlingen. Ich beende den Kuss, Martin fügt sich.

»Wollen wir uns ein Hotelzimmer nehmen?«, fragt er.

Ich bin so geplättet, dass mir nicht einmal eine Antwort einfällt. Das muss es aber, denn in diesem Fall darf Stillschweigen keinesfalls als Zustimmung interpretiert werden. Das ist seine Art, um mich zu werben? Ich bin zwar noch nicht komplett von ihm entliebt, aber bei diesem Angebot besteht keinerlei Gefahr, schwach zu werden. Ich kratze alle Diplomatie zusammen, derer ich mich fähig fühle. »Ich glaube nicht, dass das so eine gute Idee ist. Wir sollten es langsam angehen lassen und vielleicht mal zusammen essen gehen.«

Martin fügt sich und wir verabreden uns für nächste Woche zum Abendessen. Ausgerechnet bei Antonio. Aber wenn ich stattdessen auf einen anderen Treffpunkt bestanden hätte, wäre das auffällig gewesen. Bei dem Essen kann ich dann meine Pokerface-Skills trainieren, die werde ich wahrscheinlich noch brauchen.

Für das Wochenende habe ich ein nettes Event geplant. Mein Kollege Matthias kommt gemeinsam mit seiner Frau Liv zum Grillen. Liv ist Amerikanerin und Sarah freut sich immer, wenn sie mit Native Speakern ihr Englisch trainieren kann.

Martin und ich haben sehr zurückgezogen gelebt, um nicht zu sagen isoliert. Das soll jetzt anders werden. Unser schönes Haus soll Gästen offenstehen und mit Leben gefüllt werden. Außerdem gründe ich mit

Matthias ein Katzen-Joint-Venture: Ich füttere seine beiden Stubentiger, während er in Amerika ist, und er kümmert sich um Simba, wenn wir auf Urlaub sind. Ich brauche ein Back-up für die Untermieterin.

Am Nachmittag treten die beiden in den Garten. Matthias trägt in der einen Hand ein 6er-Tragerl Stiegl und in der anderen einen Anzündkamin. Martin mochte nicht nur keine Einladungen, sondern auch kein Grillen, und ich bin fest entschlossen, nicht nur das eine, sondern auch das andere einzuführen. Obwohl Grillen gemeinhin als Männerdomäne betrachtet wird, werde ich das jetzt erlernen. Dieser Anzündkamin ist der Anfang.

Wir verbringen einen netten Nachmittag, plaudern in einem Gemisch aus Deutsch und Englisch. Irgendwann ziehen sich die Kinder mit dem Kater zurück. Ich bleibe mit den Gästen auf der Terrasse sitzen. Wir leeren gemeinsam das 6er-Tragerl und danach noch ein Glas Wein. Unter der Schatten spendenden Markise war es während des Nachmittags etwas schwül gewesen, Wolkentürme haben sich aufgebaut. Jetzt beginnt es zu regnen – kein Gewitter, sondern angenehm kühlendes Tröpfeln. Martin hat immer streng darauf geachtet, die Markise vor einem etwaigen Regen hochzukurbeln und abends sowieso. Jetzt empfinde ich es als weiteren Befreiungsschlag, als Akt der Emanzipation, mit meinen Gästen unter der Markise im Regen zu sitzen.

Als Matthias und Liv aufbrechen, räume ich das Geschirr in die Spülmaschine und gehe ins Bett. Die Markise lasse ich unten.

ALLTAG ZWISCHEN ITALIEN UND DEUTSCHLAND

Bei einem meiner Espresso-Dates im »Baci e Abbracci« spricht Antonio von einer CD des Sängers Bungaro, ein Italiener – was sonst. Er hört fast ausschließlich italienische Musik und davon viel und laut, aber das macht einen großen Teil des Flairs hier im Lokal aus. »Il Valore del Momento«, diese CD hätte er gern, aber er weiß nicht, woher er sie bekommen soll. Ich werfe einen Blick in meinen Amazon-Account, finde die CD und lasse sie an Antonios Privatadresse liefern.

Mittlerweile bin ich nach einem unserer Tanzausflüge auch schon in seiner Wohnung gewesen. Da er quasi im Lokal wohnt, ist es eigentlich nur ein Schlafzimmer mit Bad. Die umfangreichen Einbauschränke im Flur sind voller Klamotten und die Küche ist vollgestellt mit Schuhen. Ich bin beeindruckt, hätte nicht gedacht, dass ein Mann so viele Schuhe haben kann.

Inzwischen weiß ich, dass das Schuhwerk seiner potenziellen Gäste ein Entscheidungskriterium dafür sein kann, ob sie einen Tisch bekommen oder nicht. Antonio kocht nur für Menschen, die ihm sympathisch sind. Deswegen haben seine Trip-Advisor-Bewertungen entweder fünf Sterne von Gästen, die er bekocht hat, oder einen Pflicht-Stern von solchen, die er mitunter auch auf arrogante Weise abgewiesen hat. Es finden sich auch Bewertungen dazwischen. Manch einer hat vielleicht aufgrund seiner höflichen Manieren, ein paar

Italienischkenntnissen und exzellenten Schuhwerks Einlass erhalten. Antonios Attitüde, mit der er seine One-Man-Show als Koch, Kellner und Entertainer abzieht, fand er dann doch etwas befremdlich. Oder er war enttäuscht, weil es keine Speisekarte und keine Pizza gab.

Man kann es nicht allen recht machen und Antonio versucht das erst gar nicht. Er zieht sein Ding durch und andere können das gut finden oder auch nicht. Io sono importante. Vielleicht kann ich ein wenig davon lernen. Gegensätze ziehen sich ja bekanntlich an.

Am Montag sitze ich mit Sarah und Simba beim Tierarzt. Zu dritt haben wir es geschafft, den kleinen Kater in seine Box zu verfrachten, nicht ohne die eine oder andere Kratzspur abzubekommen. Wir warten zwischen Hunden auf dem Boden, Hunden auf dem Schoß ihrer Frauchen und Katzen in Körben neben ihren Frauchen, als mein Telefon den Eingang einer SMS anzeigt. »Ho un regalo per te«, schreibt Antonio.

Was will er denn jetzt mit einem Regal? Sicherheitshalber ziehe ich doch meine beiden Helferlein zurate und stelle fest, dass es sich um ein Geschenk handelt. Unruhe macht sich in mir breit. Ich will hier raus, zum Lokal fahren, umarmt und geküsst werden, Komplimente und einen Espresso bekommen. Stattdessen sitze ich hier zwischen lauter Haustierhalterinnen und warte, bis ich aufgerufen werde. Ich spüre einen Sog, aber er ist schwächer als mein Pflichtgefühl und vor allem schwächer als der Zug in die andere Richtung, der von meiner Tochter ausgeht. Brav warte ich neben ihr, bis wir aufgerufen werden, und vertreibe mir die Zeit mit dem Übersetzen meiner Antwort.

»Sono al veterinario«, schreibe ich zurück. Bin beim Tierarzt. Das Geschenk, der Espresso und der Kuss müssen warten.

Um diese innere Zerrissenheit zwischen dem Sog und dem Zug zu minimieren, habe ich ein weiteres Zeitfenster aufgetan, währenddessen mich niemand vermissen wird. Mein freier Freitagvormittag hat bisher mir allein gehört. Ich verbrachte ihn meist mit einer kleinen Wanderung oder einer Runde mit dem Fahrrad, bevor ich mich den häuslichen Pflichten wie einkaufen und kochen widmete.

Jetzt opfere ich die Wanderung und fahre stattdessen mit zwei Bechern Cappuccino und einem Croissant zu Antonios Wohnung. Mittlerweile haben wir unsere Beziehung vertieft, aus den zarten Küssen sind intensive Zärtlichkeiten geworden.

Beim ersten Mal waren wir in seinem Lokal verabredet, um dort gemeinsam zu frühstücken. Aber Antonio war erst aufgetaucht, als der Fischhändler ihn anrief, weil er die freitägliche Lieferung loswerden wollte. Unsere Vorstellungen von Pünktlichkeit gehen etwas auseinander.

Um mir die Warterei zu ersparen, verlege ich an diesem Freitag das Frühstück in seine Wohnung. Auf mein Klingeln kommt keine Reaktion. Ich stelle die Kaffeebecher auf den Boden vor der Eingangstür und krame das Handy heraus. Mein Anruf scheint ihn zu wecken: Der Türsummer geht und ich betrete die Wohnung im Erdgeschoss.

Es ist erst halb neun. Wir haben unendlich viel Zeit, die wir nach dem Frühstück im Bett mit ausgiebiger gegenseitiger Erkundung unserer Körper füllen. Genauso zart, wie Antonio küsst, streichelt er auch meine Klitoris, meine Brüste, meinen ganzen Körper. Die Zeit verfliegt, wie mir ein gelegentlicher Blick auf den Wecker neben dem Bett sagt. Der scheint sogar die richtige Uhrzeit anzuzeigen. Ich frage Antonio, ob wir heute den ganzen Vormittag Zeit haben.

»No, komme die Fische.«

Na eben, ich kenne doch langsam seine Termine und frage, wann wir denn ins Lokal fahren.

»Wenn du deine Orgasmo gehabt hast.«

Das ist auch eine Möglichkeit der Zeitplanung.

Der Fischhändler scheint wirklich sehr geduldig und mit Antonios Pünktlichkeitskonzept vertraut zu sein. Er wartet schon vor dem Lokal, als wir ankommen. Nachdem Fisch und Meeresfrüchte ausgeladen und im Lokal verstaut sind, machen es sich die beiden bei einem Espresso und einer Zigarette am Tresen gemütlich und palavern vor sich hin. Ich verstehe kein Wort. Antonio erzählt mir später, dass sie einen Dialekt sprechen, aber das macht keinen Unterschied: Ich würde auch in reinstem Italienisch nicht viel mehr verstehen.

Wenn Antonio Besuch hat, beschleicht mich im Lokal immer ein leichtes Unwohlsein. Sobald ich komme, um ihn zu besuchen, sperrt er die Tür ab und zieht die Vorhänge zu. Dann fühle ich mich in Italien sicher vor fremden Blicken. Ich habe Angst, hier gesehen und erkannt zu werden. Der italienische Fischhändler ist diesbezüglich wohl unbedenklich.

Am Mittwoch steht mein Termin beim Psychiater an. Ich fühle mich so beschwingt wie die ganzen letzten Tage. Ob es vom Antidepressivum kommt oder von meinem leichten Anflug von Verliebtheit, ist eigentlich egal. Das Gefühl, mein Leben als Alleinerzieherin ganz gut auf die Reihe zu bekommen, stärkt mich ebenso wie Antonios Versicherung, die schönste und tollste Frau auf der Welt zu sein. Letzteres steht vielleicht nicht ganz im Einklang mit dem Rat des Psychiaters. Schließlich sollte ich ja lernen, mir selbst genug zu sein, anstatt Bestätigung und Bewunderung von außen zu suchen. Aber zählt nicht am Ende das Ergebnis?

Dr. Maier ist sogar damit einverstanden, das Antidepressivum vorerst wieder abzusetzen. Ich bevorzuge die natürlichen Stimulanzien. Das Gefühl, meine Persönlichkeit von einer Chemikalie beeinflussen zu lassen, erzeugt in mir ein leichtes Unwohlsein. Obwohl es für den Notfall sehr hilfreich war und ich in so einem Fall jederzeit wieder darauf zurückgreifen würde. Hoffentlich tritt der nicht mehr ein, jetzt bin ich ja stark und selbstbewusst.

Das Schlafmittel brauche ich auch nicht mehr. Mittlerweile habe ich so wenig Zeit zum Schlafen, dass mein Körper diese knapp bemessenen Slots sehr gut zu nutzen weiß.

Die näheren Umstände meiner verbesserten Gemütslage behalte ich für mich. Wir vereinbaren auch keinen weiteren Termin. Ich kann es vorerst ohne die Tabletten versuchen und soll mich melden, wenn ich Hilfe brauche. Das klingt nach einem guten Plan. Ich habe noch etwas Zeit und fahre ins »Baci e Abbracci«, Glückshormone tanken.

ETIKETT

Am Wochenende ist es endlich so weit. Meine Freundin Teresa kommt uns besuchen.

Durch unser zurückgezogenes Leben bis zur Trennung sind meine gastgeberischen Fähigkeiten nicht sehr ausgeprägt und so bin ich vor dem Besuch doppelt nervös. Ich richte die gemischten Antipasti für einen kalten Imbiss auf dem Esstisch an und gehe mich umziehen. Was für ein Anfängerfehler! Als ich wiederkomme, hockt Simba unter dem Tisch und kaut seelenruhig an einem Schinken. Ich rette, was zu retten ist, doch da klingelt Teresa schon mit einer Flasche Rotwein in der Hand. Sie trägt eine elegante schwarze Hose aus feinem Wollstoff und schätzt Simbas Liebesbeweise, die er ihr auf dem Schoß zuteilwerden lassen möchte, ganz und gar nicht. Ich muss ständig versuchen, das Tier in Schach zu halten, darf ihn ja noch nicht nach draußen verbannen. Ihn auf der Toilette gemeinsam mit seinem Katzenklo einzusperren, bringe ich nicht übers Herz.

Nach dem gemeinsamen Abendessen verziehen sich die Kinder mit Simba nach oben.

»Ich habe nicht den Eindruck, dass es den Kindern sehr schlecht geht. Natürlich leiden sie unter der Situation, aber ich glaube, sie kommen gut klar.« Teresa versucht, mich zuallererst zu beruhigen. Ich habe den Kindern therapeutische Hilfe angeboten wegen der Trennung, aber sie haben das abgelehnt. Sollte sich das ändern, muss ich das Thema mit mehr Nachdruck noch mal in Angriff nehmen. Aber fürs Erste bin ich ein wenig erleichtert.

Nun haben wir beide ausgiebig Zeit, alle Neuigkeiten auszutauschen und von sämtlichen Seiten zu beleuchten.

Da ist zuallererst Martins Kehrtwendung und sein Versuch, mich zurückzugewinnen. Teresa ist mehr als skeptisch bezüglich seiner Motivation. Sie, die das Wohl der Kinder immer an die erste Stelle stellt, hält in diesem Fall nichts davon, uns wegen der Kinder sofort wieder zusammenzutun. Ich bin ohnehin mehr als unschlüssig und außerdem emotional ganz anderweitig beschäftigt. Teresa ist die Erste, der ich davon erzähle, und es tut gut, das einmal loswerden zu können.

»Also hast du jetzt einen Liebhaber?«

Teresa scheint wenig überrascht und bringt es ganz sachlich auf den Punkt. Das klingt so banal. Auf diese Weise habe ich es noch nicht betrachtet, aber eigentlich hat sie recht. Je nachdem, was man unter »Liebhaber« versteht. Ist es jemand, mit dem man Sex hat? Dann trifft das Wort zu. Für mich ist der Sex aber nicht der einzige Aspekt unserer Beziehung. Es ist natürlich eine angenehme neue Erfahrung, dass die Frau zuerst befriedigt wird. Trotzdem ist da noch mehr. Mit dem großen Wort »Liebe« bin ich etwas vorsichtig, aber eine Verliebtheit würde ich mir durchaus zugestehen.

Wir verabreden ein gemeinsames Abendessen bei Antonio. Teresa ist selbst leidenschaftliche Köchin und vollendete Gastgeberin. Sie wird Ambiente und Qualität des Diners sehr zu schätzen wissen.

DINER ZU DRITT

Vorher kommt aber noch ein anderes Diner bei Antonio, das mindestens ebenso aufregend ist: Ich habe ein Date mit meinem – ja, was eigentlich? – Ex-Mann? Wir sind noch nicht geschieden. Noch-Ehemann? Wir wissen nicht, ob es zur Scheidung kommt, und wir wissen auch nicht, ob wir wieder zusammenfinden werden, daher passt auch »Beinahe-wieder-Ehemann« nicht. Jedenfalls esse ich heute auf Martins Wunsch mit ihm bei Antonio. Ausnahmsweise kann ich meinen Kindern ehrlich sagen, wohin ich gehe und mit wem.

Florian scheint wenig begeistert. »Mach das nicht, Mama. Nachher bist du nur wieder traurig.«

Er selbst hält bisher eisern an seiner Ablehnung fest und möchte den Papa nicht sehen. Sarah hingegen war immerhin schon in seiner Praxis, um ein Fax an eine Agentur zu schicken: Sie möchte im nächsten Jahr ein Semester lang in Kanada zur Schule gehen. Martin kommentierte das in seinem weinerlich-beleidigten Tonfall mit: »Wenigstens zum Faxen tauge ich noch.« Er hatte mir vorgeworfen, die Kinder gegen ihn aufzuhetzen, um den Kontakt zu unterbinden.

Die Opferrolle ist eine beliebte und bequeme für ihn. Erst war ich daran schuld, dass er sich eine Geliebte suchen musste, und jetzt bin ich daran schuld, dass die Kinder ihn nicht sehen wollen. Zwischendurch war sein Bad im Selbstmitleid derart tief, dass er meinte, er könne ja auswandern, wenn er die Kinder eh nicht sehen dürfe. Er unterstellt mir, ich würde die Kinder gegen ihn aufhetzen. Der Vorwurf ist absurd. Welchen Vorteil habe ich davon, 24/7 für die Kinder da zu sein, alles allein zu machen, für alles allein verantwortlich zu sein und die kleinen Zeitfensterchen für ein wenig Privatsphäre mit unlauteren Mitteln erkämpfen zu müssen?

Trotzdem bin ich heute großzügig und gewähre meinem Was-auch-immer-Mann ein Rendezvous. Wir treffen uns auf dem Parkplatz. Mittlerweile hat er seinen Pick-up gegen einen Jeep Wrangler getauscht – auch nicht unauffälliger und nur geringfügig praktischer, aber mich geht es ja glücklicherweise nichts mehr an. Martin macht sich bei seiner Fahrzeugauswahl wenig Gedanken um praktische Aspekte und Bedürfnisse seiner Umwelt. Bei Sarah steht in ein paar Jahren der Erwerb des Führerscheins an und als privates Übungsauto wird ein Wagen mit Schaltgetriebe benötigt. Trotzdem kauft er sich jetzt, kurz davor, eines mit Automatikgetriebe. Ich sehe mich bereits die gesamten vorgeschriebenen 3000 Übungskilometer allein mit Sarah absolvieren.

Ich versuche, meinen aufkeimenden Unmut zu unterdrücken, um den Abend nicht gleich mit Missstimmung zu beginnen. Das fällt mir nicht leicht, als Martin mir auf der Straße entgegenkommt. Das affige Sakko hat sicher seine Freundin ausgesucht. Aber ich bin guten Willens, als wir nebeneinander die Schachtstraße entlanggehen und »Little Italy« anvisieren.

Die absurde Situation hat mir im Vorfeld ein wenig Nervenflattern beschert. Mein um mich werbender Noch-Ehemann und ich lassen uns von meinem Liebhaber bekochen und bedienen. Wie so oft verläuft die Realität wesentlich entspannter als die ausgemalten Schreckensszenarien. Im Gegenteil: Ich verspüre sogar inneren Halt durch Antonios Anwesenheit. Meist halte ich den Blick gesenkt und starre auf seine Unterarme, während er geschickt mit Tellern und Platten hantiert, den Fisch filetiert. Antonio als Profi lässt sich nicht aus der Ruhe bringen. Wer weiß, wie vielen pikanten Situationen er in seinem romantischen Lokal schon beigewohnt hat? Schließlich hat er angedeutet, dass manche Männer sowohl mit der Ehefrau als auch mit der Geliebten hier speisen. Natürlich nicht gleichzeitig.

Das Gespräch verläuft stockend und unterscheidet sich dadurch nicht von anderen Gelegenheiten. Noch vor dem ersten Gang kramt Martin in seiner Tasche und legt ein Päckchen auf den Tisch. Ich bin ehrlich und positiv überrascht. Mit Geschenken habe ich nicht gerechnet. Die Freude währt nur kurz. Martin hat noch Reste meines Hab und Gutes im Ferienhaus seiner Eltern gefunden, das wir nach Sarahs Geburt kurz bewohnten. Einen Füllfederhalter und einen kleinen Packen Reiseschecks hat er mir zu meiner weiteren Verwendung mitgebracht. Nun ja. Entrümpeln soll ja gut für die Seele sein. Ich versuche, meine Enttäuschung zu verbergen.

Romantik will auch im weiteren Verlauf des Abends nicht so recht aufkommen. Manchmal hebe ich den Blick und sehe Martin ins Gesicht. Er macht keinen glücklichen Eindruck. Einen verliebten Mann auf Freierspfaden stelle ich mir anders vor.

Ich zähle die Gänge, bis wir endlich fertig sind. Wir sind die einzigen Gäste hier. Somit weiß ich heute wenigstens, wann das Lokal leer ist und Antonio Zeit für mich hat. Natürlich kann ich nicht gleich dableiben, sondern lasse mich von Martin zu meinem Auto begleiten. Wir verabschieden uns mit einer Umarmung. Als ich meinen Noch-Ehemann kurz an mich gedrückt spüre, läuft eine Welle durch meinen Körper. So ganz frei von Gefühlen für ihn bin ich wohl doch noch nicht. Wenigstens lässt er heute die Küsserei und weitere Einladungen bleiben. Wir verabschieden uns. Ich drehe sicherheitshalber eine kleine Runde mit dem Auto, bevor ich parke und zu Antonio ins Lokal zurückgehe.

Wenigstens bewahrheitet sich Florians Befürchtung nicht. Nach den Treffen mit Martin bin ich keineswegs traurig. Sollten mich während der gemeinsamen Essen negative Gefühle welcher Art auch immer heimsuchen, kann ich diese an meiner großen Gefühlstankstelle »Baci e Abbracci« danach mehr als kompensieren. Ich komme ausgeglichen, sogar glücklich nach Hause. Florian bekommt das aber nicht mehr mit, weil er schon schläft.

BEWUNDERUNGSUNTERRICHT

Für das kommende Wochenende hat sich meine Freundin Ulli mit ihrem Mann Peter angekündigt. Ulli kenne ich schon seit dem Kindergarten und sie mich dementsprechend gut. Sie lebt fast 400 Kilometer entfernt, daher sehen wir uns selten. Trotzdem tauchen wir jedes Mal fast sofort in die Hülle unserer alten Freundschaft ein, wenn wir uns sehen. Vor ein paar Jahren hat sie nach langer Singlezeit mit einigen Beziehungsfehlversuchen zum zweiten Mal geheiratet. Ich gönne ihr das Glück mit ihrem Mann von Herzen.

Im Vorfeld bringe ich das Haus auf Vordermann. Ich tanze mit Staubsauger und Schrubber zur Musik von Zucchero, den ich mithilfe der neuen Dolby-Surround-Anlage so laut hören kann, dass die Nachbarn jenseits des Gartens auch noch etwas davon haben.

Wieder ergibt sich eine Gelegenheit, ganz offiziell bei Antonio zu essen. Ich hatte Ulli nichts von meiner Affäre erzählt, nur dass ich ein ganz besonderes Lokal ausgewählt habe für ein Essen zu fünft. Die Kinder werden jedoch bald müde. Nach der Nachspeise bringe ich sie nach Hause und fahre wieder zurück. Nun beginnt ein lustiger Abend zu dritt. Antonio hält sich vornehm im Hintergrund, schenkt ab und zu Wein nach, singt ein wenig beim Aufräumen vor sich hin. Nichts lässt auf eine besondere Beziehung zwischen uns schließen.

Mit reichlich Prosecco und Pecorino und etwas zeitlichem und emotionalem Abstand von den Geschehnissen lassen sich meine Beziehungsprobleme durchaus auf heitere Weise analysieren. Wie meine Freundin weiß, fehlt es mir ein wenig an der Fähigkeit, meine Partner zu bewundern, und das üben wir jetzt. Frau richte ihren Blick ein wenig von unten auf das Antlitz ihres Göttergatten und stoße Laute der Bewunderung aus. Das Aufblicken fällt mir schon wegen meiner Körpergröße schwerer als meiner Freundin. Die Bewunderungsäußerungen klingen mit zunehmendem Alkoholkonsum zwar immer origineller, mein Publikum ist aber noch nicht ganz zufrieden damit.

»Boah«, hauche ich mit einem – wie ich meine – ausreichend bewundernden Augenaufschlag, aber Ulli ist noch nicht zufrieden.

»Bhooaaah«, sagt sie und auch ihr Augenaufschlag ist mit meinem nicht zu vergleichen.

Nun ja, das würde meine Ehe auch nicht retten. Wir trinken unseren Wein aus und beenden den fröhlichen Abend.

Am nächsten Tag erlebe ich eine kleine Überraschung. Ullis Mann scheint feine Antennen zu haben. Er hat eine Verbindung zwischen Antonio und mir wahrgenommen. Erstaunlich. Aber auch nicht schlimm, vor den beiden muss ich es nicht geheim halten und Ulli hätte ich es wahrscheinlich sowieso erzählt.

»Was? Der ist doch über sechzig!« Meine Freundin zeigt ihr Erstaunen in erster Linie aus optischen Gründen.

Darüber hatte ich mir noch gar keine Gedanken gemacht. Ich weiß, dass er nächstes Jahr fünfzig wird, aber das Leben als Gastronom hat ihn vielleicht vorzeitig altern lassen. Da Schönheit aber bekanntlich im Auge des Betrachters liegt, kümmert mich das wenig. Ich versinke in seinen grünen Augen und nehme das schüttere Haar darüber und die Falten drumherum gar nicht wahr.

»Aber du hattest ja immer schon eine Schwäche für die Durchtrainierten mit Sixpack.« Wie immer um Ausgleich bemüht, erinnert sich Ulli an meine Vorlieben und zeigt Verständnis für meine Wahl.

Bezüglich der Wiederbelebung meiner Ehe hegen beide eine gewisse Skepsis. »Ich glaube nicht, dass Martin ernsthaft an dir interessiert ist. Der macht das nur wegen der Kinder und will zurück in sein gemachtes Nest.« Diese vorsichtige Warnung gibt Ulli mir vor ihrer Abreise noch mit auf den Weg.

WIE MAN E-MAILS SCHREIBEN KANN, OHNE KONTAKT ZU HALTEN

Somit steht es zwei zu null in der Einschätzung meiner Freunde bezüglich der Absichten meines Noch-Ehemannes. Es ist ja nicht so, dass ich diese Zweifel nicht teilen würde. Nur habe ich meistens gar keine Zeit dafür. Mein Leben ist mehr als ausgefüllt – mit Kindern, Arbeit und Liebhaber. Ich musste schon meine Schlafzeiten reduzieren, um alles unter einen Hut zu bekommen. Dazwischen gibt es gelegentliche Dates mit meinem Noch-Ehemann, der langsam gewisse Fortschritte sehen möchte. »Immer nur teuer essen gehen bringts doch auch nicht«, ließ er beim letzten Mal verlauten. Dabei sind die Lokale immer günstiger geworden.

Was will ich eigentlich? In erster Linie meine neue Liebe genießen. Aber kann ich die alte wirklich loslassen? Liebe ich Martin noch oder ist es nur der alte Wunsch nach heiler Familie, der mich noch an ihn bindet? Was empfinde ich für Antonio? Ist das Liebe, Verliebtheit oder genieße ich nur die Aufmerksamkeit, die Liebeserklärungen, das gute Essen, die Komplimente, die sexuelle Befriedigung? Die Ausflüge zum Tanzen? Den Reiz des Neuen? Den Reiz des Verbotenen? Eine Mischung aus alldem? Das ist doch schon eine ganze Menge, finde ich. Und es sollte noch mehr werden.

Vorher zieht mich aber noch meine alte Liebe – oder was davon übrig ist – in einen Strudel der Gefühle.

Ich sitze mit Martin beim Italiener in Großtarfing und schneide den Salat in mundgerechte Stücke, möglichst ohne dabei den Balsamico auf meiner Bluse zu verteilen. Langsam, finde ich, könnte mal etwas Schwung in unsere Verhandlungen kommen und ich gehe in die Offensive. »Hast du noch Kontakt zu deiner Freundin?«

Ich weiß nie, wie ich sie bezeichnen soll. Freundin klingt so aktuell, als bestünde die Beziehung noch. Vielleicht tut sie das ja, aber vereinbart war es eigentlich anders. Ex-Freundin? Manchmal sage ich auch »Deine ideale Beziehung«, wie er es bei unserem ersten Termin bei der Eheberatung bezeichnete. Aber das klingt so zynisch und verletzt, als wäre ich immer noch nicht darüber hinweg. Ich einige mich also mit mir selbst auf »Freundin«.

Martin druckst ein wenig herum. Komisch, sonst fällt ihm doch das Lügen leichter. Er faselt etwas von Sachen, die er noch bei ihr im Keller habe und was dazu organisiert werden müsse, und einigt sich offensichtlich auch mit sich selbst auf eine Aussage. »E-Mail ist kein Kontakt«, nuschelt er in seinen Salat.

Sofort breitet sich ausgehend von meinen Eingeweiden ein Strudel von Gefühlen im ganzen Körper aus. Von wegen »Ich bin drüber weg, er ist mir egal, ich hab ja jetzt Antonio«. Wut, Enttäuschung, Demütigung, Eifersucht – ich kann sie unmöglich differenzieren, benennen, sezieren. Die Welle erfasst mich, reißt mich hoch. Ich muss gar nicht selbst Kraft aufwenden, um aufzuspringen. Sie spült mich aus dem Lokal. Auf die Hauptspeise und den Rest des Salats, den Rest der Unterhaltung habe ich keinen Appetit mehr. Ich muss dringend meine Fassung zurückerlangen, so kann ich unmöglich nach Hause. Die Kinder beobachten meinen Gemütszustand immer mit Argusaugen, wenn ich von meinen Dates mit Martin zurückkomme.

Jetzt Zuspruch, Liebe, Wärme tanken. Antonio beantwortet weder meinen Anruf noch meine SMS. Er ist auch nicht in seiner Wohnung. Ich lasse den Wagen stehen und versuche einen Spaziergang, um mein Gemüt zu kühlen, wieder zur Besinnung zu kommen. Ein Brummen kündigt den Eingang einer SMS an. Endlich. Bald kann ich mich in seinen Armen fallen lassen. Oder zumindest eine Verabredung dafür treffen.

Fehlanzeige. Die SMS ist von Martin und macht alles nur noch schlimmer: »Ich habe Angst, dass mir wieder jemand über den Weg läuft, wenn das mit uns nicht schneller vorangeht.«

Es dauert ein Weilchen, bis die Worte von der Netzhaut ins Hirn gelangen, aber dort ergeben sie keinen Sinn. Was soll das denn jetzt heißen? Wird der Keller bei der Freundin nur deshalb geräumt, weil bereits wieder eine neue ideale Beziehung in Sicht ist, in deren Keller Platz für Diverses ist? Oder will er mich nur unter Druck setzen?

Ich beschleunige meine Schritte zurück zum Auto. Vielleicht habe ich Glück und erwische Antonio schon bei den Vorbereitungen im Lokal. Dabei hat er nicht viel Zeit. Wenn um 19:30 Uhr die Gäste eintrudeln, muss jedes Weinglas funkelnd an seiner Stelle stehen, jedes Besteck schimmernd neben den Tellern liegen, die Speisen so weit wie möglich vorbereitet sein, das geschnittene Weißbrot in den Körben bereitliegen.

Ich klopfe an die Glastür.

Antonio lugt hinter dem Vorhang hervor und öffnet mir. »Tesoro, was ist los?«, fragt er besorgt, als er mich in meinem aufgelösten Zustand erblickt. Tesoro ist Antonios Kosename für mich. Mein LEO hat es mit »Schatz« übersetzt. Ich hatte noch nie einen Kosenamen.

Ich bekomme die erhoffte Umarmung und einen Espresso. Langsam breitet sich ein Hauch von Beruhigung in meinem Körper aus und beginnt, die Wogen zu glätten. Wahrscheinlich versteht Antonio nicht einmal einen Bruchteil meines Gestammels, aber das ist auch nicht notwendig. Ich fühle mich aufgehoben und kann die Heimreise antreten, meinen Kindern mit ausreichender Fassung begegnen und ihnen einen Abend im trauten Heim bereiten.

DIPLOMATIE

An meinem nächsten geliebten Freitagvormittag genieße ich meinen Cappuccino in Antonios Lokal. Die Herbstsonne hat ein paar Schaufensterbummler in die Fußgängerzone gelockt. Mein Gefühlsstrudel hat sich weitgehend gelegt. Ich weiß zwar immer noch nicht, wie es mit mir, meinem Mann, der Familie, meinem Geliebten und Martins Geliebter weitergehen soll. Aber das vertage ich einstweilen und genieße den Kaffee, die Musik, das Gefühl, dem Alltag entrückt zu sein. Leider scheint Antonio heute etwas zu bedrücken. Als Freund großer Spontanität ist es sonst nicht seine Art, aus seinem Herzen eine Mördergrube zu machen.

Er poliert ein Weinglas, als er mit der Sprache herausrückt. »Martino hat gestern hier gegessen.«

Das ist es also. Offensichtlich hat er damit gerungen, ob er mir davon erzählen, mir die Laune verderben soll.

Natürlich hat mein Noch-Ehemann nicht allein hier das sechsgängige Menü vertilgt.

Die Welle rollt wieder an.

Ich bereite meinen Aufbruch vor unter dem Vorwand, ich müsse die Kinder heute früher von der Schule holen.

»Müsse ein wenig diplomatisch sein.« Antonio will mich offensichtlich davon abhalten, etwas Unüberlegtes zu tun.

Ich küsse ihn zum Abschied und verlasse das Lokal in Richtung Fußgängerzone, gehe aber an der Abzweigung zum Parkplatz vorbei und weiter Richtung Liebigstraße. Wie ferngesteuert bewege ich mich durch die Straßen, nehme keine Passanten wahr, verfolge keinen Plan. Im Autogenen Training lernt man die Formel »es atmet mich«. Jetzt fühlt sich mein Gehen so verselbstständigt an wie sonst das Atmen. Es geht mich.

An der Praxis läute ich und trete in das Treppenhaus, als die Tür geöffnet wird. Ich steige die Stufen hinauf in den ersten Stock, öffne die Tür zur Ordination, trete an den Empfangstresen. »Wer ist die Frau, die mit meinem Mann schläft?«, bringe ich mit bebender Stimme hervor.

Die junge Sprechstundenhilfe klappt den Mund auf und eine Weile nicht mehr zu. Es ist Freitagmittag, in Kürze wird die Praxis schließen, der Warteraum hat sich bereits geleert. Da mache ich einmal in meinem Leben eine filmreife Szene und dann habe ich nicht einmal Publikum.

Mittlerweile hat sich die Sprechstundenhilfe wieder gefangen. »Gehen Sie gleich durch, der Herr Doktor ist gerade frei«, fordert sie mich mit einem gequälten Lächeln auf.

Ich habe durchaus Verständnis dafür, dass sie sich nicht weiter mit mir beschäftigen will. Was habe ich erwartet? Dass sie beginnt, in den Patientenakten zu wühlen, und mir Namen und Krankengeschichte von Martins Freundin vorlegen wird?

Ich befolge die Aufforderung und wende mich brav zum Gehen, durchquere den Warteraum und einen kleinen Flur, bevor ich, ohne anzuklopfen, das Behandlungszimmer mit der Aufschrift »Dr. Landers« betrete. Auch der Partner der Praxisgemeinschaft ist bereits im Wochenende. Es ist wirklich ein denkbar schlechter Zeitpunkt für eine Szene. Oder ein guter, je nachdem.

Martin thront in weißem Polohemd und weißer Hose hinter seinem Schreibtisch und springt sofort auf, als er mich sieht. Offensichtlich ist er bereits vorgewarnt worden. »Da hast du etwas völlig falsch verstanden«, sagt er in seinem salbungsvollen Ton. Der ist für Auseinandersetzungen bestimmt, bei denen das Temperament mit mir durchgeht. Er ist dabei die Ruhe in Person, was mich meist noch weiter die Palme hinauftreibt.

Diesmal ist es nicht nur der Ton, der mich fassungslos macht. Seit der Entdeckung der Affäre habe ich schon den Eindruck, im Klischee zu leben, aber dieser Text wirkt wie frisch aus einer billigen Vorabendserie importiert.

Ich schaue keine Vorabendserien, daher ist mir mein Teil des Textes jetzt nicht geläufig. Ich habe keine Ahnung, was ich darauf sagen soll. Ich habe nicht einmal Ahnung, was ich mit dem Auftritt überhaupt bezwecke. Den habe ich ja auch nicht aktiv geplant – meine durchgeknallte Fernsteuerung hat mich hierhergeführt. Wortlos drehe ich mich um und verlasse die Praxis.

Ich gehe durch die Fußgängerzone zum Auto und fahre nach Hause. Unterwegs leuchtet rechts der Straße eine Ansammlung von Kürbissen. Ich halte an, wähle einen schönen Hokkaido aus und werfe eine 2-Euro-Münze in die kleine Kassa. Die Verrichtungen holen mich wieder in den Alltag zurück, beruhigen mich ein wenig. Ich freue mich auf ein gemütliches Mittagessen.

Die Kinder haben das schöne Herbstwetter genutzt, um mit dem Fahrrad zur Schule zu fahren, und sind noch nicht zurück. Als die Suppe für das Risotto auf dem Herd blubbert, höre ich sie bereits in der Einfahrt.

Immerhin habe ich einen Teil meiner Fassung wieder-
erlangt. Den Rest der Emotionen lasse ich am Kürbis
aus. Wütend schlage ich mit dem großen Küchen-
messer auf den Hokkaido ein und reagiere an dem un-
schuldigen Gemüse meine Wut ab.

BELLA ITALIA

Alle paar Wochen fährt Antonio in seine Heimat, um
Wein und Lebensmittel für sein Lokal einzukaufen.
Beim letzten Mal hat er mich gefragt, ob ich ihn nach
Ascoli begleiten möchte. »Ich fahre nach Italia. Kommst
du mit?«

Zu diesem Zeitpunkt war das eine rhetorische Frage
gewesen, ich konnte ja meine Kinder nicht allein lassen.

Die nächste Einkaufstour fällt genau in die Herbstferien. Und ich finde, ich habe mir eine kleine Auszeit
verdient. Meine Eltern sind gern bereit, für ein paar
Tage Haus und Kinder zu hüten. Ich deute so etwas wie
einen Freund an, mit dem ich gern verreisen möchte,
und meine Eltern fragen nicht weiter nach.

Ich versuche, die gute Nachricht ins Italienische zu
übersetzen, finde dann aber heraus, dass das den SMS-
Rahmen sprengt. So breche ich zu einer Joggingrunde
auf, um die frohe Botschaft persönlich zu überbringen.

Bevor er zwischen fünf und halb sechs sein Lokal
aufsperrt, hält Antonio ein Nickerchen in seiner

Wohnung und dort klingle ich jetzt. Mittlerweile kenne ich seinen Rhythmus genau. Manchmal träume ich mich in sein Lokal, wenn ich denke, dass er jetzt gerade seine Gäste bekocht oder seine Pausenzigarette in der Schachtstraße raucht, während seine Gäste auf den nächsten Gang warten.

Schon nach dem zweiten Klingeln ertönt der Türsummer. Antonio hat wohl nicht sehr tief geschlafen. Trotzdem macht er einen leicht verwirrten Eindruck, als ich von den möglichen Reiseplänen berichte. Ich kann schwer einschätzen, ob er sich freut. Vielleicht hat er seine Einladung gar nicht wirklich ernst gemeint? Die sprachliche Barriere steht genauso oft zwischen uns wie die kulturelle. Aber das ist mir jetzt egal – ich freue mich auf Italia.

Wir verabreden, am Sonntagmorgen nach einem gemeinsamen Frühstück im Lokal aufzubrechen und die neun Stunden Fahrt nach Ascoli Piceno in Angriff zu nehmen. Bei einem Kaffee hörte ich mit, wie Antonio bei einer Bekannten telefonisch ein Zimmer in ihrem Bed and Breakfast buchte. Offensichtlich ist es ihm unangenehm, mich in sein Elternhaus mitzunehmen. Das kommt mir sehr entgegen.

Am Morgen des Aufbruchs ist der erste Schnee gefallen. Die Kinder freuen sich riesig und stapfen mit ihren neuen Skiern probeweise durch den verschneiten Garten. Ich freue mich mit ihnen, möchte die fröhliche, unbeschwerte Zeit genießen, sitze gleichzeitig aber ein wenig auf glühenden Kohlen, weil ich pünktlich um acht beim Lokal sein möchte. Meine Eltern sind noch nicht da. Schweren Herzens lasse ich sie allein im Garten weiterspielen und breche auf. Sicherheitstechnisch ist das ja kein Problem. Mit ihren elf und dreizehn Jahren können sie unbeaufsichtigt im eigenen Garten spielen. Aber mein Mutterherz …

In der Schachtstraße stehe ich vor einem verschlossenen leeren Lokal. Natürlich ist Antonio noch nicht da. Ich gehe zum Bäcker ums Eck und besorge zwei Vollkornbrötchen für das gemeinsame Frühstück. Danach versuche ich, Antonio zu erreichen. Er hebt nicht ab und trudelt erst nach einer dreiviertel Stunde ein. Ich schlucke einen Kommentar hinunter und denke, wie schön eine gemeinsame Stunde mit meinen Kindern statt der Warterei gewesen wäre.

Beim Anblick der gesunden Semmeln für das gemeinsame Frühstück kommt der Kommentar: »Ich denke, gibt Croissants.«

Auch das vermag meine Urlaubslaune nicht zu trüben. Ich bin wild entschlossen, diese Reise zu genießen, erfreue mich am Cappuccino und schmiere Nutella auf die Vollkornsemmeln.

Antonio zündet sich nach dem Frühstück eine Zigarette an, offensichtlich hat er alle Zeit der Welt. Der angegebene Aufbruchszeitpunkt ist wohl eher theoretischer Natur gewesen. Im Hintergrund singt Norah Jones. Sehr ungewöhnlich, hier nicht von italienischer Musik umgeben zu sein. Aber es passt genauso gut zur Begleitung unserer Küsse und

Zärtlichkeiten, die wir jetzt auszutauschen beginnen. Zu »Sunrise« deutet Antonio auf seinen Unterleib. Ich beginne, ihn mit meinen Lippen und meiner Zunge zu verwöhnen, und denke dabei: Wenn ich das öfter gemacht hätte, hätte ich vielleicht auch bei Martin bleiben können. Martin. Mit ihm gemeinsam habe ich den Film »My Blueberry Nights« mit Norah Jones gesehen. Rasch schiebe ich den Gedanken beiseite.

Irgendwann sind Frühstück und Stelldichein beendet. Wir brechen endlich auf nach Italien. Unsere erste gemeinsame Reise. Auf dem silbergrauen Kombi sind noch Sommerreifen montiert. Ich bekomme meine erste Gelegenheit, um mir Sorgen zu machen. Die zweite Gelegenheit ergibt sich, als wir auf der Inntalautobahn einen Baustellenbereich mit Tempo 60 passieren.

»Besser gehe gleich zu Fuß«, kommentiert Antonio seinen Unwillen, sich an diese vorgeschriebene Höchstgeschwindigkeit zu halten. Seinen Gurt hat er vor dem Körper drapiert, ohne sich anzuschnallen. Das sollte wohl einen korrekten Anschein erwecken für den Fall einer Polizeikontrolle. Der altersschwache Audi ist noch nicht mit der nervtötenden akustischen Aufforderung zum Anschnallen ausgestattet.

Die Straße auf den Brenner ist gut geräumt. Wir kommen auch mit den Sommerreifen gut voran. Trotzdem müssen wir an der Raststätte halten, weil eine Warnleuchte neues Kühlwasser verlangt.

Ich nutze die Pause für einen Toilettengang, während Antonio Kühlwasser auffüllt und die Gießkanne zurückbringt. Vor der Raststätte treffen wir uns wieder. Antonio legt auf dem kurzen Weg zum Auto den Arm um meine Schultern. Was für ein wunderschönes, warmes Gefühl umhüllt mich gemeinsam mit diesem Arm. Hier müssen wir uns nicht verstecken. Obwohl Antonio ein paar Zentimeter kleiner ist als ich, fühle ich mich wunderbar aufgehoben und geborgen. Ich kann mich nicht erinnern, dass Martin jemals den Arm um mich gelegt hätte. Schon gar nicht in der Öffentlichkeit. Eine Demonstration unseres Beziehungsstatus hielt er nicht vonnöten.

In angenehmer Stimmung setzen wir die Reise fort. Antonio beginnt, mich zu streicheln, während er wie beiläufig das Auto lenkt. Seine Hand bewegt sich zum Bund meiner Jeans, gleitet hinein und streichelt mit der ihm eigenen Zartheit weiter. Ich bin unschlüssig, ob ich die zärtliche Berührung genießen oder Angst vor der beeinträchtigten Konzentration des Fahrers haben soll.

Als wir in Ascoli ankommen, ist es bereits dunkel. Wir fahren von der Autobahn ab und nähern uns dem Ortszentrum. Antonio parkt den Wagen dicht an der Innenstadt. Weit und breit ist keine Frühstückspension zu sehen. In aufgekratzter Stimmung ergreift er meine Hand, hält mir mit der anderen die Augen zu. Ich vertraue mich seiner Führung an und schleiche vorsichtig neben ihm über das Kopfsteinpflaster. Plötzlich nimmt er die Hand von meinen Augen. Er strahlt mit dem Anblick um die Wette, der mich umgibt. Ein riesiger Platz, gesäumt von Arkaden und stolzen Palazzi ruht in stimmungsvoller Beleuchtung vor uns. Ich bin überwältigt, vom majestätischen Anblick ebenso wie von der überschäumenden Präsentation. In stummer Freude stehen wir Hand in Hand auf dem Platz.

Mit allen Sinnen nehme ich meine Umgebung auf, ehe wir zum Auto zurückgehen und noch ein kurzes Stück zum Bed and Breakfast »Rosa Spina« fahren. Trotz der späten Stunde werden wir noch von Luciana erwartet. Sie begrüßt mich mit der üblichen italienischen Herzlichkeit. Es scheint sich um eine alte Bekannte von Antonio zu handeln.

Am nächsten Morgen frühstücken wir gemeinsam mit anderen Gästen in Lucianas Küche. Antonio rührt mit dem Handmixer einen Kuchenteig an und es wird wild durcheinanderpalavert. Mein Italienisch reicht noch nicht, um der Unterhaltung zu folgen.

Irgendwann scheint der Zeitpunkt gekommen zu sein, mit den Einkäufen zu beginnen. Ich werde allein mit der Kamera durch die Straßen streifen. Antonio schärft mir die Verhaltensmaßregeln für Touristen in Italien ein. Keine höheren Bargeldbeträge, keine Wertsachen mitnehmen: Die Italiener seien gefährlich, molto pericoloso.

Eine prickelnde Vorfreude erfüllt mich. Wann bin ich zum letzten Mal verreist, abgesehen von den Familienurlauben? Ich bin in Italien und versuche, dem Rechnung zu tragen, indem ich mich hübsch mache. Wimperntusche, Puder, Lippenstift. Meine Haare, während der Ehe immer raspelkurz geschnitten, beginnen langsam, in Locken um mein Gesicht zu fallen. Ich lächle mein Spiegelbild an, werfe ihm ein Küsschen zu und fühle mich schön – genau richtig für Italien.

Ich fühle mich wie aus der Zeit gefallen, als ich plan- und ziellos durch enge Gassen streife, über weite Plätze, hinunter zum Fluss, über die Brücke und mit der Kamera verschiedene Perspektiven derselben Motive ausprobiere. Meine Umgebung nimmt mich vollständig gefangen. Ich lasse mich treiben und schwebe in einem schwerelosen Zustand. Niemand kennt mich, niemand weiß, wo ich bin. Ich habe keine Deadline, zu der ich irgendwo sein, jemanden abholen, etwas erledigen muss. Meine Kinder sind bei meinen Eltern gut aufgehoben. Nichts wird von mir erwartet, von niemandem, nicht einmal von mir. Ich muss keine Entscheidungen treffen, keine Position beziehen, nichts erklären, nichts rechtfertigen. Ich bin einfach nur.

Als ich mich ausreichend der Unbeschwertheit hingegeben habe, piepst eine SMS in meiner Handtasche.

»Dove sei?« Antonio fragt, wo ich bin.

Ich steuere das nächstgelegene Straßenschild an und tippe den Straßennamen in meine Antwort. »Aspetti.«

Wie von Antonio gewünscht, warte ich, und schneller als gedacht, kurvt schon der silberne Audi um die Ecke. Antonio hatte wohl Sehnsucht nach mir und will mich abholen. Er parkt das Auto in der Via Francesco Ciotti und wir steigen Hand in Hand den Hügel zur Statue des Erlösers hoch. In ausgelassener Stimmung beginnen wir zu fotografieren. Ich suche passende Positionen für die Kamera und mit Selbstauslöser halten wir diesen Moment der gemeinsamen Unbeschwertheit fest.

»Wolle mit mir komme? Ich besorge die Wein in Cantina.«

Ich habe die Stadt fürs Erste ausreichend besichtigt und willige ein. Wir fahren in die Hügel auf der anderen Seite der Stadt. Damit ich dort gar nicht erst auf die Idee kommen kann, mich unauffällig im Hintergrund zu halten, zieht Antonio mich an der Hand hinter sich her ins Büro, wo er seine Bestellung aufgibt und mit der Angestellten schäkert. Wenig später streifen wir durch die Gänge der Weinhandlung. Links und rechts von uns türmen sich meterhoch die Weinverpackungen. Antonio sammelt verschiedene Kartons zusammen und stapelt sie auf einer Sackkarre.

Ein deutsches Ehepaar in den sogenannten mittleren Jahren wählt ebenfalls verschiedene Weine aus. Sie beginnen, von ihrem Haus hier in der Nähe zu erzählen. Ich fühle mich sonderbar in meiner Rolle – welcher Rolle eigentlich? Wer bin ich? Jeder scheint einen Platz in der Welt zu haben, aber wo ist meiner? Bin ich eine Ehefrau, eine Ehefrau auf Abwegen, eine Geliebte, eine Mutter, die sich eigentlich um ihre Kinder kümmern sollte?

Erfreulicherweise scheint Antonio seine Bestellung beisammen zu haben und zieht mich weiter zur Kassa. Er beginnt, wieder mit einer Angestellten zu schäkern, stellt mich als seine Freundin vor und die Dame schenkt mir einen Korkenzieher mit der Aufschrift »Colli Ripani«. Jetzt habe ich wieder eine Position.

Am nächsten Tag bekomme ich eine Einführung in »Italien für Anfänger«. Der Trüffeleinkauf steht an. Wir fahren zum Trüffelhändler, ein wenig außerhalb von Ascoli. Am großen Tor hängt ein zerknitterter Zettel mit der Information, dass der Trüffelhandel umgezogen sei, jedoch ohne einen Hinweis darauf, wohin.

»Andiamo al bar.« Antonio kennt natürlich die naheliegende Lösung für Probleme aller Art.

Wir fahren zur nächstgelegenen Bar, in der ein Grüppchen Männer am Tresen ihren Espresso trinkt, die rosafarbene »Gazetta dello Sport« liest und deren Inhalt diskutiert. Wir bestellen Espresso und Antonio klinkt sich in die Diskussionen ein. Ich versuche, mein passives Italienisch durch intensives Zuhören zu erweitern.

Irgendwann erfragt Antonio die neue Adresse des Trüffelhändlers und wir brechen wieder auf. Am angegebenen Ort scheint sich tatsächlich ein Trüffelhandel zu befinden, der allerdings gerade geschlossen hat. Wir suchen wieder eine Bar auf, um die Öffnungszeiten zu erfragen.

Nach einer Stunde können wir bereits den Trüffeleinkauf erledigen.

Erschöpft von den Besorgungen gönnen wir uns eine Pause und fahren ans Meer nach Grottammare, um Antonios Freund zu besuchen. Massimo spricht erstaunlich gut Englisch für einen Italiener, sodass ich erstmals auf diesem Ausflug Gelegenheit zur Konversation habe, während Antonio immer mehr verstummt.

Zu einer Zeit, zu der ich normalerweise schon mit der Verdauung beginne, brechen wir zum Abendessen zu Maria auf. Antonio hat auf unserer Anreise schon kurz hier gehalten, um persönlich einen Tisch zu reservieren. Das Lokal liegt direkt am Strand. Der Jahreszeit entsprechend sitzen wir im wenig gemütlichen Innenraum. Es gleicht eher einer Kantine. In einer Ecke läuft ein Fernseher. Das Essen jedoch ist hervorragend, eine Abfolge von verschiedenen Meeresfrüchten und frischem Fisch. Ich schwelge in Italien, im guten Wein und im guten Essen.

Wieder zurück in Ascoli parken wir das Auto vor der Pension und spazieren durch die Altstadt. Mittlerweile ist es nach Mitternacht. Selbst in Italien kehrt hier unter der Woche langsam Ruhe ein. Wir durchstreifen dieselben Gassen und Plätze, die ich bereits gestern Vormittag fotografiert habe, und beginnen, die nächtlichen Motive aufzunehmen. Oft und lange diskutieren wir über die besten Positionen und Perspektiven, lachen und küssen uns immer wieder und ich schwebe völlig in der Leichtigkeit.

Am nächsten Tag gehen wir auf den Markt, um Olive all'Ascolana zu kaufen, die hiesige Spezialität. Schon von Weitem wird Antonio erkannt und es beginnt das übliche Palaver. Ich stehe immer ein wenig abseits.

Während alle Einkäufe im Auto verstaut werden, bezahle ich bei Luciana das Quartier. Antonio macht keinerlei Anstalten, eine Teilung der Kosten vorzuschlagen. Immerhin hat er ja meinetwegen hier gewohnt, anstatt bei seiner Mama, also ist es für mich auch o. k.

Auf der Rückreise halten wir an einem Supermarkt gigantischen Ausmaßes. Ich werde langsam müde und der Gedanke, noch neun Stunden Fahrzeit vor mir zu haben, lässt mich unruhig werden, aber Antonio scheint alle Zeit der Welt zu haben. Er zieht den roten Karren hinter sich her und belädt ihn langsam mit Putzmitteln, Grissini und Grappa, bevor er eine für mich unendlich lange Zeit vor den CDs verbringt, letztendlich ohne eine zu kaufen.

Ich werde immer unruhiger. Innerlich bin ich bereits auf der Rückreise, bei meinen Eltern, bei meinen Kindern, und habe Italien, die Blase der Leichtigkeit, mental schon verlassen.

Antonio lenkt den Audi durch die Nacht, ich hänge meinen Gedanken nach. Auf der langen Fahrt hat meine Seele ausgiebig Zeit, vom Paar-Modus mit Antonio wieder umzuschalten. Aber in welchen Modus überhaupt? Auf alle Fälle in den Mutter-Modus, das ist die einzige Rolle, über die ich mir wirklich im Klaren bin. Und sonst? Wohin soll das führen mit Martin, mit Antonio?

ANNÄHERUNGSVERSUCHE

Vielleicht kann der nächste Termin ja Klarheit schaffen, obwohl ich zuerst nicht gerade davon angetan bin. Martin hat einen Termin bei Dr. Maier gemacht. Der ist MEIN Psychiater, MEINER. Ich wusste gar nicht, dass der auch als Paartherapeut arbeitet. Davon hat er nichts erwähnt. Darum ging es auch nicht in unseren wenigen Stunden. Es ging um mich. Und jetzt dringt Martin in diese Privatsphäre ein.

Trotzdem füge ich mich und erscheine pünktlich in der Praxis. Martin sitzt schon in meinem Stuhl, ich nehme schräg gegenüber Platz. Direkt gegenüber sitzt Dr. Maier und schaut Martin über den Rand seiner Lesebrille an, während dieser erzählt.

»Sie haben Probleme mit dem Lieben«, befindet der Psychiater nach einer angemessenen Pause.

Damit sind wir auch schon fast fertig hier. Kritikfähigkeit ist nicht die hervorstechendste Eigenschaft meines Noch-Ehemannes. Was auch immer er hier erwartet hat, eine Beschleunigung unserer Beziehungsgeschichte, eine Anleitung dafür – diese Diagnose war es jedenfalls nicht.

Ich bin mit Dr. Maiers mitunter unsanften Bestandsaufnahmen schon vertraut, auch wenn ich seinem Auftrag, mir selbst genug zu sein, bisher eher unzureichend nachgekommen bin. Aber immerhin kann ich ihm theoretisch etwas abgewinnen.

Ich erkenne nun den Unwillen, der sich in Martins Gesicht ausbreitet. Seine Augenbrauen ziehen sich zu kleinen Wülsten zusammen, die Mundwinkel ziehen leicht nach unten. Wir verabschieden uns rasch vom Psychiater und auf der Straße ebenso rasch voneinander. Ich habe es eilig, muss zu Antonio ins Lokal.

Obwohl die Annäherung zwischen Martin und mir nicht so recht voranschreiten will, arbeite ich an einer Annäherung zwischen Martin und den Kindern. So kann das ja nicht weitergehen mit der Funkstille zwischen den dreien. Immerhin bin ich mit gutem Beispiel vorangegangen, habe mich mit Martin verabredet und bin meistens gut gelaunt wiedergekommen. Zumindest wenn ich nach den Verabredungen noch bei Antonio vorbeigeschaut habe. Martin ist kein Unmensch, trotz allem, was passiert ist. Meine Verliebtheit stimmt mich milde, denn am Anfang des Dramas war ich nicht immer davor gefeit, meinen untreuen Ehemann vor den Kindern in einem nicht ganz so günstigen Licht dastehen zu lassen. Nicht immer hatte ich meine Emotionen ausreichend unter Kontrolle den Kindern gegenüber. Aber das ist Monate her.

Diesen Sonntag essen wir zu viert bei einem Italiener. Die Stimmung war zwar schon einmal ausgelassener, aber immerhin verläuft das Essen ruhig. Statt eines Desserts schwinge ich mich zu einem Akt der Großzügigkeit auf und lade Martin zu Kaffee und Kuchen zu uns nach Hause ein. Abgesehen von diversen anfänglichen Rasenmäh-Aktionen ist es sein erster Besuch hier im Haus. Wir verteilen uns auf der Couch, nachdem ich den Kaffee gebracht habe. Verlegenheit und Anspannung liegen zum Greifen in der Luft. Endlich gesellt Simba sich zu uns auf die Couch und lenkt die Aufmerksamkeit auf sich. Den Rest der Zeit verbringen wir mit Streicheln des Katers. Das ist mir immerhin noch lieber, als wenn Martin versucht, mich zu streicheln. Als er einmal versucht, den Arm auf meine Schulter zu legen, muss ich ganz dringend etwas aus der Küche holen. Was habe ich mit der Einladung bezweckt? Empfinde ich noch etwas für ihn? Als wirklich unangenehm habe ich seine Berührung nicht empfunden.

Zwei Tage später werde ich von meinen zartsprießenden positiven Gefühlen meinem Noch-Ehemann gegenüber auch schon wieder geheilt, als mich eine E-Mail von ihm erreicht. Er bietet an, gelegentlich zum Putzen vorbeizukommen, gern auch in meiner Abwesenheit, wenn ich ihn nicht sehen möchte. Das Haus sei nicht in einem präsentablen Zustand. Was, wenn die Kinder Freunde einladen oder spontan ein Handwerker kommen muss?

Sofort schießt wieder meine Wut aus den Eingeweiden. Was bildet der sich ein! In meiner Antwort weise ich darauf hin, dass in meinem durchgetakteten Leben die Beschäftigung mit den Kindern immer Priorität vor der Beschäftigung mit dem Haushalt habe, und lehne dankend ab. Von meinen Prioritäten für meine Liebelei erwähne ich selbstverständlich nichts.

Auch die Kinder bekommen Post, allerdings handschriftlich. Darin entschuldigt sich Martin für sein Verhalten im Sommer, allerdings nicht ohne auch hier einen Seitenhieb anzubringen: Die Kinder hätten nicht genug im Haushalt geholfen.

Ich habe wieder mal einen Grund zur Fassungslosigkeit. Was ist das für ein Mensch? Was geht in diesem Hirn bloß vor? Er entschuldigt seine Untreue, die Art und Weise, wie er uns verlassen hat, damit, dass seine Kinder nicht oft genug den Geschirrspüler ausgeräumt haben?

Mein Anfall von Großmut schwindet wieder, obwohl mir meine Eltern mittlerweile für sie ganz unüblich einen Ratschlag gegeben haben: Ich möge Martin verzeihen. Das ist damit wieder etwas in die Ferne gerückt, wenn ich mich auch nicht zu einem radikalen Schnitt entschließen kann. Ich schwebe weiterhin in meiner Fruchtblase genährt von den Aufmerksamkeiten meines Liebhabers, verbunden über eine unsichtbare Nabelschnur mit meinem Noch-Ehemann.

Dieser gibt nicht so schnell auf. Er vereinbart einen privaten Kletterkurs für uns zwei in der Turnhalle des Gymnasiums. Während des Studiums habe ich schon einen Kletterkurs gemacht, danach kam mir das Leben dazwischen und ich hatte nie mehr Gelegenheit dazu.

Wir sollen uns am Sonntag um 9 Uhr vor der Turnhalle treffen. Wie fein. Vielleicht geht sich vorher noch ein Frühstück bei Antonio aus. Ich mache noch Feuer im Kachelofen, bevor ich zwei Schokocroissants besorge. Antonio erscheint tatsächlich früh genug in seinem Lokal für ein gemeinsames Frühstück. Kurz vor neun beginne ich langsam mit dem Aufbruch. Bis alle Abschiedsküsse ausgetauscht sind, vergeht allerdings ein Weilchen und erst fünfzehn Minuten nach neun rolle ich auf den Schulparkplatz. Hier ist niemand mehr zu sehen. Martins Jeep steht neben einem Skoda Octavia, der wahrscheinlich dem Kletterlehrer gehört. Mein Anruf bei Martin blcibt unbeantwortet. Ich stehe noch zehn Minuten unschlüssig auf dem Parkplatz herum, dann fahre ich zu Antonio zurück und sehe ihm beim Waschen der Teller vom Vorabend zu. Schließlich fahre ich nach Hause, um den Tag mit den Kindern zu verbringen.

Wir suchen gerade einen Film für einen verregneten Sonntagnachmittag auf der Couch aus, als ich Martins Anruf auf meinem Handy sehe. Ich habe keine Lust, mir jetzt die Laune verderben zu lassen, und drücke ihn weg.

Am nächsten Tag treffe ich ihn auf einem Parkplatz, damit er mir hilft, die Sitzbank des MiTo wieder zu befestigen, die sich durch die zahlreichen Umklappvorgänge aus der Verankerung gelöst hat. Schließlich gehe ich wieder mit gutem Beispiel voran und lasse mir von ihm helfen. Das sollen die Kinder durchaus mitbekommen.

Martin wirkt ungewöhnlich zerknirscht wegen der missglückten Verabredung. »Ich könnte heulen, wenn ich daran denke.«

Das finde ich jetzt ein wenig dramatisch. »Du hättest ja noch ein wenig warten oder mich zumindest anrufen können«, antworte ich.

»Der Kletterlehrer wollte schon anfangen und hat hinter uns abgesperrt, damit sonst niemand in die Halle kommt.«

»Ich musste noch Feuer machen und das Frühstück für die Kinder vorbereiten und das hat halt ein wenig länger gedauert. Deshalb bin ich zu spät gekommen«, versuche ich, mich zu rechtfertigen.

»Ich mache einen neuen Termin mit dem Kletterlehrer. Passt es dir in zwei Wochen?«, fragt Martin.

»In Ordnung. Ich werde versuchen, ein wenig früher aufzustehen.« Ein wenig Entgegenkommen kann nicht schaden.

Immerhin scheint ein Tauwetter zwischen Martin und den Kindern die bisherige Eiszeit aufzubrechen. Er darf sie von der Schule abholen und bei »Bella Italia« zum Mittagessen ausführen. »Bella Italia« ist unser Italiener in Bad Eichenfels der zweiten Wahl, für Anlässe vom Hochzeitstag abwärts. Hier kann man ein Pastagericht als Hauptspeise bestellen und wird davon auch satt. Im Bestecksackerl steckt neben Messer und Gabel auch ein Löffel für die Spaghetti. Italienisch essen für Deutsche. Der Fisch wird vom gleichen Lieferanten gebracht wie bei Antonio. Auch die selbst gemachte Pasta ist von hoher Qualität, das Ambiente eher rustikal als gediegen. Man speist zwischen Regalen, die mit Teigwaren und Cantuccini gefüllt sind. Es nennt sich Alimentari, also Lebensmittel, obwohl ich noch nie gesehen habe, dass jemand davon welche kauft. Vielleicht soll diese Deko auch nur die unangenehme Akustik etwas dämpfen, was aber nur unzureichend gelingt.

Die Betreiberfamilie stammt aus Sizilien. Enzo kocht mit seinem Hilfskoch in einem kleinen Verschlag, der vom Gastraum einsehbar ist. Seine Frau Elena serviert mithilfe der Nichte Paola und Giovanni, dem Einzigen hier, der nicht zur Familie gehört. Die Tochter geht noch aufs Gymnasium und hilft nur hin und wieder aus.

Paola ist die Drama-Queen der Familie oder vielleicht auch nur die Einzige, die sich noch italienisch benimmt, während der Rest schon so eingedeutscht ist wie der Löffel bei den Spaghetti. Wenn Martin ins Lokal kommt, begrüßt er sie mit einer Umarmung. Warum eigentlich nur sie? Oft jammert sie in dramatischer Weise über ihre Rückenschmerzen, wegen der sie Martin auch manchmal in der Praxis aufsucht, die nur ein paar Meter entfernt ist. Das ist natürlich die einfachste Weise, den Arzt zu fesseln. Ich hätte bisher allerdings nicht gedacht, dass sie mit ihren üppigen Formen sein Typ ist. Trotzdem fühle ich mich seltsam, wenn ich dem überschwänglichen Begrüßungsritual der beiden beiwohne.

Einmal hat sie sich auch an mich gerichtet. »Ihre Mann hat meine Läbe gerettet«, schmettert sie mir entgegen, weil Martin ihr eine Spritze gegen die Rückenschmerzen verabreicht hat.

Heute bleibt mir das erspart. Martin speist nach der Schule allein mit den Kindern bei »Bella Italia«. Nachdem er sie zu Hause abgesetzt hat, kommt Florian mir ein wenig verstört vor. Er berichtet von einem Telefonat, das der Papa geführt habe. Es habe sehr lange gedauert, der Papa war irgendwie aufgebracht und hat ganz oft ins Telefon gesagt: »Das ist keine Freundschaft.« Ich versuche, mich so wenig wie möglich aufzuregen und mich so wenig wie möglich mit den Verstrickungen meines Ehemannes zu beschäftigen – ich habe mit meinen eigenen genug zu tun.

BEFÖRDERUNG

Schließlich tritt meine Affäre mit Antonio in eine neue Phase: Ich steige auf von der heimlichen Liebschaft zur Einkäuferin und Chauffeurin, denn er muss wegen diverser Verkehrsdelikte seinen Führerschein im Landratsamt abgeben. Ich fahre ihn in die Salzburger Straße und warte die Amtshandlung auf dem Parkplatz ab. Antonio scheint aufgekratzt, als er wieder zu mir ins Auto steigt. Auf dem Weg ins Lokal halten wir an einer Ampel, die immer gefühlte Ewigkeiten lang rot ist. Er wendet sich mir zu und beginnt, mich zu küssen. Der Fahrer neben uns starrt uns an. Antonio winkt ihm grinsend zu und küsst mich noch mal. Gott sei Dank springt die Ampel jetzt auf Grün und ich muss weiterfahren.

Im Lokal öffnet Antonio eine Flasche Prosecco mit den Worten: »Wir feiern. Ich habe keine Führerschein mehr.«

Ich kann daran keinen Grund zum Feiern erkennen, nippe aber gern am Prosecco und lasse mich von Antonios ausgelassener Stimmung mitreißen. Vielleicht will er damit nur seine wahren Gefühle überspielen, aber das ist mir egal. Ich wäre gern nur ein ganz klein wenig so wie er. Mich nicht darum kümmern, was andere von mir denken, mich von den Problemen des Alltags nicht unterkriegen lassen. Vielleicht ist an dem Spruch »Fake it till you make it«

ja etwas dran. Immerhin habe ich hier in der Schachtstraße meinen geschützten Raum, mein Labor, wo
ich ein ganz klein wenig so tun kann, als ob, und
meine Probleme draußen vor der Tür lassen kann, die
Antonio nach meinem Eintreten immer sorgfältig ab-
sperrt. Wo ich meine Sorgen unter italienischer Musik,
hervorragendem Essen, Komplimenten, liebevollen
Blicken und Umarmungen begraben kann. Wenn
ich herauskomme, dauert es ein Weilchen, bis diese
Schutzschicht Stück für Stück abgetragen wird und
die Probleme meines Alltags wieder zum Vorschein
kommen. Aber wenn ich Glück habe, dauert es bis
zum nächsten Besuch nicht mehr lang.

Meine Einkaufsliste bekomme ich meist per SMS
um die Mittagszeit herum. Auf dem Weg von der
Arbeit zu Antonio halte ich daher beim Supermarkt
und besorge Brot, Sellerie, Cocktailtomaten, eine
Zucchini. Etwas aufwendiger ist die Beschaffung der
Getränke. Zwei Kisten San Pelegrino werden im Ge-
tränkemarkt in den Kofferraum des MiTo geladen
und dann beginnt der Spießrutenlauf: Ich fahre am
Parkplatz vorbei, rolle im Schritttempo in die Fußgängerzone und halte vor dem Lokal. Das mulmige
Gefühl dabei wird durch Wiederholung nicht weniger.
Jetzt habe ich ausreichend Gelegenheit, Gelassenheit
zu üben, aber so hatte ich mir das nicht vorgestellt. Vor
meinem geistigen Auge biegt jedes Mal gleich Polizei
um die Ecke, aber wie durch ein Wunder bleibe ich bei
all meinen Zustellfahrten unbehelligt. Antonio trägt

die Kisten ins Lokal, ich entferne mich schleunigst
wieder aus der Fußgängerzone und stelle den MiTo
auf dem Parkplatz ab.

Einmal habe ich das Brot vergessen und hole es im
Bäcker in der Fußgängerzone, während Antonio die
Einkäufe verräumt. Ich eile mit zwei Stangen Baguette
aus dem kleinen Bäckerladen am Kaiserplatz zurück
ins Lokal, als plötzlich Martin vor mir steht in weißen
Hosen, weißem Poloshirt und weißen Crocs. Eigentlich erstaunlich, dass ich ihn noch nie hier getroffen
habe, wo seine Praxis doch um die Ecke liegt. Was
mein Herz jetzt höherschlagen lässt, sind weniger
die romantischen Gefühle für ihn als vielmehr der
Schock und die Angst, mein Geheimnis könnte auf-
gedeckt werden. Wir grüßen uns verlegen. Ich fühle
mich gezwungen, eine Erklärung abgeben zu müssen.
Aber warum eigentlich? Schließlich bin ich meinem
ausgezogenen Noch-Ehemann keinerlei Rechenschaft
schuldig.

Ich stammle etwas von Brot für die Kinder und bin
mir der Absurdität der Erklärung vollkommen bewusst.
Wir essen so gut wie nie Weißbrot und selbst wenn:
Warum sollte ich selbiges aus der Fußgängerzone holen,
anstatt auf dem Heimweg bei einem der Bäcker zu
halten, an denen ich sowieso vorbeifahre?

Da mir ja Geheimniskrämerei so überhaupt nicht
liegt und der Reiz des Verborgenen meine Liebelei für
mich eher komplizierter als aufregender macht – aufregend genug ist sie ohnehin für mich –, habe ich vor

einiger Zeit schon versucht, den Kindern davon zu berichten. Ich fasste all meinen Mut zusammen und begann mit: »Ich habe jemanden kennengelernt.«

»Wen denn, doch hoffentlich keinen Lehrer von mir?« Interessant, wie Sarah gerade darauf kam. Das klang ja nun nicht prinzipiell dagegen.

»Nein, kein Lehrer«, konnte ich sie beruhigen.

Inzwischen hatte sich Florians Gesicht verfinstert »Nein, Mama, das darfst du nicht.« In seiner Stimme schwang Panik mit.

Mein Mut sank und ich verwarf meine Idee. Sie hatten von einem Tag auf den anderen durch eine Beziehung ihren Vater verloren, auch wenn er immerhin nicht gestorben war, aber aus ihrer Sicht war er erst einmal verloren. Somit ist es verständlich, wenn sie nicht auch noch die Mutter verlieren wollen.

»Na ja, es ist nicht so wichtig. Wahrscheinlich wird eh nichts daraus«, ruderte ich zurück.

Dann also lieber Heimlichkeiten und fadenscheinige Erklärungen, warum ich mit zwei Baguettes durch die Fußgängerzone gehe. Aber auch Martin scheint andere Sorgen zu haben und will das Thema nicht weiter vertiefen. Wir verabschieden uns rasch und gehen unserer Wege.

WAS NIEMALS AUSGESPROCHEN WIRD

Beim nächsten gemeinsamen Abendessen mit Martin wird die zufällige Begegnung nicht erwähnt. Dafür nehmen wir uns Aufregendes vor: Ich willige ein, den Kaffee gemeinsam in seiner Ferienwohnung einzunehmen. Ich fahre auf immer schmaler werdenden Straßen zwischen Feldern vorbei hinter seinem Jeep auf den Parkplatz eines Bauernhofes. Im Nebengebäude steigen wir eine Außentreppe hoch. Martin schließt die Tür auf und wir stehen in seinem Reich. Ein kleiner Flur, dahinter ein großes Zimmer mit Küchenzeile, Sofa und Bett. Um die Verlegenheit zu überspielen, schiebt Martin sofort eine braune Nespresso-Kapsel in die kleine Maschine, füllt frisches Wasser ein und stellt eine Tasse darunter. Nach dem Knopfdruck tröpfelt der Kaffee in den Becher. Milch und Zucker gibt es nicht. Er selbst verzichtet um diese Zeit auf Koffein, sonst könne er nicht schlafen.

Ich nippe an meinem Espresso, während ich mich im Zimmer umsehe. Das blaue Sofa hat schon bessere Zeiten gesehen, aber für eine Junggesellenbude ist es sehr aufgeräumt. Noch erstaunlicher ist für mich, dass er überhaupt schon seit Wochen hier wohnt und nicht schon längst bei einer Verehrerin eingezogen ist. Der Gedanke stimmt mich milde. Vielleicht liegt ihm ja doch etwas an mir?

Als ich meinen Kaffee ausgetrunken habe, stelle ich die Tasse auf die Küchenzeile. Martin legt den Arm um mich und schiebt mich Richtung Sofa. Ich bin so perplex, dass ich keinen Widerstand leiste. Sein Körper an meinem fühlt sich immer noch vertraut an, obwohl wir seit Monaten getrennt sind. Sein Versuch, seine Hose zu öffnen, legt gleichzeitig einen Schalter in meinem Gehirn um und schließt das kleine Fenster, das sich kurz zu meinem Herzen aufgetan hat. So habe ich mir das Umworbenwerden nicht vorgestellt, nicht einmal von diesem unromantischen Klotz. Ich befreie mich aus der Umarmung, während ich an die vielen Komplimente und zarten Berührungen Antonios denke, die unserem ersten intimen Zusammensein vorausgegangen sind. Von den zahlreichen Liebeserklärungen ganz abgesehen. Selbst wenn man nur einen Bruchteil davon gelten lässt, bleibt noch mehr Romantik als hier.

»Ich kann das nicht« ist das Einzige, was ich hervorbringe, mehr Erklärung will mir nicht gelingen.

»Was hast du denn?« Das ist von seiner Seite auch nicht viel hilfreicher. »Ich sehe nicht ein, warum nur ich um dich werben muss. Immer nur teuer essen gehen bringt's doch auch nicht.«

Mit Letzterem hat er recht, der erste Satz ernüchtert mich.

»Was stellst du dir denn sonst vor? Soll ich sofort wieder ins Bett mir dir?« Das war eine rein rhetorische Frage, natürlich hätte er das gern. »Warum sollte ich das tun?«

Ich versuche, es aus ihm herauszukitzeln. Noch nie in unserer turbulenten Beziehungsgeschichte hat er es gesagt. Auch wenn ich es mir immer erhofft, erwünscht, erträumt habe. Jetzt möchte ich es hören: Ich möchte hören, dass er mit mir schlafen, zu mir zurückwill, weil er mich liebt.

Stille.

Ich verlasse die Wohnung, eile die Treppe hinab, höre am Knarren der Holzstufen, dass er mir folgt.

»Damit wir wieder eine Familie sind«, höre ich ihn hinter mir sagen.

Das ist genau das, was ich nicht hören wollte. Ich will geliebt werden und ich will das auch hören. Jetzt sofort.

Ich steige in mein Auto. Er folgt mir und setzt sich auf den Beifahrersitz. Wütend starte ich den Motor, versuche, trotzdem beherrscht zu wenden – nicht dass ich hier auf dem Bauernhof eine Katze überfahre. Nach ein paar Metern auf der kleinen Straße zwischen den Feldern halte ich es nicht mehr neben meinem Mann im Auto aus. Ich steige aus, lasse die Tür offen und renne über die Felder. Meine Absätze versinken in der frisch gepflügten Erde. Meine Wut, meine Enttäuschung, meine Verletzungen müssen an die frische Luft.

Martin folgt mir. Ich drehe mich um und brülle ihn aus Leibeskräften an. »Liebst du mich eigentlich? Liebst du mich?«

Noch nie habe ich ihm diese Frage so konkret gestellt, in den ganzen achtzehn Jahren unserer Beziehung nicht.

Hinter mir nur Stille. Ich laufe zurück zum Auto, lasse Martin im Feld stehen. Im Auto befreie ich meine Schuhe mit einem Taschentuch notdürftig vom Dreck und fahre zum Lienbacher Stadl nach Anif. Dort passiere ich die Türsteher heute allein und suche nach Antonio, der bereits mit italienischen Freunden aus einer Pizzeria hierhergefahren ist. Ich geselle mich zu ihm auf die Tanzfläche und tanze mir den Frust aus der Seele.

WEIHNACHTEN IM PATCHWORK

Weihnachten steht vor der Tür und damit die Frage, die wohl viele getrennte Familien beschäftigt: In welcher Konstellation soll es gefeiert werden? Die Trennungsexperten raten, von gemeinsamen Feierlichkeiten nach einer Trennung abzusehen, um die Kinder nicht zu verwirren, keine falschen Hoffnungen zu wecken. Ich wüsste nicht einmal, welche Hoffnungen falsch und welche richtig wären. Soll ich zu Martin zurück, ihn wieder im Schoß der Familie aufnehmen? Vor nicht einmal einem halben Jahr war das mein sehnlichster Wunsch. Ich hätte alles dafür gegeben und dabei fast mich selbst.

Und jetzt? Das Pflänzchen »Io sono importante«, das Antonio in mir gepflanzt hat und weiterhin fleißig hegt und pflegt, hat Wurzeln geschlagen und die Äste und Zweige, die es austreibt, halten Martin auf Distanz. Ich habe im Augenblick nicht das Gefühl, dass er mir etwas geben kann, damit ich mich wichtig fühle. Allerdings gelingt es mir auch nicht, einen klaren Schnitt zu setzen, und die Kinder sind dafür nur eine unzureichende Ausrede. Damit die Kinder ausreichend Kontakt mit ihrem Vater haben, müsste ich nicht mit ihm essen gehen, ihn in seiner Wohnung besuchen und mich seinen plumpen Annäherungsversuchen aussetzen. Der entscheidende Schnitt will mir nicht gelingen. Irgendetwas in mir hofft wohl tatsächlich noch darauf, von diesem Mann geliebt zu werden. Bis dahin lasse ich mich aber erst einmal von Antonio lieben. Weihnachten dauert ja lang genug, da muss man sich nicht entscheiden, ob man es mit dem einen oder dem anderen Mann verbringen will. Man startet mit dem einen und schwenkt dann um zum nächsten. Oder wechselt mehrmals – das erzeugt einen Weihnachtsstress der ganz neuen Art.

Antonio wird Weihnachten bei seiner Familie in Ascoli Piceno verbringen, alles andere wäre für einen Italiener undenkbar. Mangels Führerschein traut er sich nicht, selbst über die Grenze zu fahren. Ich tu ihm also den Gefallen, ihn über die Grenze zu kutschieren. Auf diese Weise gebraucht zu werden, rechtfertigt schließlich ein Date an diesem besonderen Tag wesentlich besser, als wenn ich ihn einfach noch einmal sehen und ein gutes gemeinsames Essen genießen wollte.

Ich unternehme einen Spaziergang zu seinem Lokal, bevor ich am Abend mit der Familie die Kindermette in der Kirche besuche. Antonio hat den kleinen Olivenbaum, der im Winter dekorativ im Inneren neben dem Eingang steht, üppig mit Weihnachtsschmuck behängt, gerade so, dass seine dünnen Zweige es noch tragen können. Auch sonst findet sich kitschige Weihnachtsdeko im Lokal verteilt.

Mit der dem Schenken eigenen prickelnden Freude überreiche ich ein Fotobuch, das ich mit Bildern von unserem gemeinsamen Ausflug nach Ascoli gestaltet habe. Lange war ich unsicher, ob ich auch Fotos von uns beiden darin aufnehmen oder es nur mit neutralen Aufnahmen von Landschaften und Gebäuden gestalten soll, für den Fall, dass es jemand findet. Ich habe zwei Exemplare anfertigen lassen. Eines ruht unter meiner Wäsche zu Hause im Schrank. Antonio bedenkt mich mit einem Blick, den ich nicht deuten kann.

»Und dein Geschenk, wo ist?«, fragt er.

Was soll ich darauf sagen? Oder ist es eine rhetorische Frage? Habe ich überhaupt ein Geschenk erwartet? Jedenfalls verspüre ich keine Enttäuschung, ich freue mich einfach, hier zu sein, Antonio noch einmal zu sehen. Da die Zeit schon etwas fortgeschritten ist und Antonio noch packen muss, beschließen wir spontan, auf das gemeinsame Essen zu verzichten. Wir gehen getrennt voneinander zum Auto, erst Antonio, dann ich. Er möchte den Audi schon warmlaufen lassen, bis ich meine Chauffeurdienste beginne. Als ich dort ankomme, versucht er immer noch erfolglos, das altersschwache Auto zu starten.

Der Fuhrpark ist in meiner familiären Arbeitsteilung bisher immer Männersache gewesen. Ich konnte in meinem privilegierten Leben davon ausgehen, immer ein funktionstüchtiges Fahrzeug zur Verfügung zu haben. Nachdem ich mit der Familienkutsche auf dem Weg aus der Garage einmal einen Außenspiegel abgefahren hatte, wurde mir selbst das Ein- und Ausparken abgenommen: Nach der Arbeit stellte ich den MiTo vor das Haus. In unserem täglichen Ritual fragte Martin, ob ich ihn heute noch bräuchte, und parkte ihn bei Verneinung in der Garage. Morgens stellte er ihn mir wieder vor das Haus.

Ich war vor meiner Ehe durchaus in der Lage gewesen, ein Auto selbst zu parken und sogar in die Werkstatt zu fahren, nahm den Service aber kommentarlos an. Und genau darin lag der Fehler – im Kommentarlosen. Mir war nicht bewusst gewesen, dass es sich beim Parkservice um eine Liebeserklärung handelte. Ich wäre auch nicht auf die Idee gekommen, danach zu fragen. Martin ist auch nicht auf die Idee gekommen, das zu erklären. Kommunikation war nicht so unsere Stärke.

Jetzt bin ich gefordert, mich um zwei Autos zu kümmern, zwei Autos zu chauffieren und eines davon überhaupt in Gang zu bekommen. Ich rufe den ADAC an. Antonio scheint zur Lösung von derlei Alltagsproblemen nicht in der Lage zu sein. Dafür beginnt er, eine hervorragende Trüffelsauce während der Wartezeit zu kochen. Wir haben gerade begonnen, die Sauce mit Fettuccine zu verspeisen, als der Pannenfahrer anruft. Mir ist schon nicht wohl dabei gewesen, dass wir es uns während der Wartezeit im Lokal in der Fußgängerzone gemütlich gemacht haben, aber Antonio scheint wieder einmal alle Zeit der Welt zu haben. Er will erst seine

Nudeln aufessen, bevor er sich zum Auto aufmacht. Für mich ist der Restaurantstuhl in dieser Situation wie mit glühenden Kohlen belegt. Ich selbst rief den ADAC, kann meinen Liebhaber aber nicht zu etwas mehr Eile bewegen, während der Pannenfahrer draußen friert und vielleicht unverrichteter Dinge wieder abzieht.

Schließlich löst sich doch alles zur Zufriedenheit. Der Dieselmotor schnurrt wieder und ich bekomme einen Zahlschein überreicht. Da ich den ADAC gerufen habe, werde ich ihn auch bezahlen. Antonio macht keinerlei Anstalten, das übernehmen zu wollen. Rasch verabschieden wir uns vom Mechaniker. Wenigstens hat Antonio schon gepackt und nachdem er bei laufendem Motor noch die Küche sauber gemacht und dreimal überprüft hat, ob auch die Tür abgesperrt ist, fahre ich ihn über die Grenze. Es würde keine lange Trennung werden, denn ich habe mir für diese Weihnachten etwas Besonderes einfallen lassen, das mich mit prickelnder Vorfreude erfüllt.

Kurz darauf packt sich meine Familie warm ein, um zur Kirche zu gehen. Wie jedes Jahr werden die Kerzen gesucht, mit denen das Friedenslicht ins traute Heim geholt werden soll. Wie jedes Jahr stellen wir uns dicht gedrängt an all die anderen Weihnachtschristen in den hinteren Teil des Gotteshauses. Wie jedes Jahr singen wir zum Schluss »Stille Nacht«, nur ist mir heuer etwas mulmiger dabei als sonst. Was für ein seltsames Leben ich doch führe. Bevor das kleine Tränchen sich von den Wimpern lösen kann, habe ich den Wehmutsmoment schon hinter mich gebracht. Wir tragen das Friedenslicht mit der doch noch gefundenen Kerze nach Hause und dort entfaltet es seine Wirkung. Trotz der ungewöhnlichen Situation erfreue ich mich an der Harmonie und Zufriedenheit, die meine Kinder ausstrahlen.

Nur die Übernachtungsfrage wirft mich zurück auf mein Dilemma. In Anbetracht der zu erwartenden Freuden zeige ich mich großzügig und lasse Martin im Gästezimmer übernachten. Das impliziert natürlich ein gemeinsames Frühstück am nächsten Tag. Während wir gerade bei Kaffee und Semmeln sitzen, klingelt Martins Handy. Es klingeln zu lassen oder gar wegzudrücken in dieser Frühstücksrunde ist offensichtlich keine Option gewesen. Ich erkenne Paolas Drama-Queen-Stimme. Wahnsinnige Rückenschmerzen. Martin muss sofort los, um sie davon zu erlösen. In meiner Brust ringen zwei Titanen um die Vorherrschaft. Ich bin verletzt und wütend, weil Martin diese Was-auch-immer in unser trautes Weihnachtsfrühstück platzen lässt und meinen großzügigen Familienfrieden nicht ausreichend würdigt.

Andererseits bin ich erleichtert. Jetzt muss ich weniger schlechtes Gewissen haben wegen des Weihnachtsgeschenkes, das ich mir morgen selbst machen werde. Ich mache also gute Miene zu diesem Spiel, egal ob es böse ist oder nicht, und enthalte mich jeglichen Kommentars. Schließlich bin ich noch auf die Kooperation meiner Familie angewiesen.

Am nächsten Morgen fahre ich um fünf Uhr nach Salzburg, parke den Wagen auf meinem Dienstparkplatz und warte dort auf das Sammeltaxi zum Münchner Flughafen. Zum ersten Mal wage ich das Boarding ausschließlich mit Handyticket. Ein Ausdrucken des Boarding-Pass erschien mir zu riskant, er könnte entdeckt werden. In der offiziellen Variante bin ich schließlich gerade mit dem Auto auf dem Weg zu meiner Freundin nach Wien.

Wie durch ein Wunder öffnet sich das Drehkreuz, nachdem ich mein Handy an den Scanner gehalten habe, und entlässt mich in das Flugzeug nach Rom. Ich nippe an meiner Flugzeugbrühe, die mir als Kaffee angeboten wurde. Vielleicht kann ich die Aufregung in kleinen, lauwarmen Schlucken bewältigen. An Essen ist nicht zu denken, so große Bissen Aufregung vertrage ich nicht auf einmal. Wird er da sein? Wie lange werde ich warten müssen? Was mache ich, wenn er nicht kommt? Sind die Kinder schon wach? Ist Martin schon bei ihnen? Meine Gedanken wirbeln in einem wilden Zickzackkurs vor und zurück, zwischen dem trauten Heim und dem, was mich in Rom erwarten wird.

Nach der Landung lasse ich geduldig zuerst alle anderen Passagiere umständlich ihr Handgepäck aus dem Stauraum und unter dem Sitz hervorkramen und das Flugzeug verlassen, bevor ich aussteige. Auf dem Weg in die Ankunftshalle trödele ich weiter herum, suche das WC auf. Alles ist besser, als in der Halle herumzustehen wie bestellt und nicht abgeholt.

Als sich dann doch irgendwann die Schiebetüren vor mir teilen, sehe ich hinter der Absperrung einen durchtrainierten Mann in Jeans und grauem Sakko mit verschränkten Armen und undurchdringlicher Miene vor mir stehen. Hier in Italien wirkt er gar nicht so klein wie zu Hause. Zum ersten Mal, seit ich ihn kenne, ist er pünktlich.

Nur zwei Tage haben wir uns nicht gesehen, aber auf mich wirkt es wie ein Wiedersehen nach langer Zeit. Und das ist es auch, denn hier in Italien ist unsere Beziehung eine andere. Hier sind wir andere Menschen. Antonio wirkt in Deutschland immer ein wenig fehl am Platz auf mich, wie ein Alien, der dort gelandet ist und versucht, das Beste aus seiner Situation zu machen. Ich ziehe zu Hause immer meinen Rucksack vollgepackt mit Verpflichtungen, schlechtem Gewissen, ungelösten Fragen und innerer Zerrissenheit hinter mir her. Den habe ich heute am Gate in München zurückgelassen, daher kann ich jetzt auf Antonio zustürmen und in aller Öffentlichkeit in seinen Armen liegen.

Sollen wir gleich nach Ascoli fahren oder vorher noch Rom besichtigen? Vor uns liegt ein Tag voller Möglichkeiten. Es gibt keine Verpflichtungen, nichts einzukaufen, niemanden, auf den Rücksicht genommen werden muss. Wir verpassen die Ausfahrt nach Ascoli und machen uns daher auf den Weg in die Innenstadt.

In Italien fährt Antonio trotz seines fehlenden Führerscheins und so zwängt er jetzt den Wagen in eine Lücke vor einem schiefen, baufällig wirkenden Gebäude. Aber wenn es in den letzten zweitausend Jahren nicht umgefallen ist, wird es an diesem Tag hoffentlich nicht das Auto unter Steinen begraben.

Langsam befallen mich Hunger und Müdigkeit, aber Antonio entdeckt einen Laden mit Postern, Postkarten und sonstigen Dekorationsstücken. Sein Lokal ist für ihn ein Ort der ständig wechselnden Ausstellung von Postern, Fotos, selbst gemalten und von ihm bekannten Künstlern gemalten Bildern. Ich versuche, mit meiner sperrigen Handtasche in den engen Gängen des Ladens möglichst wenig im Weg zu sein und mein Gähnen zu unterdrücken, während er voller Begeisterung in den Postern wühlt. Irgendwann hat er jedes Bild mehrmals begutachtet und wir verlassen den Laden, ohne etwas zu kaufen.

Mein Wunsch nach ausgedehntem Aufenthalt in einem Lokal scheint jetzt Gehör zu finden, denn wir starten die Suche. Das ist in Italien ja nicht so einfach, nicht einmal für einen Italiener. Die Qualität des Essens genießt hier einen sehr hohen Stellenwert. Da kann man ja nicht auf gut Glück irgendein Restaurant betreten und hoffen, dort angemessen verpflegt zu werden – schon gar nicht in einer touristischen Region.

Da Antonio sich kulinarisch in Rom nicht auskennt, betreten wir zuerst ein Geschäft für Herrenmoden. Antonio probiert ein paar Wollmäntel, bevor er sich für einen schwarzen entscheidet. Langsam beginnt mich ein Hauch von Unmut zu beschleichen. Ich habe den ADAC und neue Winterreifen für den Audi in der Annahme bezahlt, Antonio verdiene mit seinem Lokal nicht genug, obwohl er sich als One-Man-Show fast rund um die Uhr dort abstrampelt. Und jetzt kauft er sich einfach so einen neuen Wintermantel? Dafür erhält er vom Geschäftsinhaber einen Tipp, wo man in der Nähe gut speisen könne.

Ein paar Häuser weiter bekommen wir einen netten Tisch im kleinen Wintergarten des Restaurants. Wir sitzen uns gegenüber und nippen an unserem Wein. Antonio blickt mir in die Augen und wird noch vor der Hauptspeise los, was ihm auf dem Herzen liegt. »Hast du mit Martino die Liebe gemacht?«

»Nein, habe ich nicht«, kann ich ehrlich antworten. »Martin hat im Gästezimmer geschlafen.«

Trotzdem scheint Antonio nicht ganz beruhigt zu sein bei dem Gedanken, dass ich eine Nacht mit meinem Ehemann unter einem Dach verbracht habe. In seinen Gesichtsausdruck mischt sich ein Hauch von Melancholie, während er mich aus seinen grünen Augen liebevoll anblickt.

Der Kellner unterbricht unsere stumme Romantik mit dem Essen. Antonio ist ganz begeistert von seinem Tintenfischrisotto. Ich genieße meine Fettuccine in Pilzsauce.

Nach dem Essen schlendern wir die Via dei Fori Imperiali entlang bis zum Colosseo. Ich war bisher nur einmal zu Pfingsten in Rom und bin begeistert von der Stimmung. Nur wenige Touristen bevölkern die Straßen, ringsherum hört man nur Italienisch. Wir besichtigen die Statuen im Forum Romanum und Antonio lässt sich von mir in erhabener Pose neben Cäsar fotografieren. Ich stelle die Kamera auf einen

Sockel, betätige den Selbstauslöser und schmiege mich in Antonios Arme. Wir strahlen auf dem Foto beide mit dem sonnigen Wintertag um die Wette.

Es dämmert bereits, als wir endlich zur Fontana di Trevi kommen. Bei meinem letzten Besuch in Rom war gerade diese Sehenswürdigkeit hinter einem Gerüst verborgen gewesen und ich bekomme endlich ein Bild von mir vor dem Trevi-Brunnen. Wir schlendern weiter in Richtung Spanische Treppe, als wir von fern Musik hören.

Auf der Piazza di Spagna drängeln sich Menschentrauben, als wären wir jetzt doch wieder in der Hochsaison angekommen. Hand in Hand schlängeln wir uns hindurch und steigen ein paar Stufen die Scalinata di Trinità dei Monti hinauf, bis wir auf den Platz am Brunnen hinunterblicken können.

Ich bin verzaubert von der Stimmung. Weihnachtlich geschmückte Häuser umrunden den Platz, eine Arie aus La Traviata klingt zu uns herauf. Antonio singt begeistert mit, während er mich im Arm hält. Danach werden noch weitere Gassenhauer der Opernwelt von den beiden Sängern und dem klassischen Orchester auf der Piazza vorgetragen. Ich gehe völlig in der Musik und im Moment auf und wünsche, er würde ewig dauern.

Das tut er aber nicht. Daher machen wir uns nach dem Konzert auf den Weg zum Auto, das immer noch heil unter dem schiefen Gebäude steht, und fahren nach Ascoli. Ich kann nicht viel erkennen in der Dunkelheit, als wir die Hügel des Latium verlassen und an den Nationalparks der Abruzzen vorbeifahren. Knapp drei

Stunden dauert die Fahrt. Ich versuche, uns mit Musik aus meinem Handy zu unterhalten. Zu »November Rain« hat jeder von uns einen Teil des Kopfhörers im Ohr stecken. Ich sehe vor meinem geistigen Auge die Hochzeitsszene aus dem Video zu dem Song.

Nachdem wir meine Playlist fertig gehört haben, bringt Antonio mir italienische Vokabeln bei. La finestra lerne ich, als ich das Fenster öffnen möchte, al sinistra und a destra, um das linke vom rechten Fenster zu unterscheiden. Die knapp drei Stunden vergehen wie im Flug. Schon sind wir in Ascoli angekommen.

Obwohl es mittlerweile nach elf ist, finden wir noch eine offene Pizzeria. Verliebt blicke ich den Mann im eleganten blauen Hemd mir gegenüber an. Ich könnte mir kein schöneres Leben vorstellen.

Nach dem Essen spazieren wir Arm in Arm – mittlerweile fühlt es sich gar nicht mehr seltsam an, dass ich größer bin – durch das weihnachtlich geschmückte Ascoli. Noch immer verspüre ich keine Spur von Müdigkeit, obwohl ich seit halb fünf auf den Beinen bin.

Am nächsten Tag fahren wir nach Grottammare, um ein wenig Meerluft zu schnuppern. Mit kindlicher Begeisterung sammelt Antonio Muscheln aus dem Sand auf und überreicht sie mir voller Stolz. Sie werden daheim genauso anfangen zu stinken wie jene, die ich in meiner Kindheit an kroatischen Stränden gesammelt habe, aber daran denke ich jetzt nicht.

Auf dem Rückweg fahren wir wieder zu Colli Ripani, dem Weingut in romantischer Lage. Während

Antonio seine Weine auswählt und verlädt, mache ich einen kleinen Spaziergang. Diesmal habe ich wohl keinen Flaschenöffner mehr als Geschenk für die neue Freundin zu erwarten. Ich entdecke ein leer stehendes Haus in der Ferne und hole Antonio, der seinen Einkauf beendet hat. Hand in Hand blicken wir auf das kleine Häuschen in den Hügeln. In so einem würden wir gern wohnen.

Noch ist es aber nicht so weit und wir brechen wieder auf Richtung Norden: Antonio, um seine Gäste zu bekochen, ich, um mich wieder um meine Familie zu kümmern. Zwei Tage lang habe ich wenige Gedanken an mein Zuhause verschwendet. Trotz aller Querelen wusste ich die Kinder bei Martin gut versorgt. Mit jedem Kilometer, den sich der Abstand zu Ascoli verlängert und zu Bad Eichenfels verringert, wächst mein Unbehagen. So kann es nicht weitergehen. Ich fasse einen Entschluss.

Unterwegs trinken wir einen Espresso an einer Raststätte. Neben mir steht ein einsamer Fernfahrer am Tresen, der hier seine Ruhezeit absitzt, wie er mir erzählt. Antonio klinkt sich ins Gespräch ein und sie erzählen sich gegenseitig lachend ihre Fernfahrererlebnisse. Ich freue mich über meinen kommunikativen, fröhlichen Begleiter und genieße meinen Espresso.

Auf dem Weg zur Kassa durchschreiten wir Regale voller Gegenstände, von denen die Merchandiser hoffen, dass die Reisenden auf dem Weg von der Toilette zum Ausgang sie kaufen. Antonio greift sich eine CD und redet auf die Dame an der Kassa ein. Mein Italienisch reicht noch nicht, um diesen Wortschwall zu verstehen. Sie scheint einverstanden zu sein, verpackt die CD in Geschenkpapier und schmückt sie mit einer roten Schleife.

Freudestrahlend überreicht Antonio mir mein Weihnachtsgeschenk. »Könne ein wenig Italienisch lernen«, unterstreicht Antonio den praktischen Nutzen des Geschenks.

Die CD von Antonello Venditti wird standesgemäß im MiTo ihr Zuhause finden. Antonellos Lieder werden mich auf meinem Arbeitsweg begleiten wie früher die Tränen.

SAG NIEMALS NIE

Damit mich nicht gleich wieder der Mut verlässt, setze ich meinen in Italien gefassten Entschluss zu Hause so schnell wie möglich in die Tat um. Die Kinder haben sich in ihre Zimmer verzogen, ich bin allein mit Martin in der Küche. Er berichtet mir von den Aufregungen der letzten Tage. Er war mit dem Kater beim Tierarzt, um ihn kastrieren zu lassen.

»Ich habe jemanden kennengelernt«, bringe ich völlig zusammenhanglos heraus.

Nach einer kurzen Pause kommt die scheinbar ebenso zusammenhanglose Antwort. »Na gut, dann ziehe ich wieder ein.«

Ich verstehe nicht, was das eine mit dem anderen zu tun hat, und kann die Tragweite der Antwort noch nicht erfassen. Ich bin so erleichtert, nicht mehr lügen zu müssen, dass ich gar nicht auf die Idee komme, Martins Plan zu hinterfragen. Ich freue mich auf ein etwas einfacheres Leben.

In einer Hinsicht wird es das auch sein: Wenn Martin wieder einzieht, habe ich eine Kinderbetreuung vor Ort. Dafür fühlt es sich ziemlich seltsam an, wenn ich mich samstagabends im Badezimmer zum Ausgehen fein mache, während Martin sich gerade anschickt, sein Nachtlager im Gästezimmer aufzusuchen. Wir leben jetzt in einer WG und ich muss an mein PaarGlück-Date denken, das mir von einer ähnlichen Lebensweise bei ihm zu Hause berichtet hat. Keine fünf Monate später lebe ich in einer Konstellation, von der ich damals dachte, dass ich das nie machen würde.

Leider hat sich die innere Zerrissenheit durch die Veränderung der äußeren Umstände nicht verbessert. Martin weiß von meiner Liebschaft, aber ich fühle mich nur geringfügig erleichtert, eigentlich nur organisatorisch. Nach der Arbeit fahren die Kinder jetzt gemeinsam mit Martin von der Schule nach Hause. Ich kann meine mittäglichen Kaffeeausflüge auf Essensausflüge ausdehnen und irgendwann am Nachmittag eintrudeln, wenn Martin wieder in der Praxis ist. Heute sind wir nach dem Essen noch auf ein Schäferstündchen in Antonios Wohnung gefahren, als mein Handy klingelt. Florian ruft mich an. »Wann kommst du nach Hause, Mama?«

Mein Mutter-Ich versetzt meinem Geliebte-Ich einen herben Fausthieb. Letzteres beginnt zu taumeln und will sofort aufgeben.

»Die Mama braucht jetzt Zeit für sich«, höre ich eine leise Stimme aus dem Hintergrund durchs Telefon.

Jetzt kann ich nicht einmal mehr auf meinen Mann böse sein. Er versucht, mir Raum für meine neue Beziehung zu geben, ohne mich bei den Kindern anzuschwärzen.

Mein Geliebte-Ich geht endgültig zu Boden: Gegen die vereinten Kräfte von Mutter-Ich und Noch-Ehefrau-Ich ist es chancenlos.

»Ich komme in zehn Minuten«, verspreche ich.

Ich versuche, mit meiner Miene Bedauern auszudrücken, mehr als ich es mit Worten könnte, als ich Antonio erkläre, dass ich zu meinen Kindern nach Hause muss.

»Du bist eine wunderschöne Mama«, sagt er. Ich weiß, dass er damit diesmal nicht meine optischen Reize meint. »Die Kinder immer komme zuerst.« In seiner Stimme liegt nicht einmal der Hauch von Sarkasmus. »Gehe zu Florian.«

Es war gar nicht notwendig, das Geliebte-Ich niederzuschlagen. Antonio stellt sich selbst immer hintan und versucht niemals, an mir zu zerren.

LONDRA

Ich habe mir von meiner Beichte weniger Lügen erwartet –
doch das ist, wenn überhaupt, nur teilweise eingetreten.
Dafür habe ich jetzt meinen Noch-Ehemann im Gästezimmer wohnen. Der weiß zwar von meiner Liaison,
aber um wen es sich handelt, versuche ich, immer noch
geheim zu halten. Den Grund dafür habe ich mir nicht
überlegt. Das entspringt einem Bauchgefühl.

Im Februar wird Antonio seinen fünfzigsten Geburtstag feiern, einen Tag vor Martins Geburtstag. Meine
Planungs-, Überraschungs- und Schenkwut haben gemeinsam ein paar Purzelbäume geschlagen und heraus
kam eine Überraschungsreise nach London. Antonio
hat schon oft darüber gesprochen, gern Londra besuchen zu wollen, und mit einer Billigairline erscheint
mir der Ausflug ein angemessenes Geschenk zu sein.
Ich habe ihn vor einiger Zeit schon gebeten, am Tag vor
seinem Geburtstag keine Reservierungen anzunehmen,
und habe einen Flug am Morgen vor seinem Geburtstag, ein Hotel für den Tag in den Geburtstag und den
Rückflug für den Tag danach gebucht.

Eine Woche vor Abflug verkünde ich die Reisepläne,
während ich Antonio beim Vorbereiten des Abendessens
für seine Gäste zusehe. Vielleicht nicht der günstigste
Augenblick, denn im Kochtopf blubbert ein Oktopus
und Antonio trennt gerade hoch konzentriert die Eier
für das Tiramisu.

»Wir fahren nach Londra am Wochenende«, platze ich heraus.

Die Reaktion fällt weniger begeistert aus, als ich gehofft hatte. »Tesoro, vielleicht besser frage mich vorher?«

Ich versuche, meine Enttäuschung zu verbergen. Antonio bemerkt sie trotzdem und lenkt ein, nachdem die Eier fertig getrennt sind und die Hitze unter dem Kochtopf reduziert ist.

Er nimmt mich in den Arm und sagt: »Du weißt, das ist meine größte Wunsch. Danke.«

Ich bin erleichtert. Offensichtlich fühlte er sich nur ein wenig überrumpelt. Jetzt strahlen mich seine Augen wieder in schönstem Grün an, bevor er sie zum Küssen schließt.

Endlich ist es so weit und meine Vorfreude ist mindestens so groß wie Antonios. Ich hole ihn morgens vom Lokal ab und parke den MiTo in der Flughafengarage. Nach dem Check-in passieren wir gleich die Handgepäckkontrolle und genehmigen uns in der übersichtlichen Abflughalle einen Drink, als eine Verzögerung angekündigt wird. Die Flugzeuge müssen enteist werden.

Antonio möchte gern rauchen, was hier aber nicht mehr erlaubt ist. Meine Vorfreude auf seinen Geburtstag ist vielleicht auch deshalb so groß, weil er angekündigt hat, an diesem Tag das Rauchen aufzugeben. Erst ein Mal hatte ich einen rauchenden Freund und der gab es nach ein paar Monaten mir zuliebe auf. Ganz abgesehen von der geschmacklichen Note ist es für einen

Nichtraucher einfach entspannter, wenn der Begleiter nicht ständig auf eine Rauchpause unter manchmal widrigen Umständen angewiesen ist.

So wie jetzt. Ich vertreibe mir die Wartezeit mit einem weiteren Gang zur Toilette. Als ich zurück in die Wartehalle komme, ist Antonio verschwunden. Ich drehe eine Runde. Wahrscheinlich ist er auch auf dem Örtchen. Plötzlich sehe ich ihn hinter der Handgepäckkontrolle gemeinsam mit einer Sicherheitsbeamtin winken. Irgendwie hat er es wohl aus dieser Sicherheitszone herausgeschafft, um seiner Sucht zu frönen, und versucht jetzt, wieder hineinzukommen. Die Bordkarten verwalte jedoch ich. Ich reiche Antonios Karte hinüber und er wird wieder hereingelassen. Ich bin froh, dass er keinen Alarm ausgelöst hat auf seinem Weg nach draußen. Manchmal ist er mir fast ein wenig peinlich. Aber zumindest das Rauchproblem sollte ab morgen gelöst sein.

Als das Rollfeld von Schnee gesäubert und das Flugzeug enteist ist, können wir endlich starten. Der Flugbegleiter ist ebenfalls Italiener und so gibt es auf dem kurzen Flug wieder viel zu lachen und zu palavern. Man kann Antonio selten dazu bewegen, außerhalb seines Lokals zu essen, aber hier bestellt er tatsächlich die Lasagne, weil der Flugbegleiter sie als »buono« einstuft. Ich bin erstaunt: Sie sieht dem Aldi-Teil erstaunlich ähnlich, kommt aber bei meiner kleinen Probe geschmacklich nicht heran. Doch Antonio scheint zufrieden, es ist schließlich sein Geburtstagsausflug.

In Stansted nehmen wir die Bahn zur Liverpool Street und erkunden trotz der Kälte London zu Fuß. Auf dem Selfie auf der Millennium Bridge wirken unsere Gesichter bereits etwas eingefroren. Wir besichtigen St. Paul's Cathedral und wärmen uns dabei ein wenig auf.

Danach trinken wir einen Kaffee bei der Kette Costa.

Im Hotel versuche ich die Problemstellung »Abendessen in England für einen Italiener« zu lösen. Ich surfe mich durch unendlich viele Rezensionen, bis Antonio vorschlägt, an der Rezeption zu fragen. Was im Klartext heißt: Ich frage, denn er spricht kein Englisch. Im empfohlenen Restaurant bekommen wir tatsächlich noch einen Tisch und speisen wirklich hervorragend. Selbst mein privater Koch ist begeistert. Meine Kreditkarte wird es weniger sein, aber schließlich ist es Antonios Geburtstag. Wer will da kleinlich sein?

Nach dem Essen frönen wir wieder unserer Leidenschaft »Nächtliches Sightseeing und Fotografieren«. Vom Buckingham Palace sind es dann nur noch zwanzig Minuten zu unserem Ziel um Mitternacht. Wir lassen Antonios Fünfzigsten von Big Ben einläuten und ich singe sogar ein Geburtstagsständchen, so ausgelassen und glücklich fühle ich mich.

Am nächsten Morgen gehen wir zur U-Bahn, um zur Liverpool Street zu fahren. Antonio zündet sich auf dem kurzen Fußweg eine Zigarette an. Auf meine Bemerkung zum angekündigten Nichtrauchertum wird Unverständliches auf Italienisch gebrummelt.

Die Heimreise verläuft stumm.

Ich bringe Antonio zum Lokal. Er muss heute Abend wieder Gäste bewirten. Es ist Samstagnachmittag, der Müller in der Fußgängerzone hat noch offen. Ich kaufe eine CD für Martins morgigen Geburtstag.

Zu Hause stellt Martin fest, wie sauber mein Auto sei, dafür dass es gerade nach Wien und zurück gefahren wurde.

In den Osterferien fliegt Martin mit den Kindern für ein paar Tage in die Türkei. Ich fahre über das Osterwochenende zu meinen Eltern in die Steiermark, bin am Montagabend aber wieder zurück, obwohl ich danach auch ein paar Tage Urlaub genommen habe. Antonio hat vage einen Kurztrip nach Venedig vorgeschlagen. Ich hole ihn von der Arbeit ab und er berichtet mir von den morgigen Reservierungen in seinem Restaurant. Von Venedig ist keine Rede mehr. Wir wohnen die Tage bei mir im Haus wie ein altes Ehepaar: Meine zwei Urlaubstage verbringe ich mit Hausputz und Antonio-beim-Kochen-Zusehen.

GIRO DI BAVARIA

Nach dem kalten Osterwochenende zieht endlich der Frühling ins Land. Die Temperaturen steigen auf knapp 20 Grad und Antonio kündigt an, die Rennradsaison beginnen zu wollen. Ich wintere mein Mountainbike aus und radle ein paar kleine Aufwärmrunden nach der Arbeit zur Vorbereitung. Bei unserem ersten gemeinsamen Fahrradausflug stelle ich fest: Es ist ein schwieriges Unterfangen, mit einem voll gefederten Rad auf Stollenreifen hinter einem Rennrad herfahren zu wollen. Ich brauche ein Rennrad.

Bei der ersten gemeinsamen Tour mit meiner neuen Errungenschaft stelle ich fest: Es lag nicht nur am Rad. Angesichts der Tatsache, dass Antonio in jungen Jahren als Profi die Tour de France und den Giro d'Italia bestritten hat, mag das nicht verwundern. Aber jetzt habe ich Blut geleckt, das ist genau mein Sport. Jede freie Minute versuche ich auf dem Rennrad zu verbringen und wann immer wir es mit unseren versetzten Arbeitszeiten und meinen familiären Verpflichtungen einrichten können, fahren wir gemeinsam. Ich lerne das schonende Fahren im Windschatten und genieße die gemeinsamen Ausfahrten. Meist trainiere ich allein. Dabei genieße ich das gedankenverlorene Dahin-Cruisen. Im Windschatten muss ich in jedem Augenblick top konzentriert sein, denn jede kleine Unachtsamkeit kann einen Unfall verursachen.

An diesem Sonntag läuft es auf meiner Hausstrecke besonders gut. Die Steigungen verlangen mir heute erstaunlich wenig ab. Wochentags drehe ich kurz vor Inzell um, aber heute biege ich ab Richtung Ruhpolding und selbst dort zeigen sich noch keine gröberen Ermüdungserscheinungen. Ich fahre an einigen Seen vorbei, genieße die Aussicht auf der verkehrsarmen Strecke und finde mich plötzlich in Reit im Winkl wieder. Das sagt mir was. Gleich dahinter ist wieder die österreichische Grenze.

Da sich langsam doch die Müdigkeit zeigt, setze ich mich auf eine Bank und ziehe Google Maps zurate. Da muss es doch eine Abkürzung nach Hause geben? Leider ist dem nicht so. Ich muss die 50 Kilometer und 700 Höhenmeter wieder zurück. In Zukunft sollte ich bei der Tourenplanung vielleicht auch den Rückweg berücksichtigen.

Ich mache mich wieder auf den Weg und stelle fest, dass ich plötzlich Gegenwind habe. Deshalb war es auf dem Hinweg so einfach. Als meine Moral immer mehr schwindet, kommt mir eine bekannte Gestalt auf dem Rennrad entgegen. Antonio ist unverkennbar in seiner Haltung, seiner Kleidung und auf seinem alten Fahrrad.

Er wendet und fährt ein kurzes Stück neben mir. »Wolle gewinne die Giro d'Italia?«, fragt er lachend.

Offensichtlich findet er das Trainingspensum für einen Anfänger auch etwas ambitioniert. In Antonios Windschatten fällt der Heimweg wesentlich leichter. Bis er an einer Abzweigung plötzlich anders abbiegt als erwartet. Trotzdem folge ich ihm, anstatt allein die kürzere Strecke zu fahren. Als wir uns vor seiner Wohnung verabschieden, frage ich nach dem Grund für den Umweg.

»Ich wolle dich an deine Grenze bringen.«

Kurz schwanke ich, dann schlucke ich meinen Ärger hinunter. Immerhin hat er sofort umgedreht, als er mich da allein mit dem Rückweg hat kämpfen sehen, und hat mich nach Hause gezogen.

Nach seiner aktiven Karriere hat Antonio als Trainer einer Jugendmannschaft gearbeitet und sieht in mir wohl ein neues Betätigungsfeld. Ein sehr dankbares Betätigungsfeld, denn ich genieße die gemeinsamen Ausfahrten sehr und betreibe das Training trotzdem mit dem gebührenden Ehrgeiz. Mich körperlich vollkommen zu verausgaben, hat mir immer schon eine tiefe Befriedigung verschafft. Leider kam diese Leidenschaft im turbulenten letzten Jahr etwas zu kurz. Meine kostbaren Freitagvormittage waren anderen Leidenschaften vorbehalten.

Jetzt frönen wir der Rennrad-Leidenschaft freitags oft gemeinsam. Anfangs war ich leicht irritiert: Nachdem ich drei Runden lang auf derselben Strecke versucht hatte, Antonios Hinterrad nicht zu verlieren, bin ich außer Atem. In den Muskeln macht sich Müdigkeit bemerkbar, als er plötzlich sagt: »Aufwärmen beendet. L'allenamento inizia.«

Auch ohne unterwegs meinen Leo zu zücken, kann ich mir zusammenreimen, dass jetzt das Training beginnen soll. Ich beiße die Zähne zusammen und versuche zu folgen. Das gelingt mir heute nicht. Ich verliere meinen Trainer aus den Augen und weiß an der nächsten Abzweigung nicht, welche ich nehmen soll. Meine übliche Reaktion auf derlei Situationen ist in diesem Fall wenig hilfreich. Ein Anruf auf Antonios Handy klingelt entweder in seiner Wohnung oder in seinem Lokal. Ich entscheide mich für einen Weg. Irgendwann werden wir uns schon wiedertreffen, manchmal erst wieder am nächsten Tag.

Beim nächsten gemeinsamen Training eine Woche später wird nicht nur meine Kondition gefordert. In einem Gewirr aus Abzweigungen schlägt Antonio plötzlich einen unerwarteten Haken, nur knapp kann ich einen Sturz vermeiden. Sonst zeigt er mir meistens die Richtungen an. Selbst auf kleine Hindernisse auf der Straße werde ich durch entsprechende Handzeichen hinter seinem Po aufmerksam gemacht.

»Wolle deine Reaktione testen«, kommt als Erklärung.

Endlich erscheint mein Trainingszustand ausreichend für die Königstour der Umgebung, die Rossfeld Höhenstraße. Wir starten für Antonios Verhältnisse früh am Morgen. Die ersten 25 Kilometer bis zum Beginn der Steigung fahren wir in der üblichen Formation. Ich lasse mich im Windschatten ziehen. Als ich die ersten Kehren in Angriff nehme, mit denen über 1000 Höhenmeter zu bewältigen sind, ist Antonio bereits aus meinem Blickfeld verschwunden. Ich kurble mich allein Kehre für Kehre hoch und hänge meinen Gedanken nach. Hinter der Mautstelle zeigen Schilder die Seehöhe an. Ich weiß nicht, ob das gut oder schlecht ist: Ich sehe, wie viel ich schon geschafft habe, ich weiß aber auch, wie viel ich noch vor mir habe.

Plötzlich muss ich an Martin denken. Wir haben vor den Kindern das Mountainbiken gemeinsam für uns entdeckt. Irgendwie war es immer unentspannt dabei, eine kompetitive Stimmung lag über unseren Unternehmungen. Wie sinnlos. Möglicherweise war ich daran nicht ganz unschuldig. Auch in meinem MTB-Verein versuchte ich, mich meist mit Männern zu messen, und dabei nicht gerade mit den Sonntagsfahrern. Wie hätte ich mich damals aufgeregt, wenn Martin bei einer Ausfahrt kommentarlos von dannen gezogen wäre und mich meinem Schicksal und den Kehren in meinem Tempo überlassen hätte.

Meine Stimmung nähert sich dem Tiefpunkt, als Antonio mir plötzlich hinter der nächsten Kehre in rasanter Talabfahrt entgegenkommt. Er bremst, wendet und fährt in meinem Tempo neben mir. Sein erster Gipfelsieg ist erledigt, jetzt nimmt er den Berg ein zweites Mal mit mir in Angriff. Mit seinen Anfeuerungen fällt das plötzlich wesentlich leichter. »Vai, amo, vai«, ruft er neben mir.

Ich liebe diesen Kosenamen, »amo«, der langsam den »tesoro« ersetzt hat. »Amo« klingt weniger schnulzig als die Langform »amore« und fühlt sich genauso liebevoll an. »Fahr, Liebes, fahr« könnte man es übersetzen. Bei uns würde man anfeuern mit »Gemma« oder »Hop hop«.

Ich liebe die italienische Sprache, auch wenn ich sie höchst unzureichend spreche.

Endlich taucht die Rossfeld-Skihütte vor mir auf. Jetzt habe ich nur mehr ein paar Höhenmeter bis zum Pass. Dort klicke ich mich aus den Pedalen und bin einfach nur glücklich. Mit dem Foto, das Antonio jetzt von mir schießt, mit den Bergen im Hintergrund, mein Fahrrad neben mir und meinem Strahlen heller als das der Sonne, werde ich später auf PaarGlück ein paar Interessenten vergraulen.

TVMB

Seit ich Kinder habe, bin ich mit meinem Handy verwachsen. Ständig muss ich erreichbar sein: für das Au-pair-Mädchen, für den Kindergarten, für die Schule, für die Kinder. Ich muss das Kind wegen Läusen aus dem Kindergarten holen oder wegen Krankheit aus der Schule. Ich gebe aus der Ferne Anleitung zum Kochen, wenn Florian ins Handy kreischt: »Mama, die Sauce ist total am Eskalieren!« Ich überlege dann, ob ich nicht besser die Feuerwehr rufen sollte. Das Handy ist ein Teil von mir – man hätte es mir gleich implantieren können.

Manche meiner Kollegen sind aus beruflichen Gründen mit dem Handy verwachsen. So gehe ich auch bei Antonio von einer gewissen Erreichbarkeit aus, schließlich hat er ein Lokal zu führen. Wenn er mir die Einkaufsliste per SMS übermittelt, klappt das ganz gut. Abendliche Liebeserklärungen auf Italienisch, wenn der letzte Gast das Lokal verlassen hat, kommen auch häufig bei mir an. Verabredungen per Handy sind hingegen eher schwierig. Wenn ich losradle, schicke ich eine SMS mit der Route, die ich fahren werde. Dann warte ich gespannt darauf, dass der penetranteste Klingelton, den ich bei Samsung finden konnte, mich in der Rückentasche des Trikots aus meiner Trainings-trance reißt. Das passiert meist nicht. Manchmal treffe ich Antonio zufällig. Meistens fahre ich allein.

Wenn nicht nur die Verabredungs-SMS ausbleiben, sondern auch die abendlichen Liebeserklärungen, werde ich etwas unrund. Ich wache nachts immer wieder auf und werfe einen Blick auf das Handy. Mit diesem Radarschlaf könnte ich Einhandsegler werden.

Wenn die nächtliche Liebeserklärung zwei Tage ausgeblieben ist, suche ich so schnell wie möglich den Handyladen auf und kaufe ein Guthaben für Antonios Nummer. Beim nächsten Besuch im Lokal fasse ich in seine Jeanstasche, hole das Handy heraus und aktiviere das neue Guthaben. Meist kommt in der darauffolgenden Nacht wieder die ersehnte SMS.

Oft besteht sie nur aus vier Buchstaben, meinem Lieblingsquartett aus Buchstaben: TVMB – das klingt doch schon nett, ohne den Inhalt zu kennen, nicht wahr? Und wenn man die abgekürzten Wörter erst ausgesprochen hat, dann klingen sie ganz wunderbar melodisch, auch ohne die Übersetzung zu kennen: Ti voglio molto bene. Die Worte schmelzen auf der Zunge wie zartes Vanilleeis. Und sie sind so vielfältig, im Gegensatz zum eindeutigen »ti amo«, das ich natürlich auch nicht verschmähe. Im Gegenteil: Nach jahrzehntelangem Entzug sauge ich jede Liebeserklärung auf wie ein trockener Schwamm.

Manchmal malt Antonio die beiden Wörter mit dem rechten Zeigefinger auf die angelaufene Scheibe auf der Beifahrerseite des MiTo, wenn ich ihn nach Hause gefahren habe und er sich noch nicht zum Aussteigen entschließen kann. Ich habe zwar Bedenken, jemand könnte den Schriftzug später entdecken. Trotzdem berührt diese romantische Geste genau jene Stelle in meinem Herzen, die so gern berührt werden möchte.

Und so kaufe ich ein SMS-Guthaben nach dem anderen, um bald allein in meinem Bett über den Varianten des TVMB zu schmachten und mich zutiefst verbunden zu fühlen mit dem Absender, der nur zwei Kilometer entfernt von mir gerade die Kerzen löscht und das Geschirr in die Küche trägt.

REISEFIEBER

Im Juni tut sich wieder ein Zeitfenster für eine Reise mit Antonio auf. Sarah wird eine Woche mit der Begabtenförderung verbringen, Florian ist zu einem Sichtungstraining des Deutschen Snowboardverbandes auf einen Gletscher eingeladen. Martin hat sich bereit erklärt, die Hol- und Bringlogistik zu übernehmen und die Zeiten dazwischen, wenn eines der Kinder daheim ist, mit seiner Anwesenheit zu füllen.

Ich werde mir einen Jugendtraum erfüllen. Meine einzigen Familienurlaube mit meinen Eltern verbrachte ich auf kroatischen Campingplätzen, das erste Mal in einem von Freunden geliehenen Zelt. Auf dem Schwarzen Brett bei den Sanitäranlagen entdeckte mein Vater ein gebrauchtes Viermannzelt, in dem wir die nächsten Urlaube verbrachten. Sehnsüchtig schielte ich auf die Wohnwägen und ganz besonders auf die Wohnmobile anderer Familien. Bei einer Autoschau besichtigte ich mit meinem Vater einen der ersten ausgebauten VW-California und schwor mir: So einen werde ich einmal haben.

Mittlerweile bin ich dreiundvierzig, habe ein halbes Haus, aber immer noch keinen VW-California. Noch nicht einmal geliehen. Martin hasst Camping. Meinen Traum vom VW-Bus habe ich irgendwo ganz tief begraben. Mit all den Gefühlseruptionen des letzten Jahres muss dieser Traum mit hochgeschleudert worden sein, denn ich fasse einen Plan.

Da ich in der Beziehung mit Antonio zumindest in organisatorischen Dingen der Macher bin, frage ich ihn nicht weiter um seine Meinung zum Thema Camping, sondern bitte ihn nur, für meine freie Woche keine Reservierungen anzunehmen und das Lokal zu schließen. Wir werden die nächste Einkaufstour auf eine ganze Woche ausdehnen und gemeinsam Urlaub machen. Ich studiere die Angebote der Wohnmobilvermieter und reserviere einen VW-Bus von Samstag bis Samstag ab Liezen. Das liegt zwar nicht direkt auf dem Weg nach Italien, aber in Anbetracht der Kilometer, die vor uns liegen, macht dieser Umweg den Braten auch nicht mehr fett.

Wir planen eine Reise nach Apulien. Ascoli liegt zum Erledigen der Einkäufe auf dem Weg und Antonio kann mir Taranto zeigen, die Stadt, in der er viele Jahre mit seiner Frau und seiner Tochter verbracht hat.

Von dem Lokal, das er dort mit seiner Ex-Frau betrieben hat, spricht er manchmal und dass ihm eigentlich noch Geld davon zustünde. Aber er erzählt viel und mittlerweile habe ich gelernt, nicht alles ernst zu nehmen, was er sagt. Allerdings weiß ich oft nicht, welchen Teil ich glauben soll und welchen nicht. Seine Komplimente und Liebeserklärungen nehme ich aber ernst. Obwohl ich deren Wahrheitsgehalt vielleicht sicherheitshalber um die Hälfte reduzieren müsste, muss ich diesen Balsam für die Seele zur Gänze ausschöpfen.

Am Freitag vor der Abreise bitte ich Antonio, am Samstag pünktlich mit seinem Gepäck bereit zu sein. Als ich ihn am nächsten Morgen abhole, ist er immerhin schon wach. Antonio hat sich bereit erklärt, auf der Reise das Kochen zu übernehmen, und packt dafür ein paar Utensilien in eine Tasche, also darf ich auch nicht meckern über die Verspätung. Wir montieren außerdem die Laufräder von seinem Rennrad ab. Meines ist bereits sicher verstaut. Ich bin erstaunt, wie viel in den MiTo passt. Mit persönlichem Gepäck ist Antonio jedoch erstaunlich sparsam.

Mein Grummeln wegen des verspäteten Aufbruchs hat sich gelegt. Voller Vorfreude breche ich mit Antonio auf dem Beifahrersitz auf nach Liezen.

Der Verleih ist top organisiert, der Papierkram schnell erledigt. Angesichts unserer ambitionierten Reisepläne buche ich sicherheitshalber das Zusatzpaket für erweiterte Kilometerleistung auf. Dass die Mitarbeiterin erstaunt ist, weil ich angesichts dieser Tatsache als einziger Fahrer eingetragen werde, bilde ich mir wahrscheinlich ein. Noch immer ist diese Rolle für mich ein wenig ungewohnt. Bisher war Martin auf Reisen der Fahrer und Kümmerer für alles und jedes. Bei Mietautos wurde ich nie als zweiter Fahrer eingetragen, meist kostet das extra. Meine Rolle beschränkte sich auf die Versorgung der Kinder.

Jetzt bin ich besonders gefordert, denn die Einweisung steht an. Die habe ich bei Bootsurlauben auch gern meinem Mann überlassen, während ich mich um den Einkauf kümmerte. Jetzt lebe ich vertauschte Rollen: Den Lebensmitteleinkauf wird Antonio in Italien nur finanzieller Art aus der Hand geben. Ich versuche, mir zu merken, wie man die Sitzbank zum Bett umbaut, wie man den Ladezustand der Campingbatterie überprüft, wie man das Bett unter dem Hochdach benutzt, wo die Wasserversorgung und -entsorgung ist, wie die Chemietoilette funktioniert.

Ich unterschreibe alles, was man mir vor die Nase hält, und bezahle mit meiner Kreditkarte. Wir bekommen einen Parkplatz für den MiTo zugewiesen mit dem Angebot, dort auch die letzte Nacht vor der Rückgabe im Camper verbringen zu dürfen. Viele Kunden nehmen das in Anspruch, um pünktlich zur morgendlichen Rückgabe vor Ort zu sein.

Endlich, endlich kann die große Reise beginnen. Ich setze mich ans Steuer und lenke den VW vom Parkplatz, aus der Einfahrt des Verleihs, von der Nebenstraße auf die Hauptstraße und zurück Richtung Tauernautobahn.

Gefühlt gehe ich auf Weltreise und nicht für eine Woche nach Italien. Es ist ein Aufbruch ins Ungewisse und nicht in Richtung perfekt ausgebauter Autobahnen mit einer Route im Kopf. Ich kann mich gar nicht mehr erinnern, wann ich mich das letzte Mal so frei gefühlt habe.

STADT DER LIEBE
UND DES TOURISTENNEPPS

Die 450 Kilometer bis Venedig vergehen wie im Flug und ohne nennenswerten Stau. Als wir am frühen Abend über eine Brücke auf die Stadt zufahren, überkommt mich ein erhabenes Gefühl. Auf Antonios Geheiß stelle ich den Camper auf dem verlassenen Parkplatz eines Fischmarktes ab. Vor morgen früh wird hier keiner auftauchen. Ich überlasse es ihm, die zahlreichen Schilder mit unverständlichen Zusatztafeln zu ignorieren. Er ist hier der Italiener.

Ohne fixes Ziel lassen wir uns durch die Altstadt treiben. Die untergehende Sonne spiegelt sich im Wasser und zaubert ein wunderbares Licht auf die Gebäude. Ganz entgegen meinen sonstigen Gewohnheiten habe ich keinen Reiseführer konsultiert und keine Bucketlist der Sehenswürdigkeiten erstellt, die ich unbedingt besichtigen will. Wir schlendern durch enge Gassen, halten auf Brücken und fotografieren uns gegenseitig vor Kirchen und Denkmälern, deren Namen wir nicht kennen. Die hereinbrechende Nacht spült die Tagestouristen aus der Stadt und die Nächtigungsgäste in die Unterkünfte und wir atmen den Zauber der Stadt. Als sich vor uns die Piazza San Marco öffnet, verharren wir einen stummen Augenblick lang vor dieser Schönheit. Die Beleuchtung lässt die Basilica bereits weiß vor einem Himmel mit seinem tiefen Blau kurz vor der Dunkelheit erstrahlen.

Mittlerweile verspüren wir Hunger und suchen ein Restaurant.

Offensichtlich ist Antonio zum ersten Mal als Tourist in Venedig unterwegs, denn wir landen in einem Lokal direkt an der Rialtobrücke. Der Ausblick ist kitschig wie in einem Donna-Leon-Krimi, aber ich bin mit Touristennepp durchaus vertraut und befürchte hier Ähnliches. Antonio besteht jedoch auf der romantischen Aussicht und wir bestellen frittierte Meeresfrüchte und Spaghetti Frutti di Mare. Es kommen ein fetttriefendes Etwas mit vielen Gräten und zerkochte Nudeln mit ein paar Schalen. Mir schwant Schreckliches. Antonio weigert sich, die angebotenen Gerichte zu essen, und die Diskussion mit dem Kellner wird immer lauter. Ich versuche, besänftigend auf meinen Begleiter einzuwirken. Immerhin kann ich Antonio daran hindern, handgreiflich zu werden. Fluchtartig verlassen wir das Lokal, bevor er es sich anders überlegt.

Mittlerweile ist es selbst in Italien zu spät, um noch ein gepflegtes Abendessen zu bekommen, und wir trösten uns mit einer Tüte Eis. Immerhin – dieses scheint dem Italiener zu munden, er findet seinen Humor wieder und schildert, dass er knapp davor war, »wegschmeißen die Tische«.

Wir machen Selfies mit dem Eis und lachen über unsere verschmierten Gesichter, unbeschwert und albern wie Kinder. Als wir noch einmal über den jetzt nächtlichen Markusplatz flanieren, ist das Ärgernis schon vergessen. Antonio besteht noch darauf, dass ich ein Foto von ihm vor Harry's Bar schieße. Mir sagt das nichts und die Fassade scheint sehr schlicht, aber Antonio betont, dass die Bar berühmt sei, in der auch viele bekannte Persönlichkeiten verkehrt wären.

Nach dem Foto wandeln wir zurück zum Auto am Fischmarkt. Nicht einmal Antonio wagt, hier zu übernachten, und so parken wir am Straßenrand ein wenig außerhalb, in ländlicher Gegend. Nachts sieht man ja nicht so genau, wo man ist, aber ich verlasse mich auf meinen Begleiter. Wir schlafen unter dem Hochdach und ich fühle mich wie aufgebahrt für die Verabschiedung von meinen Lieben – nur dass es dabei wahrscheinlich kühler wäre: In der nächsten Nacht müssen wir unbedingt versuchen, das untere Bett funktionstüchtig zu bekommen. Oben schlafe ich nicht gut.

DER ERSTE STREIT

Antonio bereitet einen Espresso in der mitgebrachten Bialetti zu, der mich leider nur marginal wacher macht. Entsprechend übermüdet setze ich mich ans Steuer und folge den Schildern Richtung Autobahn. Nach einer Stunde fahren wir an Bologna vorbei und ich muss schmunzeln. Wann immer ich mit ihm Kontakt aufnehme, wenn Antonio ohne mich in Italien unterwegs ist, gibt er seinen Status durch mit: »Ich bin gerade in Bologna.« Dabei ist es egal, ob er 100 Kilometer davor oder 200 Kilometer dahinter ist. Bologna scheint ein Fixpunkt in seinem Leben zu sein. Das wird es für mich auch, denn knapp dahinter beginnen die Probleme.

Alle Welt scheint heute auf dem Weg Richtung Süden zu sein. Diverse Baustellen verschärfen die Lage und wir stehen ausgiebig im Stau. Auf Ö3 gab es früher sonntagabends, wenn sich alle Wiener und die dort Wohnenden auf dem Rückweg von ihren Latifundien in die Stadt hinein stauten, eine kleine humoristische Einlage mit dem Jingle: »Mama-mir-is-heiß-ich-hab-Hunger-ich-hab-Durst-ich-muss-Lulu-wann-sind-wir-endlich-daaaaaaaaaaaa?« Genauso fühle ich mich jetzt, nur dass keine Mama da ist, der ich das vorjammern könnte. Stattdessen quengelt neben mir ein fünfzigjähriges Kind, ob es denn nicht endlich eine rauchen könne. Zuerst ignoriere ich die Frage gekonnt, nach dem dritten »Kann isch rauchen?« entfleucht mir ein

»Du bist wie meine Kinder«, gefolgt vom absoluten No-Go, das ich niemals hätte erwähnen dürfen: »Ich habe die Kaution bezahlt und die krieg ich nicht zurück, wenn es hier nach Rauch stinkt.«

Die Falten auf Antonios Gesicht vertiefen sich zu Furchen, die Augen darunter funkeln und er presst seine Lippen zusammen. Das Schweigen zwischen uns fühlt sich trotz der Hitze kalt an. Wieder kriechen wir ein paar Meter vorwärts, aber die Zeit dazwischen reicht nie zum Aussteigen.

Offensichtlich habe ich Antonio heftiger verletzt, als ich dachte. Eigentlich wollte ich ihn gar nicht verletzen mit meiner Bemerkung, sie ist mir einfach herausgerutscht in meiner genervten Stimmung. Und außerdem sind beide Aussagen, die ich gemacht habe, wahr: Die ständige Wiederholung erinnert mich an meine Kinder und die Reise habe ich auch bezahlt. Aber das ist jetzt alles egal. Ich will gar nicht recht haben, ich will glücklich sein und geliebt werden.

»Du sagen, isch bin wie eine Kind?« Antonios Stimme klingt gepresst vor Wut.

Aus meinen Augen beginnen die Tränen zu rollen. Sie laufen unter der Sonnenbrille hervor über mein Gesicht und tropfen auf mein rotes T-Shirt. Ich will hier raus, nicht mehr auf diesem engen Raum in dieser Stimmung zusammen eingepfercht sein.

Nach einer gefühlten Ewigkeit nähern wir uns in ständigem Stop and Go der nächsten Raststätte. Ich setze den Blinker und rolle erleichtert auf den erstbesten

Parkplatz. Antonio verlässt fluchtartig das Auto, stellt sich am Randstein unter eine kümmerliche Palme und beginnt zu rauchen. Ich sperre das Auto ab und verbarrikadiere mich auf der Toilette. Als ich zurückkomme, steht Antonio immer noch am Straßenrand und raucht. Ich stelle mich zu ihm. Irgendwann legt er den Arm um meine Schultern. Wir gehen Panini essen, Antonio bezahlt. Ich habe ihn tief in seiner Ehre getroffen.

Gegen Abend fahre ich in Pescara von der Autobahn ab, denn Antonio hat hier etwas zu erledigen. Ich habe mich schon über die Kühltasche in seinem Gepäck gewundert, die offensichtlich keinen Proviant für uns enthält. Der italienische Betreiber des Eissalons in Bad Eichenfels hat einen Bruder, der in Pescara eine Imbissbude betreibt. Da deutsche Würstchen hier hoch im Kurs liegen, hat er ihm durch Antonio eine große Tasche voller Würste bringen lassen. Bei der Übergabe gibt es ein ausgiebiges italienisches Palaver zwischen den beiden. Ich verstehe nichts davon. Und das ist auch gut so. Denn es hat mit unserem nächsten Halt hier auf der Rückfahrt zu tun – das wird mir später noch Kopfzerbrechen machen. Aber das weiß ich ja jetzt noch nicht, daher bleiben mir die Sorgen erspart.

Meine einzige Sorge ist ein sicherer und vielleicht sogar schöner Schlafplatz für die heutige Nacht. Wir entscheiden uns für einen Parkplatz mit Meerblick und gehen zum Strand. Ausgelassen albern wir in der kühlen Abendluft herum und dokumentieren unsere Reise mit verliebten Selfies.

WIEDER NICHT GESURFT

Am nächsten Tag fahren wir nach Vieste del Gargano – auch ein Jugendtraum von mir. Kurz bevor ich aus Wien wegzog, war ich für zwei Jahre dem Windsurfen verfallen und Vieste ist ein berühmter Spot dafür. Nach meinem Umzug nach Salzburg versuchte ich mehrfach erfolglos, diese Leidenschaft wiederzubeleben, aber irgendwie hat es nie funktioniert. Sogar neues Material kaufte ich mir, als die Kinder schon ein wenig größer waren, und deponierte es an dem See, an dem Martin sein Segelboot stationiert hatte. Doch öfter als ein- oder zweimal habe ich es nicht benutzt.

Nach der Trennung räumte ich mein Depot dort und verteilte das Zeug auf Dachboden und Keller, zu den anderen ungelebten Träumen. Und jetzt fahre ich mit einem VW-Bus zum Hotspot der Windsurfer. Da habe ich zumindest mein Trapez mitgenommen. Dieser Hüftgurt wird am Segel eingehängt, damit man es nicht mit der Kraft der Hände halten muss. Alles andere würde ich mir leihen müssen, aber immerhin mein Trapez habe ich dabei! Antonio beäugte das Teil stirnrunzelnd, als wir das Gepäck vom MiTo in den Camper umluden. Es sollte mir noch sehr viel sinnlos im Weg sein.

In Vieste muss jedoch erst einmal der aktuellen Leidenschaft gefrönt werden: Wir packen die Rennräder aus, bauen sie zusammen und drehen eine kurze Runde.

Mein Körper blüht auf in der Bewegung. Immerhin habe ich in den letzten drei Tagen fast 1500 Kilometer hinter dem Steuer absolviert.

Im nächsten Supermarkt füllen wir die Lebensmittelvorräte und dann ist es auch schon Zeit, um einen Schlafplatz zu suchen. Wir finden ein romantisches Plätzchen auf einer kleinen Anhöhe mit Blick auf das mittlerweile abendlich beleuchtete Vieste und auf die ganze Bucht. Nach dem Abendessen fühlen wir uns bereits bettschwer.

»Wir haben noch gar nicht die Liebe gemacht«, stellt Antonio fest.

Wie wahr – Romantik und Zärtlichkeit standen bisher nicht weit oben auf der Prioritätenliste. An diesem Abend reicht es auch nicht zu mehr als der Feststellung dieser Tatsache.

Am nächsten Morgen bemerke ich, dass das romantische Plätzchen mit dem Auto nicht leicht zu verlassen ist, und frage mich, wie ich den VW überhaupt in diesen kleinen, leicht erhöhten Parkplatz hinaufmanövriert habe. Noch dazu direkt hinter einer unübersichtlichen Kehre. Bisher habe ich den Camper souverän beherrscht, aber der letzte Schlafplatz war auch ein riesiger verlassener Parkplatz. Beim Anblick dieser Aufgabe kommen mir Zweifel, ob meine Fahrkünste dafür ausreichen. Ich frage Antonio, ob er den Wagen vom Podest fahren und dann wenden könnte. Auf den paar Metern wird ja wohl nicht gleich eine Führerscheinkontrolle zu erwarten sein. Sollte etwas passieren, bin ich halt gefahren. Ich fühle mich wie zu Hause, wenn mein Mann den Wagen in die Garage fährt.

Antonio setzt sich hinter das Steuer. Ich bleibe auf der Straße stehen, um ihn einzuweisen. Als er nicht gleich nach Verlassen des Parkplatzes stehen bleibt, schöpfe ich noch keinen Verdacht. Wahrscheinlich sucht er eine passende Stelle zum Wenden. Ich warte am Straßenrand. Und warte. Und warte. Und warte. Langsam wird mir mulmig. Mein gesamtes Hab und Gut ist im Auto. Handy, Geld, Ausweis. Ich trage Unterwäsche, Shorts, T-Shirt, Sandalen und Sonnenbrille. Mehr habe ich nicht. Warum habe ich ihm nur vertraut? Was weiß ich eigentlich von diesem Mann? Vornamen und Nachnamen, aber auch die müssen nicht stimmen. Er wohnt irgendwo in Ascoli, aber dahin hat er mich nie mitgenommen. Warum eigentlich nicht? Schämt er sich für mich? Oder will er seine Wohnung geheim halten?

Ich bin die Gutgläubigkeit in Person, während Antonio furchtbar misstrauisch ist. Als wir eines Abends in seinem Lokal mit dem Ausräumen der Ware vom Ascoli-Ausflug beschäftigt waren, klopfte ein Unbekannter an die Tür und wollte nach einem Blick auf die Kartons einen Tisch reservieren. Antonio fertigte ihn schnell ab und schickte ihn fort. Danach fragte ich ihn, ob er denn keine neuen Kunden bräuchte. Antonio antwortete nur: »Vielleicht ist von Finanzamt diese Mann.«

Bevor ich mir jetzt meine Optionen überlegen kann, biegt der weiße Camper um die Kurve. Ich bin so erleichtert, dass ich nicht einmal frage, wieso er so lange gebraucht hat – und schäme mich ein wenig für meine Verdächtigung.

Ich verlasse Vieste, ohne überhaupt in der Nähe des Surfstrandes gewesen zu sein.

IM LAND DER TRULLI

Wie immer schlägt Antonio das nächste Ziel vor. Da ich selbst keinen Plan habe, ist der Vorschlag automatisch das nächste Ziel. Wir fahren an Bari vorbei Richtung Süden, bis wir hinter Monopoli einen einsamen Parkplatz direkt am Strand finden. Herrlich, genauso sah das in meinem Jugendtraum aus. Ich hänge den schwarzen Duschsack auf das Auto, nach dem Radeln steht eine Katzenwäsche an. Im Vorfeld habe ich den aktuellen ADAC-Campingführer gekauft, aber der Aufenthalt in einer derartigen Anstalt kommt für Antonio nicht infrage. In weiser Voraussicht habe ich auch den Duschsack besorgt.

Als wir die Rennräder zusammenbauen, befindet Antonio, dass mein Vorderrad ein wenig Luft braucht. Auch noch eine Pumpe mitzunehmen, wäre zu viel der Voraussicht gewesen, also fahren wir in Richtung der nächsten größeren Stadt, Monopoli. Auf dem Weg dorthin fragt Antonio den nächstbesten Rennradler nach einem Fahrradgeschäft. Offensichtlich liegt ein entsprechender Laden auf dessen Weg, denn wir heften uns an sein Hinterrad, bis er sich von uns verabschiedet und mit seiner Hand eine ausladende Geste nach rechts macht. Dort finden wir das Fahrradgeschäft. Antonio fragt nach einer Luftpumpe und pumpt meinen Vorderreifen auf.

In Italien hat Rennradfahren einen anderen Stellenwert als hier. Ein wenig kann ich Antonio jetzt verstehen, der in Deutschland jedem Autofahrer wütend gestikulierend hinterherflucht, wenn zu knapp überholt oder geschnitten wird. Hier wird man als Rennradfahrer sehr zuvorkommend behandelt, und das in einem Land, das man sich verkehrstechnisch als chaotisch vorstellt. Auch unter Radfahrern verläuft es in Italien angenehmer. Wildfremde Radler stellen sich einander mit Handschlag vor, wenn sie ein Stück gemeinsam des Weges radeln.

Ich befinde, dass ich als Ausländerin von diesem Ritual befreit bin, sehe zu, dass ich mein Fahrrad beherrsche, und riskiere keine riskanten Balanceakte. Beim Training zu Hause schaffe ich mittlerweile wenigstens das Trinken unterwegs. Ich hole meine Flasche aus dem Halter, öffne mit den Zähnen den Verschluss, trinke, drücke ihn wieder hinein und stelle die Flasche in die Halterung, während ich mit der anderen Hand weiter das Fahrrad steuere. Das klappt natürlich nur auf einigermaßen ebenen Strecken ohne Kurven. Zu steil bergauf und bergab ist auch eher hinderlich.

Antonio wollte mir zu Anfang unseres Trainings das freihändige Fahren beibringen, aber ich konnte mein diesbezügliches Kindheitstrauma nur für ein paar Meter überwinden. Mehr als Abschürfungen mit tief in die Haut eingegrabenen Kieselsteinen war mir damals nicht passiert und auch das Kinderfahrrad war einfach zu reparieren gewesen. Trotzdem versuche ich seither, den Lenker zumindest mit einer Hand festzuhalten, auch wenn ich vor Mitradelnden als Lusche dastehe. Mit den Füßen fest in den Rennradklicks verankert zu sein während einer freihändigen Fahrt, kann ich mir schon gar nicht vorstellen, also habe ich nach meinem ersten Hungerast immer das Essen für den Einhandbetrieb vorbereiten müssen. Der Riegel muss leicht erreichbar, die Verpackung leicht zu öffnen sein. Einzig für das Anziehen der Jacke vor langen Abfahrten bestehe ich auf einem Halt, während Antonio vor mir sich bereits in die erste Kehre legt, die Jacke immer noch mit beiden Händen aus seiner Rückentasche wurschtelnd, sich wieder aufrichtet und sie anzieht. Ich bin es ohnehin gewöhnt, auch auf gemeinsamen Ausflügen viel allein zu fahren.

So kurble ich auch jetzt gleichmäßig in meinem eigenen Tempo mit frisch aufgepumptem Vorderrad eine moderat steigende Straße nach Alberobello hinauf. Es muss sich um eine touristische Besonderheit handeln, denn die Strecke ist gut ausgeschildert. Die Chancen stehen also gut, dass wir uns oben wiedertreffen.

Kurz bevor ich Alberobello erreiche, kommt mir Antonio entgegen. Wir nehmen die Ortseinfahrt gemeinsam. Wieder leuchtet ein Strahlen auf seinem

Gesicht, wenn er mir die Schönheiten seiner Heimat präsentiert. Ich hatte noch nie von den Trulli gehört. Bei diesen Gebäuden handelt es sich um ein UNESCO-Weltkulturerbe, wie ich jetzt lerne. Die Rundbauten sehen wirklich originell aus. Wir stapfen mit den Fahrradschuhen laut klickend durch die Straßen von Alberobello wie durch ein Museum. Manche der Trulli scheinen bewohnt zu sein, andere werden als Ferienhäuser vermietet.

Zurück geht es wesentlich schneller. Am frühen Abend sind wir schon wieder am Camper angelangt. Ich wage ein erfrischendes Bad im Meer, das Wasser ist hier Anfang Juni noch kalt. Antonio sitzt am Strand und raucht. Wir waschen uns unter der Campingdusche. Das warme Wasser fühlt sich angenehm an auf der Haut, auch wenn es nur ein sehr dünner Strahl ist, ein Tröpferlbad. Jetzt freue ich mich auf einen gemütlichen Abend am Strand mit Essen aus unseren Bordmitteln.

Antonio hat jedoch andere Pläne. Er möchte essen gehen. Ich lasse mich überreden, in der Nähe gibt es sicherlich irgendwo eine Pizzeria. Das ist aber nicht ganz das, was Antonio vorschwebt. Er möchte an einem besonderen Ort zu Abend essen, der mir nichts sagt. Es scheint sich um einen längeren Ausflug zu handeln. Ich mache das, was ich immer mache: Ich füge mich. Schließlich ist er hier in Italien der Boss. Ich bin nur der Fahrer. Als solcher walte ich jetzt meines Amtes, klettere auf den Fahrersitz und lasse das Auto schweren Herzens von diesem schönen Strand rollen.

Nach einer halben Stunde ist es bereits dunkel. Die Ausschilderung nach Ostuni ist nicht ganz so eindeutig wie die nach Alberobello. Mir sagt das alles sowieso nichts. Offensichtlich bin ich irgendwo falsch abgebogen. Ich habe keine Lust mehr. Die Müdigkeit nach dem Radausflug mengt sich in die Erschöpfung vom Autofahren. Der Hunger macht meine Laune auch nicht besser. Ich lasse den VW am Straßenrand ausrollen, ziehe die Handbremse an und den Schlüssel aus dem Schloss und steige aus. Antonio steigt ebenfalls aus, stellt sich ein paar Meter entfernt an den Straßenrand.

»Warum müssen wir immer machen, was du willst?«, frage ich.

Schweigen.

»Bis wir da oben sind, kriegen wir sicher nichts mehr zu essen, nicht einmal in Italien.«

Schweigen.

»Warum können wir nicht einmal ganz normal irgendwo essen gehen?«

Schweigen.

Jeder meiner Sätze ist ein wenig lauter gewesen als der vorhergehende. Das Schweigen provoziert mich immer weiter. Wütend schleudere ich den Schlüsselbund in Antonios Richtung. Im Werfen bin ich gar nicht gut, der Schlüssel liegt zwischen Antonio und mir. Aber der Wutausbruch hat mich ein wenig besänftigt.

»Du wolle unbedingt mit Camper nach Italia.« Wo er recht hat, hat er recht.

Ich hebe den Schlüssel auf und steige wieder ins Auto. Was soll ich auch hier im Dunkeln am Straßenrand? Da bekomme ich auch nicht schneller etwas zu essen, als wenn wir einfach weiterfahren. Antonio steigt ebenfalls ein. Ich starte den Wagen und fahre seinen Anweisungen gemäß nach Ostuni.

Etwas hat sich verändert, ich spüre einen kühlen Hauch. Liegt es an der Temperatur im Auto, an Antonios Ausstrahlung – oder vielleicht auch nur in mir? Ein Hauch von Wut grummelt noch in meinem Bauch oder ist das nur der Hunger? Ich vertage weitere Überlegungen auf nach dem Essen.

Wir speisen hervorragend in einem netten Gastgarten unweit des Centro Storico. Wenigstens keine Wiederholung des Venedig-Traumas. Auch meine Befürchtung, um diese Zeit keine ordentliche Mahlzeit mehr zu bekommen, bewahrheitet sich nicht. Die Nahrungszufuhr besänftigt mich, meine Wut ist verraucht. Auf Antonios Gesicht liegt ein Hauch von Traurigkeit. Er wollte mir La Città Bianca, die weiße Stadt Ostuni, mit derselben Freude präsentieren wie die anderen Schönheiten seiner Heimat, mit einem Stolz, als hätte er eigenhändig die Mauern weiß gekalkt. Wir streifen nach dem Essen durch das Centro Storico, fotografieren die Gassen, Häuser und Plätze.

Aus Ostuni gibt es kein Selfie von uns.

PORTO BADISCO,
ORT DER SEEIGEL UND DES GLÜCKS

Am nächsten Tag fahren wir nach Porto Badisco. Hier ist die Tischreservierung für das Abendessen der erste Tagesordnungspunkt. Die lokale Spezialität sind Seeigel und die müssen heute stilvoll genossen werden. Nachdem wir die Reservierung gemacht und den Camper auf einem kleinen Platz an einer Klippe geparkt haben, packen wir die Räder aus. Wie immer verspüre ich leichte Aufregung vor einer größeren Tour. Werde ich das schaffen? Oder unterwegs aufgeben müssen? Sehr viel habe ich nicht trainiert während der letzten Tage. Von Porto Badisco nach Santa Maria di Leuca sind es über 40 Kilometer (und auch über 40 Kilometer wieder zurück).

Ich genieße das elegante Dahingleiten auf der Küstenstraße mit Meerblick. Bald reiße ich mich vom Anblick los, um mich wieder an Antonios Hinterrad zu heften. Kraft sparen heißt die Devise. Außerdem würde ich in eines der zahlreichen Schlaglöcher fallen, wenn ich weiterhin wie ein Tourist in die Luft schaue.

Zwischendurch gesellen sich wieder andere Radler zu uns. Wir sind schneller am Ziel, als ich dachte. Stolz erfüllt mich, als ich den äußersten Stiefelabsatz Italiens erreicht habe, das letzte Stück sogar aus eigener Kraft. Das Sightseeing fällt heute allerdings aus: Antonio wendet nach einer kurzen Verschnaufpause am Kap und zieht mich die Küstenstraße wieder zurück. Wahrscheinlich will er nicht noch einmal so ein Drama wegen eines verspäteten Abendessens erleben.

In Porto Badisco ist sogar noch Zeit für einen Sprung ins kühle Nass, im wahrsten Sinne des Wortes. Von einer Klippe direkt an unserem Standplatz springen ein paar junge Männer ins Meer. Mir erscheint das etwas wagemutig, aber sie scheinen es alle zu überleben. Antonio hechtet sich ebenfalls hinunter, ich bevorzuge die Treppe. Übermütig planschen wir im Wasser und spritzen uns gegenseitig an. Alle Traurigkeit und Spannung zwischen uns haben sich aufgelöst.

Die Seeigel schmecken wider Erwarten hervorragend. Die Stacheln bekommt man gar nicht zu sehen. Von unserem Platz auf der Terrasse im ersten Stock blicken wir auf die ruhige See. Kitschig schön. Neben mir bettelt eine Katze um Essensreste und ich muss zum ersten Mal an zu Hause denken. Wie es Simba wohl geht? Da wir nicht viel Alkohol getrunken haben, beschließen wir spontan, für die Nacht noch an einen ruhigeren Platz umzuziehen, denn an der Klippe standen ein paar italienische Wohnmobile. Wir fahren die kleine Straße zur Spiaggia di Porto Badisco bis zum Ende und parken dort allein.

Am nächsten Morgen ist die ruhige Bucht so einladend, dass ich spontan beschließe, schwimmen zu gehen. Ich drehe meine Ohrenstöpsel hinein, ziehe die Badehaube über den Kopf und setze die Schwimmbrille auf. Vorsichtig steige ich ins Wasser. Schließlich will ich auf keinen der Seeigel treten, die ja die hiesige Spezialität sind.

Während ich vor mich hin kraule, vergesse ich den Rest der Welt. Ich bin eins mit ihr, eins mit dem Wasser. Als ich etwas unterkühlt und hungrig aus dem Wasser tapse, ist Antonio verschwunden. Wenigstens hat er diesmal das Auto dagelassen. Ich trockne mich ab und ziehe mich an. Noch bevor ich anfangen kann, mich zu ärgern, sehe ich ihn schon die Straße herunterkommen. Die leichten O-Beine mit dem wiegenden Gang erkenne ich auch ohne Brille. In der einen Hand trägt er zwei Becher Kaffee, in der anderen zwei Croissants und im Gesicht sein stolzes Strahlen. Wir frühstücken auf der kleinen Mauer und ich bin die glücklichste Frau der Welt. Porto Badisco wird unser Anker, unser Synonym für Glück, an das wir uns gegenseitig erinnern werden in schwierigeren Zeiten.

Jedoch ist der Anker nicht stabil genug für das, was auf uns zukommen wird.

AM PULS DER VERGANGENHEIT IN TARANTO

Schließlich erreichen wir Taranto. Nach so viel Strandidylle fühle ich mich von der Großstadt überfordert. Ich kreise nach Antonios Anweisungen, bis ich einen Parkplatz gefunden habe, und manövriere den VW mit einiger Mühe hinein. Eine Ecke steht ein bisschen raus. Ob ich nicht besser beim Wagen bleiben solle, während Antonio in seiner alten Bar vorbeischaut? Als Antwort auf meine Frage nimmt er mich an der Hand und zieht mich mit sich.

Wir betreten einen Raum, der für italienische Barverhältnisse recht groß ist. Der Tresen zieht sich in einem Schwung quer durch die Bar, ein paar Tischchen stehen darin verteilt. Antonio zieht mich an der Hand zum Tresen, hinter dem ein paar Angestellte die Gläser aus der Spülmaschine räumen. Zwei Männer erkennen Antonio und nach ein paar Umarmungen beginnt eine herzliche Unterhaltung. Ein jüngerer Mann, der offensichtlich nach Antonios Zeit eingestellt wurde, bereitet auf Zuruf seines Kollegen zwei Espressi zu und stellt mir einen davon hin. Ich rühre eine Zeit lang darin, aber so ein Espresso ist ja schnell ausgetrunken und ich fühle mich verloren.

Was mache ich eigentlich hier? Bisher hat Taranto noch keinerlei Vibes in mir hervorgerufen, obwohl es die Stadt ist, in der Antonio einen großen Teil seines Lebens verbracht hat. In der er seine Tochter großgezogen hat – beziehungsweise von seiner Frau hat großziehen lassen, während er mit dem Fahrrad durch die Weltgeschichte gondelte, erst als Aktiver, dann als Trainer. Seine Frau hat nebenbei auch noch die Bar geschupft. Eigentlich gerecht, dass Antonio nach der Scheidung nichts bekommen hat.

Aber in Wirklichkeit habe ich keine Ahnung, weder von den Eigentumsverhältnissen noch von den italienischen Scheidungsgesetzen, und es interessiert mich auch gar nicht. Ich bin mit meiner eigenen

Scheidung mehr als ausgelastet. Wenn sie denn irgendwann stattfinden wird. Sofort schiebe ich diesen Gedanken weit von mir. Zur Ablenkung studiere ich die Getränkeflaschen hinter der Bar. Von den Gesprächen verstehe ich kaum etwas. Antonios Ex-Frau scheint die Bar einem Geschäftsführer übergeben zu haben. Ich bin erleichtert darüber, dass sie hier wahrscheinlich nicht auftauchen wird. So viel Lust auf Vergangenheit habe ich nun auch wieder nicht.

BEI DEN HÖHLENMENSCHEN

Einmal noch darf ich das stolze Strahlen des Fremdenführers genießen. Wir wandeln durch Matera. Wieder ein UNESCO-Weltkulturerbe, das bisher an mir vorübergegangen ist. Die Sassi sind wirklich beeindruckende Höhlenwohnungen. Einige sind im Originalzustand als Museum begehbar, manche noch bewohnt. Ich atme den Duft der Vergangenheit, stelle mir vor, wie hier gelebt, geliebt und gelitten wurde. Antonio latscht ab und zu durchs Bild, wenn ich fotografiere.

»So kann ich die Fotos niemandem zeigen, wenn du drauf bist.« Mit einem Lachen versuche ich Antonio aus meinen Bildern zu halten.

»Sage, du hast mich zufällig getroffen.«

Die Tatsache, dass jeder in seinen Alltag zurückkehren wird, steht plötzlich wie ein riesiger Elefant im Raum.

Wir fotografieren uns gegenseitig vor dem Hintergrund der Altstadt. Ein Hauch von Abschied liegt in der Luft, wir haben heute noch über 400 Kilometer vor uns.

Da die Beschilderung eher rudimentär und manchmal widersprüchlich ist, verfahren wir uns mehrmals. »Tipisch fir Süditalia«, schimpft Antonio neben mir vor sich hin, während ich versuche, wieder den Weg zu finden. Mittlerweile habe ich meine Korrektheit ein wenig abgelegt und mich der italienischen Fahrweise angepasst. Als ich mit Schwung durch eine 40-Stundenkilometer-Begrenzung fahre, kommt ein lautes

»Mache langsam!« vom Beifahrersitz.

»Wir halten uns sonst nie an die Begrenzungen«, sage ich in einem fragenden Ton.

»Hier schon!«

Niemals wird ein Ausländer verstehen, welche Vorschriften in Italien eher Empfehlungen sind und welche wirklich eingehalten werden müssen. Ich reduziere die Geschwindigkeit, ohne eine Diskussion über das Thema vom Zaun zu brechen. »Rallentare« steht auf dem Schild. Welcher Durchschnittstourist beherrscht die italienische Sprache so gut, um das zu verstehen?

In Pescara kehren wir beim Imbiss vom Bruder des Eissalonbetreibers ein. Es stellt sich heraus, dass das nicht nur ein kulinarischer Ausflug ist. Nach der Stärkung rollt Cesare das Rolltor seines Lagers hoch. Erst nach und nach dämmert mir, dass der Warentransport nicht nur in eine Richtung gehen soll und dass die Kühltasche mit den Würsten verschwindend klein war im Gegensatz zu der Fracht, die wir nach Bad Eichenfels transportieren müssen.

Dann wird Antonio diesmal auf seinen eigenen Einkauf verzichten müssen. Das passt niemals alles ins Auto. Wenigstens können wir uns dann die 50 Kilometer Umweg nach Ascoli sparen.

Antonio sieht das anders. Er ignoriert meine Bedenken und beginnt, die Lebensmittel im Auto zu verteilen, bevor wir nach Ascoli aufbrechen.

ZUKUNFTSPLÄNE

Nach Mitternacht finden wir einen ruhigen Platz an einem Park. Übermüdet wie ich bin, würde ich überall schlafen können. Wir spazieren trotzdem noch eine kleine Runde. Der Hauch von Abschied ist jetzt schon ein stärkeres Lüftchen in unserer letzten gemeinsamen Nacht. Antonio bleibt stehen, umarmt mich und sieht mir im Dunkeln in die Augen. »Ich möchte mit dir in Italia leben. Aber ich weiß nicht, wo.«

Es scheint ihm mit dem Abschied ähnlich zu ergehen wie mir. Trotz aller Differenzen scheint eine Rückkehr in unseren Alltag unvorstellbar nach so viel Nähe.

»In einer kleinen Pension am Meer.« Antonio sieht mir immer noch in die Augen.

Da ist er wieder, dieser Traum, den er mir früher schon manchmal präsentiert hat. Da wir es so lang auf so engem Raum miteinander nicht nur ausgehalten, sondern so viele schöne Momente geteilt haben, erscheint dieser Traum mir plötzlich sehr erstrebenswert. Ich sehe mich schon die karierten Tischdecken im Gastgarten zum Meer hin glatt ziehen, während Antonio in der Küche hantiert. Das klitzekleine Detailchen der Finanzierung lasse ich im Augenblick getrost beiseite.

Am nächsten Tag wird das Einkaufspensum von üblicherweise zwei Tagen in einen gequetscht, mehr hat ohnehin nicht mehr Platz im Auto. Jede Ritze ist gefüllt. Das Problem mit der Campingtoilette löst Antonio auf italienische Weise. Mein Plan, die Entsorgung auf einem Campingplatz vorzunehmen, wurde ignoriert. Antonio packt das Teil und lässt den Inhalt in einen kleinen Kanal laufen. Die olfaktorische Belästigung ist das kleinere Übel, die Chemikalien machen wirklich einen guten Job. Es ist mehr mein inneres Unwohlsein eines Menschen, der im Leben immer alles korrekt machen möchte. Da hab ich ja mit einem Italiener genau das richtige Los gezogen, könnte man meinen, aber vielleicht hat das Universum ihn mir geschickt, um meinen Horizont etwas zu erweitern. Was, wenn uns jemand sieht?

Bevor ich meine Bedenken vorgebracht habe, hat Antonio die Teile schon wieder zusammengepackt und verstaut. Wir haben sie ohnehin nur in Notfällen benutzt. Auf der Rückfahrt wird der ganze Raum um die Toilette herum ebenfalls als Stauraum verwendet.

Auf der Autobahn Richtung Norden schenkt uns die Natur noch einen traumhaften Sonnenuntergang zum Abschied. Bei so viel Romantik beginnen die ersten Tränen zu kullern. Doch das Weinen hält mich auch nicht wirklich wach. Ich fahre einen Rastplatz für einen Powernap an. Viel Spielraum haben wir nicht für die 900 Kilometer. Spätestens um 10 Uhr morgens muss der Wagen beim Vermieter stehen, frisch betankt, ausgeladen und besenrein. Mit der Frage, wie das ganze Gepäck in meinen kleinen MiTo passen soll, belaste ich mich jetzt noch nicht. Ich lerne gerade den italienischen Way of Life. Irgendwie geht es immer.

Nach dem Schläfchen holen wir uns einen Espresso und sind nicht die Einzigen mit dieser Idee. Von allen Seiten wird der Tresen von Reisenden belagert, denn die Italiener sind nicht ganz so berühmt für ihr Anstellen wie die Engländer. Einige scheinen unzufrieden mit der Reihenfolge, in der die einzige Thekenkraft die Wartenden bedient. Antonio ist einer davon. Er wird immer lauter mit seinen Beschwerden und ich bin unschlüssig – soll ich versuchen, ihn zu beruhigen, oder mich noch mal auf der Toilette verschanzen, für den Fall, dass es eine Rauferei gibt?

Es geht – meine Bedenken waren wieder einmal überflüssig – ohne Handgreiflichkeit ab. Wir trinken unseren Espresso und fahren weiter. Kaum sitze ich wieder am Steuer, beginnen die Tränen, wieder zu laufen. Die kleine Szene in der Raststätte hatte keinerlei Einfluss auf meine Gefühle. Die Vorstellung, wieder in meinen Alltag zurückzukehren, wo wir uns immer nur ein paar Minuten, vielleicht Stunden stehlen, erscheint mir unerträglicher mit jedem Kilometer, den wir uns Liezen nähern.

Noch mehr als die Vorstellung von einem Leben mit diesem Mann auf dem Beifahrersitz liebe ich meine Kinder. Daher ist die Rückkehr in diesen Alltag unausweichlich. Bis auf Weiteres.

Als ich mich zu Hause von meinem Trennungsschock erholt habe, schwebe ich wie auf Wolken. Ich treffe meinen WG-Partner-Ehemann im Garten, als ich die Wäsche aufhänge, und schwärme ihm von dem Urlaub vor. Das kleine Detail meines Reisebegleiters lasse ich diskret aus. Ich schildere detailliert den VW-Bus und die herrlichen Strandplätze und erwecke den Eindruck, als sei ich allein da gewesen.

Danach sitze ich bei Antonio im Lokal. Wir trinken Kaffee an unserem Stammplatz. Dieses kleine Ritual ist von einer Innigkeit, die ich mit meinem Noch-Ehemann selbst bei ausgiebigen gemeinsamen Essen nicht kannte. Zehn Minuten, die die Welt verändern. Zumindest meine kleine Welt.

Er hat sich nach der Reise noch nicht rasiert, trägt noch seinen verwegenen Abenteurerbart, der einen Hauch von Urlaub nachklingen lässt. Erst am Dienstag wird er wieder die ersten Gäste empfangen und in sein gepflegtes Gastgeberoutfit schlüpfen.

Ich versuche, mit möglichst einfachen Worten mein Dilemma zu erklären. »Ich habe ein Angebot in der Arbeit. Ich könnte in eine andere Abteilung wechseln.

Aber dafür müsste ich mehr arbeiten. Dann habe ich am Freitag nicht mehr frei.«

Schon seit Längerem ringe ich mit dieser Entscheidung. Vor meinem Urlaub wurde ich darauf angesprochen, dass möglicherweise eine halbe Stelle in der IT-Abteilung frei wird, und im Urlaub hat mich dann die SMS des IT-Leiters erreicht.

Antonio sieht mich lange an, legt wieder die Hand an meine Wange. »Wir finden unsere Zeit.«

Mit der ihm eigenen Leichtigkeit geht er über Probleme hinweg, als existierten sie gar nicht. Ich hingegen stelle bereits sekundengenaue Berechnungen an, wann ich wo sein würde, wie genau ich mein Leben zwischen Arbeit, Kindern und Liebe zerteilen würde. Aber wenn Antonio so zuversichtlich ist, dann wird das schon irgendwie klappen. Und die Kinder werden auch größer. Sarah wird im September ihr Auslandstrimester in Kanada beginnen. Die Nestflucht setzt langsam ein.

Vor der Nestflucht glucken wir aber noch einmal auf seltsame Weise als Familie in einem noch engeren Nest zusammen.

FAMILIENURLAUB DER ANDEREN ART
UND DER ERSTE FLUGVERSUCH EINES KÜKENS

Sarah wünscht sich eine Reise nach England. Zu viert. So wie wir zu Hause als WG zusammenleben, werden wir auch auf Reisen gehen. Quasi von der Wohngemeinschaft zur Reisegemeinschaft, eine RG also – mit einem kleinen, aber feinen Unterschied. In unserem heimatlichen Domizil schläft jedes WG-Mitglied in einem eigenen Zimmer. Spätestens nach einem Blick auf die englischen Unterkunftspreise steht jedoch fest, dass wir das dort anders handhaben werden. Auf der Rundreise durch Südengland werden jeweils zwei Zimmer gebucht. Man hätte diese auch nach Geschlechtern aufteilen können, aber Sarah schläft ja so gern mit ihrem Bruder in einem Zimmer. Somit steht es fest, ohne dass wir jemals darüber gesprochen hätten. Martin und ich werden uns für zwei Wochen ein Zimmer teilen. Und nicht nur das. In den meisten Zimmern stehen keine Einzelbetten. So detailliert habe ich darüber mit Antonio vor der Reise nicht gesprochen. Ich habe ihm nur erzählt, dass ich mit der Familie nach England fahre. Das blieb von ihm unkommentiert, wie so vieles.

Am Abend vor der Abreise gehen wir als Familie fein essen. Die Tatsache, dass Martin als Urlaubsauftakt ein Diner bei Antonio springen lässt, zeigt, dass meine

Geheimhaltungsstrategie erfolgreich war. Irgendetwas in mir wehrt sich dagegen, die Identität meines Liebhabers preiszugeben. Der Grund dafür erschließt sich mir selbst nicht. Ich habe allerdings auch noch nicht darüber nachgedacht, folge eher einem Instinkt.

Nach dem Essen verzieht sich jedes Familienmitglied zu Hause schnell ins Bett, denn morgen müssen wir früh raus zum Flughafen. Ich hingegen fröne weiterhin meinem Leben im Schlafentzug. Die ständige Übermüdung erzeugt manchmal eine Art von rauschähnlichem Zustand, ganz angenehm eigentlich, wenn weder komplizierte Arbeiten zu verrichten noch schwierige Entscheidungen zu treffen sind. Und das wird morgen definitiv nicht der Fall sein. Leicht sediert wird dieser Urlaub wesentlich angenehmer sein.

Ich schleiche also im Dunkeln durch den Garten zum Fahrradschuppen und versuche, möglichst leise das Schloss zu öffnen. Mit dem Mountainbike gleite ich durch die laue Augustnacht nach Bad Eichenfels hinunter. Antonio steht rauchend vor seinem Lokal, den leichten Pulli lässig über den Schultern drapiert. Arm im Arm gehen wir zu seiner Wohnung. Zu nächtlicher Stunde wagen wir das sogar in Bad Eichenfels.

Rechtzeitig vor dem Aufbruch zum Flughafen bin ich wieder zu Hause. Die getankte Zärtlichkeit muss mich jetzt durch zwei Wochen Reisegemeinschaft tragen. Auf der Reise darf ich es mir wieder in meiner alten Rolle bequem machen. Martin kümmert sich um alles, ich trotte hinterher. Im Leihwagen nehme ich automatisch auf der Beifahrerseite – diesmal links – Platz. Das wird sich auch in den nächsten zwei Wochen nicht ändern. Während ich in angenehmen Gedanken an die vorige Nacht schwelge, nicke ich auf der Fahrt von Stansted nach Southampton sogar ein wenig ein. Herrlich ist das. Während wir auf die Fähre zur Isle of Wight warten, habe ich Gelegenheit, nach einem trinkbaren Kaffee zu suchen. Das wird in den kommenden zwei Wochen meine Hauptbeschäftigung sein. Noch bin ich schlecht vorbereitet auf diese Mission. Ich suche einfach planlos und lande bei einem Laden der Kette Costa.

Die Verbindung zu Antonio über mein Handy ist meine Nabelschnur, die mich nährt. Ständig trage ich es in der Hosentasche, lauere auf den schrecklichen SMS-Ton, in der Hoffnung auf die romantischen Worte, die mich durch diesen Urlaub bringen. Einmal ruft er sogar an. Ich lasse mich auf dem Spaziergang zurückfallen, um ein paar Worte mit ihm wechseln zu können, seine Stimme zu hören. Er ist gerade mit alten Kumpels in Ascoli mit dem Fahrrad unterwegs und auch nicht in Plauderstimmung. Er wollte mir nur sagen, dass er mich liebt. Und dass ich ihn nicht vergessen soll. »Ti amo. Non dimenticarmi.«

Wie könnte ich ihn vergessen, obwohl ich den Gedanken an ihn ehrlicherweise manchmal ein wenig in den Hintergrund schiebe – schieben muss. Aber das erwähne ich natürlich nicht. Ich wüsste auch gar nicht, was das auf Italienisch heißt, und dann wäre sicher gleich das Guthaben aufgebraucht.

Dann nämlich, wenn die Kinder abends im Bett sind und ich mit Martin noch bei einem Bier zusammensitze. Dann wird die Nabelschnur irgendwie dünner, brüchiger, lässt nicht ganz so viel Leben spendende Liebe hindurch, wie ich jetzt brauchen würde, damit sie einen Schutzschild um mich herum bildet. Damit ich mich nicht wieder meinem Noch-Ehemann öffne. Damit ich meine Selbstachtung behalten kann oder wenigstens das, was davon übrig ist. Damit sich nicht plötzlich dieses Gespenst im Pub breitmacht, dieses Gespenst vom Gedanken an eine mögliche Wiedervereinigung.

Leider kann ich sowohl den Gedanken als auch die wieder aufkeimenden Gefühle nicht ganz von mir schieben. Aber bei den Gefühlen kann ich unmöglich unterscheiden, ob sie für Martin als Mann aufkeimen oder ob es sich nur um den alten Wunsch nach einer heilen Familie handelt, dessen Erfüllung ich jetzt näher rücken sehe.

Eines Nachts, als Martin einen Annäherungsversuch macht, weise ich ihn nicht ab. Die Begegnung ist völlig unspektakulär. Martins Qualitäten haben sich nicht analog zu meinen Ansprüchen gesteigert.

Am nächsten Abend zählt Martin beim Bier im Pub die Eckpfeiler seines neuen Lebens auf. »Du müsstest auf Berge laufen, du müsstest wakeboarden, du müsstest Motorrad fahren.« Anstatt ihm das Bier über den Kopf zu schütten ob so viel Arroganz (oder mir selbst ob so viel Dummheit, weil ich immer noch auf Liebe und Anerkennung von ihm hoffe), schweige ich.

Ob es wohl Menschen mit zwei Nabelschnüren gibt?

—

»Hast du die Liebe mit Martino gemacht?«, fragt Antonio, als ich wieder zurück bei ihm im Lokal bin.

Wenn ich nur besser lügen könnte … »Ja, habe ich.«

Ich suche in LEO nach dem Wort für »Prostituierte«. Möchte ihm erklären, dass ich das als Preis für den Familienfrieden getan habe.

»Sono una … una …« Puttana vielleicht? Das sagt er immer beim Fluchen, das passt vielleicht nicht so gut.

Antonio steht in der Küche und entfernt gerade den Darm aus einer Garnele. Das fordert seine volle Konzentration, ich habe keine Eile mit meiner Antwort und suche weiter nach der passenden Vokabel.

»Sono una prostituta.« Das klingt noch am zivilisiertesten. Aber drückt es auch aus, was ich fühle? Weiß ich überhaupt, was ich fühle? Oder was ich fühlen will?

Plötzlich tut es mir unendlich leid, Antonio so verletzt zu haben. Für eine völlig überflüssige Bettgeschichte. Obwohl ich das zu dem Zeitpunkt nicht wusste, mir meiner Gefühle nicht sicher war. Das hätte ich mir wirklich sparen können. Und wenn schon so ein Ausrutscher passiert, dann hätte ich ihn wenigstens nicht beichten müssen. Wofür habe ich denn schließlich schwindeln und lügen gelernt während meiner Affäre, wenn mich diese neuen Skills im entscheidenden Moment so im Stich lassen?

Seelenruhig befreit Antonio weitere Garnelen von ihren Gedärmen. Was für eine passende Arbeit für dieses Gespräch. Nur seine versteinerte Miene lässt auf seine Gefühlslage schließen.

Nachdem er mit den Vorbereitungen für das Abendessen fertig ist, bekomme ich doch noch meinen Kaffee. Wir trinken ihn an unseren Stammplätzen.

»Ich habe immer gesagt, du gehen zurück zu Martino.«

»Nein, das werde ich ganz sicher nicht tun. Dieser Urlaub war nur für Sarah. Sie fährt nächste Woche nach Kanada.«

Wir wollen beide daran glauben, dass unsere Liebe eine Zukunft hat. Sarah wird nur drei Monate in Kanada bleiben, aber immerhin – die Nestflucht beginnt, bald werde ich frei sein. Diesen Glauben an unsere Liebe besiegeln wir nach dem Kaffee in Antonios Wohnung. Ich bin wieder glücklich. Alles wird gut.

Wieder ist die Reisegemeinschaft unterwegs, diesmal nur nach München, um Sarah zum Flughafen zu bringen. Sie fliegt allein nach Frankfurt und trifft dort auf ein paar andere Austauschschüler der Agentur, mit denen sie gemeinsam nach Vancouver fliegt. Das letzte Stück nach Vancouver Island legt sie allein zurück und wird dort von ihrer Host-Family in Empfang genommen. Eine aufregende Reise für eine Vierzehnjährige. Wie sehr hätte ich mir als Teenager gewünscht, in Amerika zur Schule zu gehen. Ich kannte diese Austauschgeschichten nur aus Büchern und Filmen. Sarah wird jetzt meinen Traum erfüllen. Allerdings ist der Traum für uns alle auch ein wenig beängstigend. Wir Eltern haben uns schon im Vorfeld Sorgen darüber gemacht, wo sie denn landen würde. Eine minderjährige Tochter in die Obhut fremder Leute jenseits des Großen Teiches zu geben, weckte schon ein mulmiges Gefühl. Wenigstens in unserer Elternrolle zeigen Martin und ich noch Einigkeit. Er hat einen Jugendfreund aus Seattle gefragt, ob er als Notfallkontakt für Sarah zur Verfügung stehen könne. Seattle ist nicht ganz so weit entfernt von Vancouver Island wie Deutschland.

Im Augenblick macht Sarah einen leicht verunsicherten Eindruck, daher versuche ich jetzt, Optimismus zu versprühen. Ich bin noch ganz erfüllt von der Versöhnung mit Antonio, schwebe auf Wolke sieben durch das Abflugterminal, somit fällt mir der Abschied trotz aller Sorge um meine Tochter nicht so schwer. Die Liebe, die durch die reparierte Nabelschnur fließt, mildert den Abnabelungsschmerz von der anderen Liebe, der Mutterliebe. Ich glaube sogar, ein kleines Tränchen an Martins Auge glänzen zu sehen, als er sich vor der Handgepäckkontrolle von seiner Tochter verabschiedet – vielleicht ist er ja doch ein Mensch?

ASCOLI BEGINNT ZU BRÖCKELN

Ein knappes Jahr nach dem ersten gemeinsamen Ausflug begleite ich Antonio wieder auf Einkaufstour nach Ascoli. Sarah ist seit über einem Monat in Kanada und hat sich gut eingelebt. Wir telefonieren häufig über Skype, meist um 4 Uhr morgens herum, weil es ihr nur da gut passt zwischen Schule inklusive Nachmittagsaktivitäten, Hausaufgaben und Abendessen mit der Familie. Mein penetranter SMS-Ton, der mich sonst aus dem Schlaf gerissen hat, um italienische Liebeserklärungen zu empfangen oder aus der Rückentasche des Fahrradtrikots Trainingsrouten durchzugeben, kündigt jetzt ein Telefonat an. Wie gut, dass ich mich im letzten Jahr schon an mein schlafloses Leben gewöhnt habe.

Die nächtlichen Ausflüge zu Antonio werden seltener. Sie wurden durch die nächtlichen Telefonate mit Sarah ersetzt. Dafür haben wir jetzt drei Tage miteinander. Antonio hat angekündigt, mit mir in Italien tanzen zu gehen, und voller Vorfreude habe ich überlegt, was ich dafür einpacken soll. Zu Hause hatte ich die Tanzoutfits lange nicht getragen. Während der Rennradsaison wird nicht getanzt, denn ein Training am Sonntagvormittag verträgt sich schlecht mit einer durchfeierten Nacht davor. Seit über einem Monat sind die Rennräder zwar eingewintert, aber irgendwie ist kein Schwung mehr in die Sache gekommen, es kam immer etwas dazwischen. Oder wir waren nicht in Stimmung, wenn ich Antonio nach der Verabschiedung des letzten Gastes abholen wollte. Antonio war oft müde und wir fuhren zu ihm in die Wohnung statt in den Klub.

Dieses Abholen ist und bleibt eine spannende Sache.

»Ho finito«, lautet meist die SMS, die mein Signal zum Aufbruch ist. Mit »Ich habe fertig« will Antonio mir signalisieren, dass die Gäste gegangen sind. Allerdings ist diese Aussage ungefähr so konkret wie seine Ortsangabe, er fahre gerade an Bologna vorbei. Manchmal kommt er mir bereits in Jacke oder Mantel am Eingang entgegen. Manchmal sehe ich durch die Vorhänge noch Gäste im Lokal sitzen. Dann drehe ich eine kurze Runde durch die menschenleere Fußgängerzone. Wenn das Lokal auf dem Rückweg immer noch nicht leer ist, entscheide ich mich je nach Wetterlage für eine weitere Runde zu Fuß oder eine mit dem Auto, wo ich immerhin warm und trocken warten kann. Mein CO2-Abdruck war auch schon mal kleiner.

Jetzt schnurren wir im MiTo durch die Dunkelheit auf der Autobahn dahin, der alte Audi wird geschont. Mittlerweile arbeite ich freitags und wir sind erst gegen 14 Uhr nachmittags losgekommen. Vor elf würden wir nicht in Ascoli sein. Antonio schlägt daher ein Abendessen in einer Autobahnraststätte vor. Wie romantisch. Wo sind die Zeiten geblieben, als ich ärgerlich unken, sogar einen Streit vom Zaun brechen konnte, dass wir so spät nicht mal in Italien etwas zu essen finden würden, nur um dann in Ostuni mit hervorragenden Orecchiette alla Barese verwöhnt zu werden?

Man kann sich in italienischen Autobahnraststätten im Gegensatz zu deutschen durchaus annehmbar verköstigen lassen, aber es mag keine rechte Stimmung aufkommen zwischen uns, als wir uns in der Raststätte Foglia kurz hinter San Marino an einem braunen Resopal-Tisch gegenübersitzen. Die Weinbegleitung verbietet sich von selbst.

Wie aufgeregt war ich bei meiner ersten Fahrt an San Marino vorbei. Dabei hat man von der Autobahn aus nicht viel mehr gesehen als ein paar Felsen. San Marino – das hatte für mich einen exotischen Klang. Ich war eine Reisende im Herzen, vielleicht habe ich mich deswegen auch in Antonio verliebt.

Diesmal ist San Marino nicht mehr als ein Schild auf der Autobahn.

Luciana erwartet uns an der Ortseinfahrt von Ascoli und wir folgen ihrem Auto bis zu einem unscheinbaren Haus in einer Siedlung am Stadtrand. Im romantischen Altstadt-B-&-B ist kein Zimmer mehr frei gewesen. Für die erste Nacht würden wir im Haus ihrer Schwester im Speckgürtel von Ascoli ein freies Schlafzimmer beziehen. Für mich dauert die Nacht ohnehin nur ein paar Stunden, denn um 4 Uhr reißt mich der SMS-Ton meines Handys aus dem Schlaf. Antonio liegt auf dem Rücken und schnarcht. Ich verziehe mich mit dem Handy ins Badezimmer und skype ausgiebig mit meiner Tochter. Durch das kleine Badezimmerfenster zeige ich ihr den Blick auf die Hügel. Ich sei mit meiner Freundin in den Marken, erzähle ich ihr.

Als ich zurück ins Schlafzimmer komme, liegt Antonio immer noch auf dem Rücken. Allerdings ist er jetzt wach und hält seinen erigierten Penis in der Hand. Ich weiß nicht so recht, was ich von der Situation halten soll. Will er mir damit sagen, dass es zu wenig Sex gibt zwischen uns? Oder möchte er jetzt sofort welchen haben? Für mich ist der Anblick eher verwirrend als antörnend.

Antonio scheint meinen fragenden Blick bemerkt zu haben. »Ist meine Freund.«

Vielleicht fühle ich mich auch nur zu Sex genötigt wie in meiner Ehe, ich überbewerte die Situation und es könnte eigentlich ein Auftakt zu einem schönen morgendlichen Schäferstündchen sein. Eigentlich. Uneigentlich aber fange ich an, meine Sachen zusammenzupacken.

»Wir müssen bald raus hier«, erkläre ich meine Betriebsamkeit.

Antonio sieht mich an, seine Augen verengen sich fast unmerklich, die Miene wirkt versteinert. Dann springt er mit einem Satz aus dem Bett und beginnt, ebenfalls zu packen. Die Spannung zwischen uns wurde mit dieser Szene ein wenig höher gedreht.

Diesmal begleite ich Antonio weder zum Winzer noch zum Trüffel- oder Ölhändler. Stattdessen gehe ich viel in den umliegenden Hügeln spazieren. Zumindest einmal möchte ich gern das Meer sehen, bitte ich Antonio. Wir versuchen, den Ausflug zwischen den Einkäufen einzubauen. Dieser wird aber umfunktioniert zu einem abendlichen Besuch bei Massimo in Grottammare zum Essen.

»Du wolle unbedingt ans Meer.« Antonio klingt ungehalten, so wie er meine Bitte wiederholt.

Als wir bei Massimo sitzen, taut er wenigstens auf. Die beiden tauschen Erinnerungen aus der Jugendzeit aus. Ich freue mich, Antonio zum ersten Mal auf der Reise lachen zu sehen. Massimo versucht, mich immer wieder auf Englisch ins Gespräch mit einzubeziehen.

Ich freue mich in erster Linie darauf, danach mit Antonio in Grottammare tanzen zu gehen, wie er es versprochen hat. Als Antonio das Auto aus dem Wohngebiet hinaus und auf die Schnellstraße nach Ascoli lenkt, stelle ich fest, dass das heute wohl nicht mehr auf der Tagesordnung steht. Ich kommentiere nicht die Divergenz zwischen unseren Plänen und der Wirklichkeit. Vielleicht war es ja auch nicht versprochen, sondern nur in Aussicht gestellt. Die Szene mit dem Ausflug zum Meer hat meinen Bedarf an Konfliktpotenzial für heute gedeckt.

Im winzigen Badezimmer unserer Unterkunft binde ich mir meine Locken zusammen, um mein Gesicht zu reinigen. Seit meiner Trennung habe ich mein Haar wachsen lassen. Der ureigenste Trieb einer Frau, auf ein traumatisches Beziehungsereignis auch ein Frisurenereignis folgen zu lassen, erfasste damals auch mich. Da ich bis dahin mein Haar kurz getragen hatte, war mit der Schere nicht viel Spielraum. Farbe kam auch nicht infrage. Meine bisherigen Experimente hatten mich gelehrt, dass mir alles außer der Naturfarbe nicht steht – und wer will sich in so einer Lebenslage schon unattraktiver machen? Das Wachsenlassen von Haaren ist ja nun kein sehr demonstratives Statement mit plötzlicher Wirkung, aber über ein Jahr danach reicht der schwarze Wuschel auf meinem Kopf schon für einen kleinen Pferdeschwanz.

Beim Betreten des Schlafzimmers ziehe ich das Haargummi ab und schüttle die Locken kurz durch. Antonio tritt zu mir heran und fährt mir mit beiden Händen durchs Haar. Ich halte es für eine liebevolle Geste. Endlich.

»Hast du schon mal probiere mit glatte Haare?«

Es dauert ein wenig, bis der akustische Reiz vom Ohr ins Hirn übertragen wird, und dann noch ein wenig, bis das Hirn seine Bedeutung erfasst, ihn in Wut umwandelt und selbige in den Bauchraum, die Brust, was auch immer der richtige Zielort dafür sein mag, schickt.

»Du willst mich nicht so, wie ich bin.« Mit der Wahl meiner Lautstärke verschwende ich keinen Gedanken an die anderen Gäste hinter den hellhörigen Wänden. »Du willst jemand ganz anderen«, schreie ich.

»Tesoro, das ist wie mit eine Jeans. Manchmal probiere man auch eine andere und schaue, ob passt.« Antonio versucht noch, beruhigend auf mich einzureden, aber er hat keine Chance mehr. Mein Wutknopf ist gedrückt.

Unverschämtheit! Jetzt vergleicht er mein Haar mit einer Jeans! In diese steige ich jetzt wieder. Ich ziehe mich an und suche den Autoschlüssel, während ich mich immer weiter in meine Wut hineinsteigere. »Ich fahre jetzt nach Hause und du kannst dein ganzes Zeug mit dem Zug heimbringen.«

Die Drohung ist nicht sehr wohlüberlegt: Dazu müsste ich das ganze Auto erst einmal ausräumen. Vielleicht würde das meine Wut besänftigen. Vielleicht tut es aber vorerst auch ein Spaziergang. Ich suche nach meiner Jacke, knalle effektvoll die Tür zu, stürme die enge Treppe hinunter und trete durch die Haustür ins Freie. Meine Schritte lenken mich automatisch nach links in Richtung Zentrum.

An der Piazza Arringo halte ich zum ersten Mal an dem Brunnen mit den zwei Fabelwesen, eine Mischung aus Pferd mit dem Schwanz einer Eidechse. Hier sind die Fotos für das Weihnachtsgeschenk entstanden. Stumm verabschiede ich mich von den Skulpturen. Sie sagen auch nichts zu mir. Ich gehe weiter zur Piazza del Popolo. Wieder bin ich ergriffen von der Schönheit des Platzes mit seinen Arkaden, dem Caffè Meletti (wie schön war es doch, hier mit Antonio den Kaffee zu trinken), der Kirche (wie schön war die Diskussion mit Antonio, aus welcher Perspektive die Kirche fotografiert werden müsse) und dem ehrwürdigen Palazzo dei Capitani del Popolo mit seinem Turm und seiner mächtigen Uhr. Es wird Stunden dauern, mich von jeder Sehenswürdigkeit zu verabschieden.

Nach der Piazza del Popolo bin ich bereits müde, habe mich abgeregt und gehe wieder ins B & B zurück. Antonio schläft. Wenigstens müssen wir uns heute nicht mehr unterhalten. Ich gebe mich für den Rest der Nacht wieder der Schlaflosigkeit hin. Sarah ruft heute auch nicht an.

Auf der Rückfahrt mache ich das, was ich schon bei unserer letzten Fahrt von Italien nach Hause im Juni gemacht habe – ich weine, allerdings diesmal auf dem Beifahrersitz. Während der Toilettenpause stehe ich stumm neben Antonio am Straßenrand, bis er ausgeraucht hat.

»Gut ist morgen Montag«, sagt er irgendwo bei Bologna.

»Warum?« Endlich kommt eine Konversation in Gang.

»Habe die Friseure zu.«

Zu Hause kaufe ich weiterhin für Antonio ein, trinke in seinem Lokal Kaffee, lasse mich bekochen und ab und zu lieben wir uns in seiner Wohnung. Aber irgendwie ist es nicht mehr wie früher.

BESUCH BEIM KÜKEN

Ende November reise ich nach Kanada, um dort eine Woche mit Sarah zu verbringen.

Sie holt mich am Flughafen Vancouver ab und es fühlt sich auf eine sehr seltsame Weise wunderschön an, mit einer erwachsen wirkenden vierzehnjährigen Tochter auf Reisen zu sein. Obwohl wir intensiven Kontakt über Skype gehalten haben, ist mir diese Veränderung entgangen. Wir verbringen drei Tage im Fairmont Waterfront in Vancouver. Anlässlich dieses Besuches habe ich es richtig krachen lassen. Allerdings scheint es um diese Jahreszeit auch nicht sehr beliebt zu sein. Wir bekommen sogar ein kostenloses Upgrade und genießen von den bodentiefen Fenstern aus einem der obersten Stockwerke die grandiose Aussicht auf die Bucht.

Am dritten Tag hole ich einen kleinen Mietwagen am Flughafen und wir setzen mit der Fähre nach Vancouver Island über. Sarahs Host-Family empfängt uns mit einem reichhaltigen Diner. Steven grillt auf der Terrasse Lachs. Offensichtlich haben die Kanadier ein anderes Temperaturempfinden und machen das auch im Winter. Währenddessen deckt Sarahs Gastmutter Andrea den Tisch und bringt den Salat, Ashley führt mir ihre Tanzkünste vor, Nolan gibt mir ein wenig schüchtern die Hand und Rosie kaut an meinen Schuhen, die ich im Vorraum ausgezogen habe: Ich werde instruiert, dass auch Schuhe von Gästen hier immer im Schrank verstaut werden, um sie vor dem Zugriff des Golden Retrievers zu schützen.

Sarah hat es hier wirklich gut getroffen. All unsere Ängste und Sorgen waren unbegründet. Hier in der Familie lebt sie behüteter als zu Hause und ich fühle mich wieder schlecht, weil ich keine wirklich heile Familie bieten kann, sondern nur ein Abbild derselben. Zum gegenseitigen Kennenlernen mit der Host-Family vor Sarahs Abreise haben wir Familienfotos ausgetauscht. Wir bekamen ein Bild der fröhlichen kanadischen Familie inklusive Hund. Ich war unter Zugzwang. Im Fundus fand sich kein einigermaßen aktuelles Bild von uns vieren, also musste eines aufgenommen werden. Wir stellten uns nebeneinander im Garten auf und wirkten ungefähr so entspannt wie die Protagonisten der alten Schwarz-Weiß-Aufnahmen aus der Jahrhundertwende. Ich fühlte mich sehr seltsam, gemeinsam mit Martin und den Kindern eine Familie darzustellen. Auch hier fühle ich mich seltsam als Abordnung dieser Familie, die es in Wirklichkeit in dieser Form gar nicht gibt.

In der Schule ist Sarah nach anfänglichen Eingewöhnungsschwierigkeiten richtig aufgeblüht. Das kanadische System ist ideal für sie. Hier kann sie sich in jedem Schulfach auf das ihr passende Niveau einstufen lassen. Die Lehrer sehen sich als Dienstleister an den Schülern und versuchen, sie bestmöglich zu fördern. In Mathematik wurde sie zwei Jahre hochgestuft und darf jetzt an »Precalc« teilnehmen, eine naturwissenschaftliche Vorbereitung für die Uni. Der Lehrer hat ihr sogar das Buch für zu Hause geschenkt. Natürlich hat das System auch seine Schattenseiten: Weniger wissbegierige Schüler können sich hier gut durchschummeln und mit einem Mindestmaß an Wissen die Schule verlassen. Für Sarah ist es jedoch schlichtweg ideal. Ich frage sie, ob sie sich vorstellen könne, bis zum Abi in Kanada zu bleiben. Das würde mein Mutterherz schwer strapazieren, aber andererseits ist ein Mutterherz immer dann am glücklichsten, wenn die Kinder glücklich sind. Finanziell würden wir das schon irgendwie stemmen. Sarah aber vermisst ihren Bruder und will nach Hause. Schon in den Telefonaten schwang manchmal Heimweh mit und so verwerfen wir gemeinsam den Gedanken.

Wir fliegen getrennt zurück. Ich verstaue einen Teil ihres Gepäcks in meinem halb leeren Koffer, mit dem ich gekommen bin, und fliege mit KLM nach Amsterdam, von wo aus ich nach einigen Stunden Aufenthalt am Abend nach München weiterreisen werde. Sarah kommt mit dem von der Agentur gebuchten Lufthansa-Flug. Wir treffen uns zu Hause.

Wenn ich einen Flug buche, konzentriere ich mich immer auf den Preis. Die Reisedauer übersehe ich gekonnt. Wenn ich dann stundenlang an einem Flughafen herumhänge, schwöre ich mir jedes Mal, es bei der nächsten Buchung anders zu machen. Bisher erfolglos.

In Amsterdam empfinde ich den Aufenthalt nicht so schlimm. Mit der S-Bahn bin ich schnell im Zentrum und streife durch die Stadt. Eine nette Gelegenheit zur Besichtigung, ohne extra einen Urlaub in Amsterdam buchen zu müssen.

Auch leicht übermüdet nach dem Nachtflug kann ich das genießen. Das Wetter ist für diese Jahreszeit ideal. Ich schrecke zurück, weil ich mich gedankenverloren auf einen Radweg verirrt habe, als gleich nach einer Fahrradglocke mein Handy bimmelt. Martin wünscht mir einen schönen Aufenthalt und eine gute Heimreise. Ich warte und warte und warte, bummle jetzt nicht mehr ganz so gedankenverloren durch die Straßen. Von Antonio kommt nichts.

DAS KÜKEN IST ZURÜCK IM NEST

Die Tür des Lokals zur Schachtstraße hin steht offen, ein Hauch von Frühling weht herein. Nach der Arbeit habe ich kurz bei Antonio hereingeschaut, um ein wenig Zärtlichkeit zu tanken.

»Esse mit mir? Ich habe die Spaghetti vongole gemacht.«

»Ich kann nicht, Sarah möchte heute mit mir essen.«

»Wann hast du Zeit für uns?« Er wirkt enttäuscht.

Ich habe ein schlechtes Gewissen, ihn so oft hinzuhalten. Schweren Herzens verabschiede ich mich und gehe zur Tür.

»Tesoro?«

Ich drehe mich um, als ich meinen Kosenamen höre.

»Hai dimenticato qualcosa?« Hast du etwas vergessen, fragt er mit einem Lächeln.

Ich gehe zurück zum Tresen, wir versinken in einem langen Kuss. Ich werde wieder zu spät kommen, aber das ist es wert. Ich bin so glücklich, Antonio zu haben. Er ist für mich da, wenn ich ihn brauche – meistens jedenfalls –, und lässt den Kindern immer wie selbstverständlich den Vortritt. Weil ich eine wunderschöne Mama bin, wie er es ausdrückt.

Sarah wartet schon im Park, als ich komme. Wir besorgen uns Döner und setzen uns auf eine Bank.

»Wie war es in der Schule?«

»Schon o. k.«

Es tut mir weh, mein Kind so bedrückt zu sehen. Wo ist die selbstbewusste junge Dame aus Kanada geblieben? Ist sie vielleicht noch dort? Mit der Seele jedenfalls – vielleicht muss ihr Körper dann auch wieder dorthin zurückkehren, damit die beiden wieder vereint sind? Mit leiser Besorgnis habe ich in den Monaten seit ihrer Rückkehr die Metamorphose von der selbstständigen jungen Dame aus Kanada zu einem anhänglichen Teenager verfolgt.

»Ich hab jetzt den ganzen versäumten Stoff nachgeholt. Heut hab ich in Chemie eine Eins bekommen.« Trotz dieser guten Nachricht wirkt Sarah bedrückt.

»Das ist ja super, gratuliere!« Ich versuche, Optimismus zu versprühen.

»Dafür ist es jetzt halt wieder langweilig.« Sarah hypnotisiert abwechselnd ihren Döner und die Kieselsteine auf dem Boden.

»Ja, das verstehe ich. Und wenn du vielleicht doch in Kanada Abi machst? Ich rede mit Papa – finanziell kriegen wir das schon irgendwie hin.«

»Nein, ich will nicht. Hab ich doch schon gesagt.« Sarah klingt etwas ungehalten, weil ich schon wieder mit dem Thema komme.

Man kann sein Kind ja nicht zwingen, mit fünfzehn von zu Hause auszuziehen, auch wenn man es selbst für das Beste hält. Und das hat jetzt wirklich nichts mit meinen privaten Freiräumen zu tun.

Eine Zeit lang herrscht Schweigen zwischen uns, dann wage ich einen weiteren Vorstoß. »Was hältst du

davon, wenn wir eine Austauschschülerin zu Hause aufnehmen? Platz haben wir ja genug. Ich brauche mein
Arbeitszimmer eigentlich eh nicht.«

»Ich möchte es niemandem zumuten, in einem
solchen Klima zu leben wie bei uns zu Hause.«

Das sitzt. Mein Mutterherz blutet. Ich habe ausreichend Anlass, mich schlecht zu fühlen, eine meiner
Hauptbeschäftigungen. Was bin ich nur für eine Raben-
mutter? Ich kämpfe um gemeinsame Zeit mit meinem
Liebhaber, während meine Tochter leidet. Ich kämpfe an
allen Fronten, und derer gibt es genug in meinem Leben.
An allererster Stelle möchte ich eine gute Mutter sein,
aber was ist das überhaupt? Kann man eine gute Mutter
sein, wenn man das Allerwichtigste im Leben der heran-
wachsenden Kinder, ein stabiles Zuhause, nicht bieten
kann? Mein Selbstanklage-Ich hat gerade wieder die
Oberhand und will mich tiefer und tiefer ziehen.

Kurz bevor ich unten aufschlage, grätscht Selbst-
wert-Ich seitlich herein. Bin ich überhaupt allein schuld
an der Misere? Ich habe wahrscheinlich einen Beitrag
geleistet, aber der Kindsvater, so sehr er sich jetzt be-
mühen mag, als solcher wieder präsent zu sein, hat ganz
entscheidenden Anteil daran.

So schnell gibt Selbstanklage-Ich sich jedoch nicht
geschlagen. Und was ist mit der ganzen Zeit seit
letztem September? Martin wollte die Familie wieder
vereinen, er möchte zurück zu dir und du leistest dir
einen heimlichen Liebhaber? Und als du die Existenz
eines Liebhabers gebeichtet hast, hast du seine Identität

verheimlicht und bist weiterhin gefangen in einem Netz aus Lügen. Wie soll da ein entspanntes Familienleben stattfinden? Mit einem Ehemann auf der Gästecouch und einer Mutter, die zerrissen ist zwischen Arbeit, Little Italy und dem Bild einer Familie?

Ich bringe die beiden zum Schweigen und vertage die innere Diskussion auf später. Inzwischen haben wir unsere Döner aufgegessen. Mit Taschentüchern aus meiner Handtasche wischen wir uns notdürftig die Sauce von den Fingern. Besser, ich verbringe die Zeit mit meiner Tochter als »Quality Time«, wie es so schön heißt.

Und was wäre dafür besser geeignet als gemeinsames Shopping? Dann hat wenigstens Sarah Quality, ich eher Qual, aber es ist eine gute Gelegenheit für Buße, quasi Selbstgeißelung. Als legte ich mir spitze Steinchen in die Schuhe, die mich bei jedem Tritt an meine Fehltritte erinnern, wandle ich hinter meiner Tochter her durch die Regale des Einkaufszentrums.

Sarah hat das Pech, mit einer Mutter ohne Shopping-Gen aufzuwachsen, eine Laune der Natur. Seit dem Kindergartenalter kämpft sie einsam an der Front für Stil und Geschmack, mal mit mehr, mal mit weniger Erfolg. Manchmal fällt auch für mich etwas ab.

»Mama, probier das mal, das steht dir sicher gut.«

Meine Shopping-Aktivitäten beschränken sich bisher eher auf Notfälle, wenn ich für ein Date ein sexy Kleid brauche. Aber vielleicht bin ich ja lernfähig. Und vielleicht hat Antonio ja recht: Vielleicht kann man auch mal etwas Neues probieren. Zum Beispiel glattes Haar.

UMSTYLING

Dafür ist morgen DIE Gelegenheit. Unser kleines Einkaufszentrum veranstaltet ein Event. Styling mit Frisur und Make-up und danach ein Fotoshooting, gesponsert von den teilnehmenden Marken, zu einem Beitrag von 25 Euro.

Auf Anraten der Stylistin lassen wir uns beide das Haar glätten, erst mit dem Föhn, dann mit dem Glätteisen. Danach kommt das sprichwörtliche Erstaunen. Wer ist das denn? Die sieht ja wirklich gut aus! Sieht mir ein bisschen ähnlich, vielleicht habe ich eine Schwester, von der ich bisher nichts wusste?

Die Fotografin ist auch ganz angetan von uns beiden. Wir machen ein paar gemeinsame Fotos und dann jede allein. Ich beginne, mich vor der Kamera wohlzufühlen, und entspanne mich, kann ein echtes Lächeln zeigen. Wir bekommen ein paar ausgedruckte Fotos und eine CD gegen Aufpreis. Den bezahle ich gern, denn die Fotos sind der Knüller. Ich kaufe ein Glätteisen und verlasse mit Sarah das Einkaufszentrum.

Meine Tochter verabredet sich mit Freundinnen zum abendlichen Ausgehen. Dieses Styling schreit danach, ausgeführt zu werden. Ich bin erleichtert – zumindest hat sie Freundinnen, mit denen sie spontan etwas unternehmen kann. Ich möchte auch gern mein Styling ausführen. Vor allem möchte ich mein glattes Haar zeigen, und zwar dem Menschen, der als Erster die Idee dazu hatte, die ich damals so furchtbar verschmäht habe.

Antonio antwortet nicht auf meine SMS. Samstag um 18 Uhr müsste er eigentlich im Lokal mit den letzten Vorbereitungen beschäftigt sein, um seinen Gästen bald einen unvergesslichen Abend zu bereiten. Es ist ja nur um die Ecke, also schaue ich persönlich vorbei. Die Tür ist abgesperrt. Vielleicht kauft er noch ein? Warum hat er nicht Bescheid gesagt, wenn er noch etwas braucht? Vielleicht kann ich ihn ja erreichen, nachdem seine Gäste gegangen sind, und wir machen uns einen schönen Restabend.

Ich setze Sarah später bei einer Freundin ab und spaziere danach noch einmal am Lokal vorbei. Zwei Tische sind mittlerweile besetzt, wie ich durch die Vorhänge erkennen kann. Zu Hause versuche ich, mich abzulenken. Aufräumen, Bügelwäsche, nichts kann meine Aufmerksamkeit ausreichend fesseln. Zwischendurch bewundere ich immer wieder mein fremdes Ich im Spiegel. Noch öfter checke ich mein Handy. Nichts. Um 23 Uhr hole ich Sarah wieder bei ihrer Freundin ab. Jetzt müssten eigentlich schon die letzten Gäste das »Baci e Abbracci« verlassen haben. Ich versuche, mir meine Ungeduld nicht anmerken zu lassen, als ich Sarah zu Hause absetze und mir die Erlebnisse ihres Abends anhöre. Martin schläft schon im Gästezimmer.

Ich muss unbedingt noch einmal los. Vielleicht wollte er mir ja eine SMS schreiben, aber sein Guthaben ist aufgebraucht. Das muss ich dringend wieder aufladen.

Ich spähe vorsichtig und möglichst unauffällig durch die Gardinen. Jetzt ist nur mehr ein Tisch besetzt. Mit dem Rücken zu mir, auf meinem Stammplatz, sitzt eine Frau. Ein dicker blonder Zopf fällt ihr weit über den Rücken. Ihr gegenüber, auf seinem Stammplatz, vermute ich Antonio, aber ich kann nicht viel von ihm sehen, denn er wird von der Dame verdeckt. So ist das also. Ich versuche, mir diverse harmlose Erklärungen auszudenken. Aber welches Recht habe ich eigentlich, von Antonio Treue zu verlangen, während ich mit meinem Ehemann unter einem Dach lebe und mit dem ich Antonio auch schon untreu war? Um den Wirbel von Gefühlen ein wenig zu beruhigen, spaziere ich noch ein wenig durch das menschenleere Bad Eichenfels, bevor ich nach Hause fahre.

Am nächsten Morgen fahre ich zum Bäcker und kaufe zwei Schokocroissants. Ich klingle bei Antonio, keine Antwort. Florian ist auf einem Trainingswochenende und Sarah wird nicht vor Mittag aus ihrem Zimmer kommen. Dem Gästezimmerbewohner bin ich keine Rechenschaft schuldig.

Auch beim Lokal stehe ich vor verschlossener Tür. Bevor ich mich noch weiter zum Affen mache, klemme ich die Tüte mit den Croissants an die Türklinke und fahre nach Hause. Vielleicht mag der Blondzopf ja auch gern Croissants.

POLYAMORIE UND ANDERE KONZEPTE
ZUM GLÜCKLICHSEIN

Das ist es! Vielleicht ist das die Lösung!

Ich sitze im MiTo vor der Schule und warte auf die Kinder. Dabei vertreibe ich mir die Zeit mit der Onlineversion der Zeitung meines Vertrauens. Polyamorie lese ich hier. Vielleicht ist das die Lösung all meiner Probleme? Dabei leben die beteiligten Personen gleichzeitig Liebesbeziehungen mit mehreren Menschen mit dem vollen Wissen und dem Einverständnis aller beteiligten Partner.

Ich lese den Artikel zu Ende. Ein Paar wird vorgestellt, das diese Lebensform gewählt hat. Es handelt sich um ein kinderloses Paar. Der Gedanke setzt sich in meinem Hinterkopf fest.

Ich fahre mit den Kindern nach Hause, koche, esse mit ihnen, kontrolliere Hausaufgaben und spinne den Gedanken weiter. Das hätte schon was. Allein schon wegen des Kochens. Antonio kocht ohnehin mittags für sich und manchmal auch für mich. Wenn da noch zwei Kinder zusätzlich essen, wäre das doch viel effizienter. Und auch netter. So ein Essen zu viert hätte doch was. Wie eine Familie. Also halt mit Papa2 statt mit Papa1. Der ist derweil in der Praxis, um einen wesentlichen Teil des Familienunterhalts zu verdienen. Dafür verbringt er dann mit den Kindern den Abend, während

Papa2 arbeitet. Mama gibt es halt nur eine, die flattert leicht wie ein Schmetterling zwischen den beiden hin und her. Und alle sind glücklich und zufrieden.

Wenn man die Polyamorie fertig denkt, gehört da natürlich auch noch eine Partnerin für Papa2 dazu.

Ich googele noch ein wenig, ob ich auch Artikel über polyamore Familien finde. Da gibt es ja ganz andere Herausforderungen als bei Paaren. Meine Kinder haben den Gedanken an einen neuen Partner an meiner Seite vehement abgelehnt, selbst zu Zeiten, als ihr Vater bei seiner Neuen lebte. Ich kann mir beim besten Willen nicht vorstellen, dass sie mit so einer Konstellation glücklich würden. Jedenfalls nicht glücklicher als jetzt. Und das wünsche ich mir am allermeisten – dass alle glücklich sind: meine Kinder, aber auch ich und auch Antonio. Martin meinetwegen auch, er ist ja immerhin der Papa. Aber irgendwie scheint es dafür keine Lösung zu geben.

Einstweilen vertage ich das Glücklichsein auf später. So fühle ich mich auch: wie in einem Wartezimmer, in dem ich meinen täglichen Verrichtungen nachgehe, bis irgendwann das Leben mit dem Glück beginnt. Zwischendurch werde ich hineingerufen in einen Raum, wo ich Liebe und Zärtlichkeit erfahren darf. Aber die Audienz ist schnell wieder zu Ende und ich muss wieder in meinen Warteraum zurück. Oft geht auch die Tür zu einem anderen Raum auf und ich erfahre glückliche Momente mit meinen Kindern. Dann überkommen mich Zweifel, ob ich nicht besser einfach in diesem Raum bleiben und mich mit dem Glück zufriedengeben sollte, das ich dort finde, anstatt noch ein weiteres Glück in anderen Räumen zu suchen.

Manchmal fragt mich in meinem Warteraum jemand, ob ich verheiratet bin oder einen Partner habe. Dann beginne ich, herumzustottern und nach Erklärungen zu suchen. Bin ich verheiratet? Nun ja, ich habe eine Heiratsurkunde, da steht das drauf. Reicht das, um sich verheiratet zu fühlen? Der Mann, dessen Name auf der Heiratsurkunde steht, wohnt sogar mit mir unter einem Dach. Bin ich damit noch mehr verheiratet? Die nächste Frage ist noch schwieriger zu beantworten: Habe ich einen Partner? Wann hat man einen Partner? Wenn man jemanden liebt, sich von jemandem geliebt fühlt, mit jemandem Sex hat? Oder ist der Partner jemand, der einen im Alltag unterstützt? Das wäre dann doch eher wieder der Typ von der Heiratsurkunde. Oder jemand, mit dem man gemeinsame Unternehmungen teilt? Das wären dann gegebenenfalls beide. Mit Antonio genieße ich das Radfahren, mit Martin und den Kindern fahre ich manchmal gemeinsam zum Skifahren. Ich kann diese Frage also nicht zufriedenstellend beantworten, daher versuche ich, ihr auszuweichen.

ALLES HAT EIN ENDE

»Könne wir fahren später?«

»Wie viel später?«

»Dienstag? Ich habe Montag eine Termin bei avvocato.«

Was hat Antonio jetzt denn wieder angestellt, warum braucht er einen Anwalt?

»Ich kann versuchen, das Zimmer von Samstag bis Montag zu stornieren. Oder vielleicht kannst du anrufen? Unter Italienern geht das wahrscheinlich besser.«

Antonio ruft im Bed and Breakfast in Grottammare an. Soweit ich verstehe, sind sie mit der teilweisen Stornierung einverstanden. Heuer wird es keinen Roadtrip für uns geben. Für die erweiterte Einkaufstour im Juni habe ich ein Bed and Breakfast mit Meerblick gebucht. Nun wird der Urlaub etwas verkürzt.

So ganz habe ich nicht verstanden, was Antonio angestellt hat, und seine verschiedenen Versionen, die er mir bisher präsentiert hat, gehen auch ziemlich auseinander, aber am Montag ist er wohl unabkömmlich. Nun hätte ich also doch Zeit, um am Wochenende zu dem Klassentreffen ins Burgenland zu fahren, das ich eigentlich schon abgesagt habe. Ich buche ein Zimmer und sage mein Kommen zu.

In Purbach hat sich nur der harte Kern unserer Maturaklasse versammelt. Im kleinen Kreise ist es jedoch umso lustiger. Ich gebe einen Teil meiner

Trennungsgeschichte zum Besten. Mittlerweile habe ich so viel Abstand, dass ich gemeinsam mit den anderen darüber lachen kann.

Mit Robert, der nach dem Abi eine Zeit lang Profisportler war, unterhalte ich mich über das Rennradfahren. Als ich über meinen Trainer berichte, schmunzelt er. »Na, das scheint wohl eine besondere Trainingsbeziehung zu sein.«

Ich bin erstaunt. Es war gar nicht meine Absicht, diesbezüglich etwas durchblicken zu lassen. Das ist mir wohl nicht gelungen und ich fühle selbst, wie mir beim Gedanken an Antonio ganz warm wird. Es ist wirklich eine besondere Beziehung, auch wenn sie in letzter Zeit etwas gelitten hat. Im Urlaub werden wir uns wieder näherkommen. Ich freue mich so darauf.

Ich storniere die zweite Nacht, die ich noch in Purbach verbringen wollte, und fahre spontan nach Hause. Wenn ich mich schon von meiner Familie absentiere, möchte ich die Zeit bei Antonio verbringen. Vom Auto aus rufe ich ihn an, um mein Kommen anzukündigen.

Er hebt sogar beim ersten Versuch ab. »Ich bin unterwegs.«

Das kann alles Mögliche heißen, vom Fahrradfahren bis zum Besuch bei seinem Freund in Freilassing.

»Ich komme erst in ungefähr drei Stunden«, antworte ich.

»Sono al Monaco.«

Wie ich mittlerweile weiß, meinen die Italiener damit München.

Was macht er denn in München? Und warum weiß ich davon nichts? Ich versuche, mir möglichst wenig Gedanken darüber zu machen. Im gemeinsamen Urlaub wird sich alles wieder fügen.

Unangemeldet tauche ich spät abends in meinem eigenen Zuhause auf, um dort zu übernachten.

Am nächsten Tag auf dem Weg nach Italien umschiffen wir das Thema zunächst. Aber es sitzt bei uns auf der Rückbank im Auto, uns im Genick.

Als wir durch Kärnten fahren, spreche ich es an. »Wenn ich wieder mehr Zeit habe, wird zwischen uns alles einfacher.«

Schweigen. Keine Rede mehr von »Wir finden unsere Zeit«.

»Quando andiamo al Großglockner?«

Abrupte Themenwechsel sind Antonios Spezialität, wenn er auf meine Fragen nicht antworten möchte. Ich versuche nicht, ihn zu einer Antwort zu nötigen. In den letzten anderthalb Jahren war Antonio fast immer da, wenn ich ihn brauchte, und verschwand wieder diskret, wenn ich das wegen meiner Familie brauchte. Es überrascht mich nicht, dass er dieses »Lieben auf Abruf« nicht mehr möchte. Schon zu Beginn dieser Beziehung war mir bewusst: Das wird irgendwann wehtun. Aber das ist es mir wert. Und jetzt ist es halt so weit.

Unser Liebesanker aus Porto Badisco ist wohl auf sandigen Grund gesetzt und nicht in der Lage, das Schiff zu halten. Er hat angefangen, ein wenig zu ruckeln, dann über den Boden zu schleifen, und jetzt wird das Schiff einfach weitertreiben.

Seit wir gemeinsam trainieren, reden wir davon, mit dem Fahrrad den Großglockner zu erklimmen – nicht den Gipfel, aber die Straße. Wir hatten auch schon einen Plan. Antonio radelt von zu Hause aus, ich fahre mit dem Auto bis zur Mautstelle in Fusch und wir nehmen den Berg gemeinsam. Es war ein gemeinsamer Plan, um den es aber in letzter Zeit ein wenig still geworden ist. Das ist jetzt wohl die Antwort auf meine Beziehungspläne. Die Trainingsgemeinschaft bleibt, die Beziehung ist zu Ende. Einen Mann im Gästezimmer, einen zum Trainieren, aber keinen fürs Herz.

Wieder einmal teile ich mit einem Verflossenen ein Urlaubsdomizil und wieder erlebe ich dabei eine gespannte Atmosphäre. Mit dem Unterschied, dass Antonio keinen Sex will. Wenigstens das. Mit Sex einen Mann zurückerobern zu wollen, habe ich von der Liste meiner Strategien gestrichen. Ich bin froh über meine Entscheidung, diesmal am Meer zu wohnen. Von Ascoli habe ich mich ja schon im November ausreichend verabschiedet.

Die Vormittage verbringe ich allein am Strand. Schon immer habe ich es geliebt, stundenlang aufs Wasser zu schauen, in meiner Kindheit mangels Meer meist auf einen Bach. Ich genieße die Ruhe, die dabei langsam in mir einkehrt, als würde die Bewegung des Wassers sich mit dem Rauschen des Blutes durch meinen Körper synchronisieren. Irgendwann bin ich eins damit.

Daraus schöpfe ich jetzt meine Kraft und meine Zuversicht, vielleicht auch neue Perspektiven für die Zukunft.

Nachmittags radle ich mit Antonio durch die Hügel der Umgebung. Wir kommen durch pittoreske Dörfer, frei von Touristen. Auf dem Fahrrad fühlt sich zwischen uns alles an wie immer.

Einmal essen wir bei Maria. Schräg über unserem Sitzplatz hängt ein Fernseher, den Antonio eingehend studiert. Ich versuche, so gut es geht meine Frutti di Mare zu genießen. Es werden wohl die letzten hier sein. Dieser Gedanke treibt mir die Tränen in die Augen. Ich stehe auf und gehe an den Strand, um nicht vor anderen weinen zu müssen. Es ist kühl für Juni, ich wickle mich in den schwarz-weiß gemusterten Schal, den ich am Vormittag gekauft habe. Abschiede liegen mir gar nicht und der Gedanke, etwas zum letzten Mal zu machen, bereitet mir Schmerzen. Wenn ich auf einem Skiausflug die letzte Abfahrt des Tages hinunterfahre, wenn ich zum letzten Mal in einer Saison ins Schwimmbad gehe – immer überkommt mich Wehmut. Ein Besuch bei Maria in Grottammare wäre in Zukunft auch ohne Antonio möglich, aber dann würde mich statt diesem ein anderer Schmerz erwarten: Damals war ich mit Antonio da … Ich stelle mich also tapfer dem Abschiedsschmerz, während ich den windigen Strand entlangwandere.

Als die Tränen getrocknet sind, wage ich mich wieder ins Lokal. Vielleicht wurde inzwischen schon der nächste Gang serviert. Schweigend absolvieren wir unser Abendessen, das heißt, ich schweige, Antonio unterhält sich zwischendurch mit dem Personal. Ich mache keinen Versuch mehr, der Konversation zu folgen. In Zukunft werde ich kein Italienisch mehr brauchen.

Der nächste Abschied steht mir bevor, als wir uns mit Massimo treffen, diesmal in einer Bar in Ascoli. Wir sitzen zu dritt bei unserem Pecorino, als Antonio einen alten Wunsch in den Raum stellt

»Quando andiamo al New York?«

Genauso wie von Londra hat Antonio immer sehnsüchtig von einer Reise nach New York geredet. London konnte ich wesentlich einfacher finanzieren und organisieren, als es für New York notwendig wäre. Ich habe oft Schwierigkeiten, bei den Italienern Wunsch von Plan, Wirklichkeit von Fiktion zu unterscheiden, aber dass Antonio und ich einmal gemeinsam nach New York fahren, erscheint mir unwahrscheinlich, auch wenn er und Massimo jetzt von den »Tres amici simpatici a New York« reden.

Normalerweise verfliegt die Zeit in Italien immer viel zu schnell. Diesmal scheint die Zeit sich abwechselnd auszudehnen und zusammenzuziehen. Mal wünschte ich mich schon nach Hause, um die schmerzhaften Abschiedsszenen hinter mich zu bringen, mal wünschte ich mir, die Zeit am Meer und auf dem Fahrrad noch länger auskosten zu können. Der Zeit ist es ohnehin völlig egal, was wir uns von ihr wünschen, sie vergeht nach ihren eigenen Vorstellungen, und so sitzen wir bald im Auto auf dem Rückweg.

Als wir hinter dem Tauerntunnel bereits wieder durch das Bundesland Salzburg fahren, schreibe ich eine SMS an Martin. »Bist du zu Hause?«

TEIL 3
AUFGEWÄRMT
IST NUR EIN GULASCH GUT

BEZIEHUNGSKLÄRUNG IN LEDERHOTPANTS

Im Internet suche ich nach einem Paartherapeuten für Martin und mich. Es ist ja nicht so, dass wir nicht schon einige dieser Spezies verschlissen hätten. Die bisherige Erfolglosigkeit hält mich aber nicht davon ab, es wieder und wieder zu versuchen. Irgendwann ist ja vielleicht der Richtige dabei. Jetzt habe ich mich für eine Frau entschieden. Die Praxis ist zudem sehr gut gelegen, quasi auf dem Arbeitsweg.

Einer ihrer Schwerpunkte ist Beziehungsklärung. Ergibt unsere Partnerschaft überhaupt noch Sinn? Perfekt. Das ist genau das, was ich brauche. Wenn ich mich selbst schon nicht entscheiden kann, sollen andere das für mich erledigen. Oder mir zumindest dabei helfen.

Genauso wie bei der nächsten Frage, die die Dame auf ihrer Website in den Raum stellt: »Viele Verletzungen sind geschehen, können wir uns dennoch vertrauen?«

Und falls sich die Beziehung als nicht rettenswert erweisen sollte, bietet die Therapeutin auch Trennungsbegleitung an. Das klingt gut, denn sollte ich mich für die Trennung entscheiden, muss ich das beim nächsten Mal etwas nachhaltiger erledigen. Ich möchte endlich wieder eine vernünftige Antwort geben können auf die Frage nach meinem Beziehungsstatus.

Vorerst mache ich einen Termin für mich allein aus, zur Beziehungsklärung. Etwas aufgeregt parke ich das Auto auf dem großen Parkplatz eines alten Industriegeländes, in dem sich jetzt hippe neue Selbstständige angesiedelt haben, und begebe mich in die Praxis. Nach einer kurzen Wartezeit bittet mich die Dame herein. Vielleicht habe ich mich an der Tür geirrt? Die schwarzen Lederhotpants und die durchsichtige schwarze Bluse – langärmelig immerhin – lassen eher auf ein anderes Gewerbe als das der Beziehungsberatung schließen.

Eigentlich hätte ich mir das Geld für diese Stunde auch sparen können. Tief in mir drin wusste ich doch längst, was ich wollte. Jetzt, wo ich mich von meinem Liebhaber trennen musste, wollte ich meinen Mann zurück. Ich muss diese Entscheidung aber extern absegnen lassen wie von einem Aufsichtsrat. Jawoll, Frau Expertin, wenn Sie das sagen, dann gehe ich halt zu meinem Mann zurück. Wird sicher das Beste sein.

Aber das Vertrauen. Tja, das Vertrauen. Zu Hause stapeln sich die Bücher zu dem Thema. Kurz nach Entdeckung der Affäre habe ich angefangen, diese Sammlung anzulegen. Immer schon war ich ein wenig anfällig für Ratgeberliteratur, selten jedoch habe ich einen zu Ende gelesen und noch seltener die Ratschläge befolgt. An eine dauerhafte, nachhaltige Veränderung kann ich mich gar nicht erinnern.

Daher brauche ich jetzt die Expertin. Nachdem ich mir hier die Lizenz zur Beziehungswiederaufnahme geholt habe, wird Martin – so er das wirklich will und bei seinem Einzelgespräch feststellt – mit mir hierherkommen und von der Frau Expertin lernen, was er tun muss, um mein Vertrauen wiederherzustellen. Mit den Expertenratschlägen ist es zwar eine ähnliche Sache wie mit der Literatur: Die graue Theorie allein ist noch nicht sehr hilfreich und so richtig befolgt habe ich Dr. Maiers Ratschlag auch noch nicht – habe ich gelernt, mir selbst genug zu sein? Eher nicht. Ich habe mein Herz von Martin an Antonio weitergereicht. Da der keine rechte Verwendung mehr dafür hat, möchte ich es jetzt gern wieder meinem Ehemann schenken, auf dass wir wieder eine Familie werden statt einer seltsamen WG. Frau Domina hier gibt mir das O. K. dafür: Ich scheine an der Beziehung ausreichend interessiert zu sein, um an eine Wiederaufnahme zu denken.

Ich berichte Martin von meinem Termin und füge mit einem Augenzwinkern hinzu: »Die wird dir gefallen – und sie ist ein wenig ungewöhnlich angezogen.«

Vielleicht wählt sie auch deswegen dieses Outfit, quasi als unterstützende Maßnahme. Ein Mann starrt eine Stunde lang auf wohlgeformte Brüste und lange Beine und wenn sie zum Schluss fragt, ob er mit allem einverstanden ist, wird er einfach nicken.

Als Martin von seinem Einzelgespräch zurückkommt, wundert er sich über meine geheimnisvolle Ankündigung. Ja, die Frau sei recht hübsch, aber ganz normal gekleidet gewesen, so wie ich auch zur Arbeit gehe. Jeans, Bluse, Blazer. Seltsam. Ich bin gespannt, wie die Frau Beziehungstherapeutin zum gemeinsamen Termin auftreten wird.

Wir sitzen im Warteraum und hängen kurz unseren Gedanken nach, dann wird das Rätsel gelüftet. Heute wieder Hotpants, allerdings nicht mehr im schwarzen Leder-Domina-Look, sondern in dezentem braunen Rauleder. Die dazu passende cremefarbige Bluse ist nicht durchsichtig, aber Martin klärt mich danach auf, dass sie keinen BH unter dem dünnen Stoff getragen habe.

Wir schildern unsere Sicht auf die Beziehung und deren Probleme.

»Ich möchte, dass Martin Verantwortung für sein Verhalten während der Trennung im letzten Jahr übernimmt. Ich möchte gehört und verstanden werden in meinem Schmerz und in meinen Ängsten, vor allem was das Vertrauen angeht.«

Martin sitzt mir stumm gegenüber. Das ist ein ganz heißes Eisen zwischen uns, das wir innerhalb des letzten Jahres sicherheitshalber im Ofen gelassen haben. Wenn wir jetzt an eine ernsthafte Wiederaufnahme der Beziehung denken, sollte es aber langsam mal raus. Verantwortung klingt ihm zu sehr nach Schuld und davon will er nichts hören. Das gibt es nur bei den Katholiken.

Plötzlich steht die Therapeutin auf und beginnt, sich mit einem Kissen auf dem Boden zu wälzen und leise zu stöhnen. »Sie möchten gehört, verstanden werden«, sagt sie zu mir. Damit möchte sie wohl meine Gefühle demonstrieren, die Hilflosigkeit, das Ausgeliefertsein, und das trifft es eigentlich ganz gut.

Sie steht wieder auf und wendet sich Martin zu. »Es hat mit Ihrer Mutter zu tun.«

In Martins Gesicht war eben noch die Überraschung über den Auftritt am Boden zu lesen. Jetzt beginnen sich die Augen zu verengen, zwischen den Brauen bilden sich zwei Falten und ich kann förmlich mitansehen, wie er sich in sein Schneckenhaus zurückzieht. Hinweise auf ungelöste Beziehungen zur Herkunftsfamilie sind ebenso tabu wie Hinweise auf seine mangelnde Liebesfähigkeit.

Trotz der optisch ansprechenden Dame waren wir zum letzten Mal hier.

FAMILIENSEGELN

UNTER SELTSAMEN UMSTÄNDEN, DIE II.

Wir probieren es also ohne externe Hilfe und sind ab sofort wieder eine Familie. Und als solche fahren wir auf Urlaub. Wie könnte es anders sein zur Wiedervereinigung – wir fahren in die Türkei auf das Boot. Florian ist begeistert, Sarah skeptisch.

Auf dem Weg nach München zum Flughafen muss Martin noch ganz dringend etwas erledigen und da hätte ich gleich meinem Impuls folgen und aussteigen sollen.

Aber der Reihe nach. Martin hat ein paar mehr oder weniger platonische Frauenfreundschaften. Von manchen weiß ich, von anderen nicht. Daniela ist mir durchaus bekannt. Sie hat mit Martin beruflich zu tun, jedoch primär nicht als Patientin. Sie behandelt als Heilpraktikerin und Akkupunkteurin manche seiner Patienten, die alternative Heilmethoden wünschen, in einer kleinen Praxis im selben Haus. Ich hatte mir auch schon wegen meiner Rückenprobleme bei ihr ein paar Akupunkturnadeln setzen lassen, leider ohne Erfolg.

Nun ist sie selbst ebenso wie Paola des Öfteren von Rückenschmerzen geplagt und wird von Martin mit Neuraltherapie behandelt.

Am Tag unseres Abfluges ist es wieder so weit und Daniela bedarf ganz dringend der schmerzlindernden Spritzen. Nicht einmal eine halbe Stunde nach Aufbruch in den Familienurlaub ist dieser also schon wieder unterbrochen. Wir parken vor dem elterlichen Anwesen von Daniela, auf dem sie wohnt, damit Martin ihr die Spritzen verabreichen kann. Das liegt fast auf dem Weg zum Flughafen. Die Kinder warten auf der Rückbank, ich auf dem Beifahrersitz. Es werde nicht lang dauern. Mir dauert es sehr wohl zu lang, schon seit der ersten Sekunde, die wir hier sind. Schon die Tatsache, nicht direkt zum Flughafen zu fahren, hat mir nicht geschmeckt.

Nun warten wir also. Und warten. Diese Spritze scheint tatsächlich eine Art Wundermittel zu sein, denn nun kommen beide gemeinsam aus dem Haus. Daniela fragt, ob wir nicht hereinkommen und etwas trinken wollen. Ich verneine, die Kinder fallen mir auch nicht in den Rücken. Wir harren der Dinge und hoffen auf einen baldigen Aufbruch. Daniela aber scheint nach ihrer Spontangenesung einen kommunikativen Nachholbedarf zu haben. Sie lehnt wie ein schiefes Fragezeichen an der offenen Fahrertür, hinter der Martin bereits Platz genommen hat.

Nach einer weiteren Unendlichkeit kann der Plausch langsam beendet werden und wir fahren weiter. Ich ringe mit mir. Ich will hier raus, will nach Hause, will nicht mit diesem Mann auf Urlaub fahren, nicht auf einem engen Boot eingesperrt sein.

»Kannst du mich bitte zum nächsten Bahnhof bringen?«, frage ich mit gepresster Stimme.

Schweigen auf dem Fahrersitz.

»Bitte, fahr mich irgendwohin, wo ich nach Hause fahren kann.«

Schweigen auf dem Fahrersitz, dafür eine Wortmeldung von Sarah auf der Rückbank: »Die Mama wird schon wieder hysterisch. Dabei habe ich einen Freund zu Hause. Warum tue ich mir das eigentlich an mit euch?«

Jetzt wird mein Ausstiegswunsch auch von der Fahrerseite kommentiert: »Bist du wirklich sicher, dass du das willst?«, fragt Martin.

Natürlich bin ich nicht sicher. Was ist schon sicher? Ich bin ja generell nicht sicher, ob ich wieder mit diesem Menschen zusammen sein will, sonst hätte ich ja wohl kaum die Domina dazu befragen müssen.

Da ich nicht wirklich weiß, was ich will, bestehe ich nicht weiter auf einer Ausstiegsmöglichkeit. Keine Entscheidung zu treffen ist auch eine Entscheidung.

Der eigentliche Urlaub verläuft ohne besondere Vorkommnisse, wenn auch nicht von übermäßiger Romantik geprägt. Allerdings war das mit meinem Mann auch in besten Zeiten nicht der Fall.

Ich kann meine Gedanken nicht daran hindern, immer wieder zu romantischeren Urlauben zu wandern. Vor meinem geistigen Auge erscheinen die Orte in Italien, die Antonio und ich in den letzten Jahren gemeinsam besucht haben. Ich erlaube mir ein wenig nostalgisches Schwelgen in der Vergangenheit, ein wenig Traurigkeit und hole mich dann wieder in die Gegenwart zurück. Ich bin jetzt hier mit meinem Mann. Mein italienischer Traum ist ausgeträumt. Was bleibt, sind eine gewisse

Stärke und das Bewusstsein »Io sono importante«. Danke, Antonio.

MUTLOSER ABGESANG

Im Herbst suchen Martin und ich die fehlende Romantik in der Steirischen Weinstraße. Die Kinder sind bei den Großeltern ca. 100 Kilometer weiter nördlich geparkt. Wir quartieren uns in einem Winzerhaus ein und spazieren zwischen den Reben entlang. Während wir so auf uns allein gestellt sind, bringen wir heikle Themen zur Sprache.

Ich habe das Bedürfnis, über meine Affäre zu sprechen. Obwohl ich immer noch nicht sicher bin, dass dieses Etikett, das Teresa dem Ganzen aufgeklebt hat, überhaupt das richtige ist. Immerhin habe ich ihn geliebt. Schließt sich das aus? Kann man eine Affäre nicht auch lieben oder ist es dann eine Liebe? Für mich hat »Affäre« jedenfalls einen etwas abwertenden Beigeschmack. Das wird dieser hochromantischen Lebensphase nicht gerecht. Jetzt will ich darüber reden. Aber warum? Manche Menschen haben angeblich das Bedürfnis, eine Affäre zu beichten, um ihr Gewissen zu erleichtern, aber das kann es ja wohl kaum sein. Das habe ich schon im Januar erledigt.

Möchte ich diese Liebe als Lehrbeispiel verstanden wissen, um Wünsche und Bedürfnisse für die angestrebte Beziehung zu kommunizieren? Antonio als Lehrmeister für Orgasmen und Liebeserklärungen? Ich habe nicht das Bedürfnis, seine Identität preiszugeben. Ich möchte über das Erleben an sich sprechen, bekomme aber eine Abfuhr. Martin sei später vielleicht bereit, darüber zu sprechen. Das empfinde ich als überheblich. Wieso entscheidet er allein, worüber wir sprechen und wann?

Irgendwie will trotz der idyllischen Umgebung keine rechte Stimmung aufkommen. War es ein Fehler, einen Ort aufzusuchen, an dem wir früher gemeinsam glücklich waren? Auf einem ähnlichen Winzerhof verbrachten wir einmal gemeinsam eine der Perseidennächte, mit einer Flasche hervorragendem Pinot Grigio zwischen unseren Liegestühlen auf der Terrasse, und sahen den Sternschnuppen zu. Vielleicht hätten wir uns lieber neue schöne Erinnerungen schaffen sollen, als den Versuch zu unternehmen, alte zu wiederholen.

Ich schreite zur Tat, um neue Erinnerungen für die nächste Zukunft zu planen. In den Herbstferien wird Florian mit seiner Snowboardgruppe unterwegs sein und Sarah mit der Begabtenförderung. Ein Zeitfenster für Zweisamkeit tut sich auf, das ich für die Erfüllung eines alten Reisetraumes nutzen möchte. Ich will mit Martin nach Andalusien reisen.

Während ich noch Flugverbindungen optimiere, schrumpft das Zeitfenster immer mehr zusammen. Sowohl Florians als auch Sarahs Veranstaltung wird gekürzt. Wir beschließen daher, uns zu Hause ein paar nette Tage zu machen und den Rest der Woche mit den Kindern zu verbringen.

Der Wettergott ist uns wohlgesonnen. Wir bezwingen zu zweit den Drachenwand-Klettersteig und gleiten ein letztes Mal mit dem TopCat-Katamaran über den Mondsee, bevor er eingewintert wird. Das waren natürlich keine neuen Unternehmungen, aber hätte sich das erhoffte Prickeln in Málaga eher eingestellt als am Mondsee?

Am letzten zweisamen Tag unternehmen wir eine kleine Wanderung auf den Staufen. Knapp oberhalb der Waldgrenze zwingt uns der Schnee zur Umkehr. Auf dem Rückweg kehren wir in der Padinger Alm ein. Martin trifft Menschen, die er kennt, ich aber nicht. Wer ist das überhaupt? Seit wann kennt er die und woher? Während unserer gemeinsamen Zeit hatten wir eigentlich nur gemeinsame Bekannte. Stammen sie also aus der Zeit der perfekten Beziehung?

Mit jedem Wort, das Martin mit den Bekannten spricht, werde ich grantiger.

Als wir weitergehen, spürt mein Mann die Spannung zwischen uns und er stellt eine Frage von erstaunlicher Klarsicht in den Raum. Eine Frage, die ich nicht beantworten kann, die ich mir so noch nicht gestellt habe, auch vor unserer Trennung nicht. »Tun wir uns gut?«

Die Frage setzt sich auf unbestimmte Zeit in meinem Hinterkopf fest.

Sarah und Florian sind wieder zurück und wir unternehmen eine Wanderung zu viert auf den Predigtstuhl.

Auf dem Hochplateau angekommen toben die Kinder im ersten Schnee, rutschen auf dem Bauch wie Robben herum und wir machen eine Schneeballschlacht zu viert. Ich bin glücklich. Wesentlich glücklicher zu viert als vor ein paar Tagen zu zweit.

Am nächsten Tag fahren wir mit den Kindern gemeinsam zum Mondsee. Auch dieser Ausflug fühlt sich runder, schöner an als die gleiche Unternehmung zu zweit. Vielleicht beantwortet das schon Martins Frage?

Wir lassen die Frage weiterhin im Raum stehen. Keiner von uns wagt eine Beantwortung. Wir tun das, was wir besonders gut können: Wir kehren die unliebsamen Gedanken unter den Teppich des Alltags zu viert.

ZUM TANGO BRAUCHT ES ZWEI

Viele Leute schwören darauf, sowohl Singles als auch Paare. Manche Paare betrachten es allerdings auch als Nagelprobe, als Scheideweg. Wenn man das gemeinsam bewältigt, ist man füreinander geschaffen und wird den Rest seines Lebens gemeinsam durch das sprichwörtliche Feuer gehen. Es kann aber auch sein, dass man sich deswegen trennt.

Nein, ich spreche nicht von Sex. Auch von meinen polyamoren Fantasien einer offenen Beziehung ist hier nicht die Rede. Sondern vom Tango. In besseren Zeiten tanzten Martin und ich miteinander, nicht den allseits gehypten Tango Argentino, sondern den ganz trivialen Gesellschaftstanz. Wir ertanzten zwar nicht die Abzeichen bei den erforderlichen Prüfungen, haben es in dieser Disziplin aber immerhin zum Goldstandard gebracht. Jahrelang organisierten wir allwöchentlich einen Babysitter und fanden uns in den Räumlichkeiten über einer Jet-Tankstelle in einem Vorort Salzburgs ein, um Walzer, Foxtrott, Rumba und Cha-Cha-Cha zu lernen und zu perfektionieren. Es war unserer Beziehung durchaus zuträglich.

Irgendwann intensivierte unser Tanzlehrerpaar Tobias und Kathrin seine Beziehung, heiratete und sah sich nach dem zweiten Kind nicht mehr imstande, den Kurs fortzusetzen. In den Pausen berichtete Tobias von Crashkursen zur Hochzeitsvorbereitung, in denen das Brautpaar in spe sich über die korrekten Schrittfolgen derart in den Haaren lag, dass er schon eine Absage der Hochzeitspläne befürchtete. So viel zum Tanzen als verbindendes Hobby.

Martin und ich hatten in unserer allerersten Stunde wohl auch einen derart unentspannten Eindruck gemacht, dass Tobias überzeugt war, uns kein zweites Mal zu sehen, wie er uns später erzählte. So leicht waren wir allerdings nicht unterzukriegen.

Nun also Tango als Beziehungsretter. Wir wähnen uns ob unserer jahrelangen Tanzexpertise in einer trügerischen Sicherheit, uns auf vertrautem Terrain zu bewegen, und werden eines Besseren belehrt. Tango ist mit »herkömmlichem« Tanz nicht zu vergleichen. Viele

Stunden lang lernt man erst einmal gehen, GEHEN, von dem man eigentlich denkt, dass man es seit seiner erstmaligen Bewältigung um den ersten Geburtstag herum doch einigermaßen beherrscht.

Unsere Tanzlehrer sind diesmal Katharina und Eloy. In Letzterem liegt auch die glückliche Tatsache begründet, dass Martin auch nach der lerntechnisch frustrierenden ersten Stunde doch mehr oder weniger gern wiederkommt. Eloy ist Argentinier und Martin hat Gelegenheit, sein geliebtes Spanisch zu sprechen. Der Unterricht erfolgt auf Englisch, aber Martin kann seine zahlreichen Fragen auf Spanisch stellen. Wir lernen in erster Linie Gehen und die korrekte Haltung. Die wesentliche Aussage Eloys in meine Richtung betrifft eigentlich nicht nur meine Haltung beim Tango, sondern mein ganzes Leben: »Relax your shoulders.« In angespannter Haltung mit verkrampften Schultern harre ich der kommenden Dinge.

Und das nicht nur beim Tanzen, sondern auch schon davor, beim Auf-das-Tanzen-Warten auf dem Parkplatz. Eloy scheint das Klischee der klassisch südländischen Unpünktlichkeit bedienen zu müssen. Wir stehen in der Kälte, ich wie beim Tanzen mit hochgezogenen Schultern. Martins piepsendes Handy kündigt eine WhatsApp an. Moderne Menschen sind mittlerweile von SMS auf WhatsApp umgestiegen. Ich bin erstaunt, dass er die Kommunikation mit den Tanzlehrern auf diesem Medium führt, und frage nach: »Schreibst du mit Eloy auf WhatsApp?« Ich erhoffe mir eigentlich eine Benachrichtigung über die mögliche Verspätungsdauer oder eine Absage der Stunde.

»Ich schreibe mit vielen Leuten auf WhatsApp.«

Ich bin so perplex und verunsichert, dass ich gar nichts sage, obwohl für mich viele Fragen im Raum stehen. Mit wem schreibt er gerade und warum? Ganz offensichtlich nicht mit Eloy, denn das könnte er ja sagen. Warum diese Geheimnistuerei? Um mich eifersüchtig zu machen? Bin ich überhaupt eifersüchtig? Warum interessiert es mich, wer Martin schreibt und warum? Während ich meinen Gedanken nachhänge, biegt der dunkelblaue Fiat Punto von Katharina um die Ecke. Sie steigt aus dem Auto und ergießt einen wortreichen Schwall der Entschuldigungen über uns. Sie waren bei IKEA, weil sie doch gerade umziehen und … Ich hänge weiter meinen Gedanken nach, während Katharina das Tor der Villa aufschließt, wir in den ersten Stock steigen und an der Garderobe unsere Straßenschuhe gegen Tanzschuhe tauschen.

BUSINESS-BREAKFAST IN WIEN

Nach den Herbstferien erreicht mich eine Mail, die meinen Herzschlag beschleunigt. Ich spüre ihn im Bauch, in Brust, bis zum Hals.

Gerald fragt, ob wir uns in Wien treffen wollen.

Gerald, mein Telefonjoker während der schlimmsten Phase meiner Trennung. Jederzeit konnte ich ihn anrufen und er berichtete mir seinerseits von den schlimmsten Phasen seiner Trennung. Wir waren Seelenverwandte. Lange Zeit vor meiner Heirat waren wir darüber hinaus auch einmal körperlich verbunden gewesen, ich war sogar verliebt in ihn, aber das ist, wie wir im Umgangssprachlichen sagen, »schon gar nicht mehr wahr«.

Jetzt also ein Treffen. Ich denke gar nicht darüber nach, ob das gut oder schlecht, falsch oder richtig ist. Ein anderes Ich hat das Kommando übernommen und beginnt zu organisieren. Von Geschäftspartnern bekomme ich öfters Einladungen zu »Business-Breakfasts« in Wien, von denen ich noch keine angenommen habe. Diesmal schütze ich eine solche Einladung vor. Ich erzähle meinem Chef, dass ich eine Teilnahme plane und am Freitag erst mittags ins Büro komme. Martin erzähle ich, dass ich aufgrund des Business-Breakfast schon am Donnerstagabend nach Wien fahre und erst Freitagabend nach Hause komme. Schon wieder Lügen. Und diesmal fühlt es sich nicht einmal mehr falsch an. Ob es an der Gewöhnung liegt?

Aufregung macht sich breit. Was ziehe ich an, was nehme ich mit, in welche Handtasche packe ich es ein? Zu viel Gepäck sollte ich nicht dabeihaben, knitterfrei muss es sein und trotzdem attraktiv. Eine spontane Shoppingtour in der Mittagspause verläuft erfolglos. Ich entscheide mich für ein Outfit aus dem häuslichen Fundus. Zur Anreise ein graues Strickkleid mit betonter Taille, für den nächsten Tag eine schwarze

Stretchjeans mit weißer Bluse, gepackt in die silbergraue GGL-Tasche meiner Tochter. Die umfangreichen Überlegungen zum Outfit stelle ich in erster Linie an, um die wichtigeren Überlegungen ein wenig zu unterdrücken: Was soll das für ein Treffen werden? Wollen wir uns über unsere Trennungen austauschen, über die alten Zeiten unseres Kennenlernens plaudern oder neue Bande knüpfen? Wird es Sex geben?

Gerald hat mir den Weg von der U-Bahn zum Hilton Vienna Waterfront beschrieben. Nur wenige Menschen steigen mit mir gemeinsam in der Station Stadion aus der U2. Ich bin am falschen Ende eingestiegen und muss von ganz hinten den Bahnsteig entlang nach ganz vorn gehen – da sehe ich ihn auf mich zukommen. Wir haben uns fünfzehn Jahre nicht gesehen, trotzdem erkenne ich seine hagere Gestalt sofort. Wir umarmen uns vorsichtig. Ein wenig Befangenheit will sich ausbreiten, doch da greift er nach meiner Tasche und wir machen uns auf den Weg.

»Ich war ein wenig aufgeregt«, gesteht Gerald.

Dieses Geständnis löst freudiges Erstaunen in mir aus. Gerald war doch immer cool. Wir hatten eine Affäre, die Treffen gingen aber immer von meiner Seite aus. Ich hätte mir mehr vorstellen können, aber der einsame Wolf war zu cool für eine Beziehung gewesen. Und jetzt gesteht er, aufgeregt zu sein wie ein Teenager, der zu einem Date geht. Wie sich die Zeiten doch ändern. Ich bin auch aufgeregt, doch das ist mein Dating-Normalzustand.

Wir bringen meine Tasche aufs Zimmer und entscheiden uns, zum Abendessen in die Innenstadt zu fahren. Im Taxi rutscht mein Kleid ein wenig hoch und ich bemerke Geralds wohlwollenden Blick auf meine schwarzbestrumpften Beine. Beim Essen lassen wir ein wenig unsere beiden Trennungen Revue passieren. Dann gehen wir in der Zeit ein Kapitel weiter zurück und Gerald überrascht mich schon wieder. »Du hast ja gleich heiraten müssen.«

Meine Nervosität erstickt das zynische Lachen, das sich schon aus meinen Eingeweiden auf den Weg machen wollte. Zum Glück. Zynismus kommt nicht so gut bei den meisten Männern.

Unsere Bekanntschaft beschränkte sich auf gelegentliche sexuelle Treffen, durch mich initiiert, wenn ich zufällig auf Geschäftsreise in der Nähe war. Was also hätte mich von der Beziehungsaufnahme mit einem anderen Mann, gefolgt von Heirat und Familiengründung, abhalten sollen? Ich beschließe, die Vergangenheit ebendort zu belassen und die Aussage nicht zu kommentieren.

Nach dem Essen schlendern wir zum Christkindlmarkt auf der Freyung. Gerald legt den Arm um mich. Diese erste öffentliche Zärtlichkeitsbezeugung überrascht mich positiv. Bisher ist er immer sehr darauf bedacht gewesen, nicht öffentlich mit mir gesehen zu werden. Heute scheint das egal zu sein.

Obwohl es für Mitte November ungewöhnlich warm ist, trinken wir einen Glühwein und dann noch einen.

Rund um uns herum bevölkern viele Nachtschwärmer den Christkindlmarkt. Nach dem zweiten Glühwein halten wir ein Taxi an und fahren ins Hotel.

Für mich fühlt sich der erste Sex mit einem neuen Partner immer ein wenig ungelenk an, weswegen ich einem One-Night-Stand wenig abgewinnen kann. Gerald ist zwar kein Unbekannter, aber für mich fangen wir nach über fünfzehn Jahren auf der körperlichen Ebene von vorn an. Jedenfalls fühlt es sich wie eine langsame, vorsichtige Wiederannäherung an und das ist für mich auch gut so.

Wie wir am nächsten Tag beim Frühstück beschließen, soll es kein One-Night-Stand bleiben. Wir planen eine Wiederholung. Ansonsten verläuft das Frühstück ruhig. Gerald muss früh zu einem Meeting. Ich bediene mich noch ein wenig am Buffet, bevor ich zurück nach Salzburg ins Büro fahre. Dort bin ich ziemlich übermüdet und hauptsächlich physisch anwesend. Die aufregende Situation hat mich nach dem Beischlaf keinen Schlaf finden lassen. Dabei schnarcht Gerald gar nicht. Genauso wie ich mich beim Sex erst an einen neuen Menschen gewöhnen muss, gilt das auch für den Schlaf. Neben einem Mann schlafen zu können ist für mich ein Ausdruck äußerster Intimität, mehr noch als Sex. Es wird noch dauern, bis wir diesen Vertrautheitsgrad erreichen.

Zu Hause komme ich gar nicht auf die Idee, zu beichten. Ich bleibe bei der Version des Businessfrühstücks. Allerdings werde ich nicht nach Einzelheiten gefragt. Martin und ich treiben immer weiter auseinander wie zwei Eisschollen, die sich von einem Eisberg gelöst haben. Und genauso stumm sind wir auch, was unsere Beziehung angeht. Über die Frage, ob wir uns guttun, haben wir uns nie mehr weiter ausgetauscht.

Martin bucht für die Weihnachtsferien einen Flug in die Türkei für sich allein. Ich plane mit den Kindern einen Besuch bei meinen Eltern. Den 24. werden wir wie eine richtige Familie noch gemeinsam unter dem Baum verbringen, doch dann geht jeder seiner Wege.

Am 23. beginnt der Geschirrspüler zu streiken. Martin fährt zu MediaMarkt, kauft einen neuen, schließt ihn an und entsorgt den alten. Es ist doch gut, einen Mann im Haus zu haben.

Am ersten Weihnachtsfeiertag fliegt Martin in die Türkei, ich fahre mit den Kindern zu meinen Eltern. Dort bleibe ich über WhatsApp mit Gerald verbunden. Wieder fühle ich mich wie am einen Ende einer Nabelschnur. Er schickt Fotos von sich und seinen Freunden in Shorts und Weihnachtsmützen aus Australien. Zu Silvester kommt ein Bild von seiner Ehefrau mit deren Freundin.

Auch sein Beziehungsstatus ist kompliziert. Sie können sich wegen des Geldes nicht scheiden lassen, das in steuerschonenden gemeinsamen Veranlagungen ruht. Manche Menschen sind zu arm, um sich scheiden zu lassen, manche zu reich. Aber das scheint nicht der einzige Grund zu sein. Bei unserem ersten Treffen hat er mir erzählt, Liesi sei sein »Lebensmensch«, aber im Bett laufe nichts mehr. Ich wollte das so interpretieren, wie es meiner liebesbedürftigen Seele gerade in den Kram passte. Ein Lebensmensch – das kann ja auch jemand sein, mit dem man befreundet ist, oder? Da muss nichts Amouröses (mehr) im Spiel sein. Keinesfalls ziehe ich in Betracht, dass unsere Treffen wieder nur einen sexuellen Hintergrund haben sollen. Nein, diesmal ist es mehr, ganz bestimmt. Trotzdem ruft das Foto ein leises Bauchgrummeln in mir hervor.

Ich bin immer noch in meinem Elternhaus und gehe von meinem alten Kinderzimmer im Obergeschoss hinunter in die Küche und besänftige das Grummeln mit Weihnachtskeksen. Noch während der weihnachtlichen WhatsApp-Kommunikation mit Gerald verdichten sich die Hinweise, dass wir ein baldiges Wiedersehen ins Auge fassen können. Mitte Januar werde ich zu einem zweitägigen Seminar nach Wien reisen. Ursprünglich wollte Gerald erst Ende Januar aus Australien zurückkommen, aber – ich kann meinen Augen kaum trauen – er wird seinen Flug umbuchen, damit wir uns sehen können. Ich bin selig. Der Mann, in den ich einige Zeit unerwidert verliebt war, wird um die halbe Welt fliegen, um mich zu sehen. Mich!

Diesmal muss ich nicht einmal lügen. Ich werde tatsächlich ein Seminar absolvieren. Der einzige Unterschied zu meinen sonstigen Dienstreisen: Ich buche kein Hotel, sondern wohne bei Gerald und kreuze auf der Reisekostenabrechnung »privat« an. Das Ehefrauengegrummel ist vergessen.

Während der beiden gemeinsamen Abende in Wien schmieden wir Pläne für das nächste Treffen: Am ersten Februarwochenende werden wir gemeinsam Ski fahren. Traditionell findet an diesem Wochenende unser Firmenskiausflug statt. Dass ich Samstagmorgen mit Skiausrüstung aufbreche und Sonntagabend mit selbiger zurückkomme, ist also ganz normal für meine Familie. Alles andere wäre verdächtig gewesen. Aber wozu diese Scharade? Warum schenke ich zumindest Martin nicht reinen Wein ein? So richtig erfolgreich sind wir mit unserem zweiten Aufguss ja nicht gewesen … Wie heißt es doch so schön? Aufgewärmt schmeckt nur ein Gulasch gut. Irgendetwas hält mich zurück.

FIRMENSKIAUSFLUG OHNE KOLLEGEN

Geralds und mein erstes gemeinsames Wochenende. Ich bin noch aufgeregter als bei unserem ersten Treffen. Zwischen gefühlt Millionen Touristenautos kriecht mein kleiner Alfa im Stop and Go die Saalachtalstraße Richtung Zell am See entlang. Nachts hat es geschneit, die Straßen sind noch ein wenig rutschig. Die Verhältnisse erfordern meine volle Konzentration. Das dämpft meine Nervosität ein wenig. So viele Fragen sind im Vorfeld zu beantworten gewesen. Ski oder Snowboard? Ich nehme sicherheitshalber beides mit und vertage damit die Entscheidung. Was ziehe ich zum Abendessen an, was zum Frühstück? Welchen Bikini würde ich in den Spa-Bereich ausführen? Zwei oder sogar noch einen dritten mitzunehmen, wird den Gepäckrahmen nicht sprengen. Da sind Ski und Snowboard schon wesentlich sperriger.

Gerald steht schon im Kassenbereich, als ich auf den Parkplatz rolle, im Skianzug von höchster Qualität, entwickelt für den härtesten Freeride-Einsatz. Der Neuschnee ist sehr verlockend und ich entscheide mich für das Snowboard. Damit werde ich langsamer sein als Gerald. Auf flachen Gleitstücken wird er mich ziehen müssen. Da er früher als Skilehrer gearbeitet hat, würde ich auch auf Skiern langsamer sein.

Wir verbringen einen wunderschönen Skitag miteinander. Auf dem Sessellift legt er den Arm um mich. Auf der Hütte bittet er den Kellner, ein Foto von uns zu machen. Wir sind auf dem besten Weg, ein Paar zu werden. Ein richtiges Paar. Im Hotel packe ich meine Badesachen zusammen, Gerald sammelt ein paar Zeitschriften um sich herum. Wie ein richtiges Paar geben wir uns auch ein wenig Raum.

Ich schwimme ein paar Längen, da gesellt er sich schon zu mir in den Außenpool. Mit Blick auf das Kitzsteinhorn dümpeln wir eng aneinandergeschmiegt im Wasser. So habe ich mir das immer vorgestellt. Wie im Film. Wie in einem romantischen, kitschigen Film, den ich mir niemals anschauen würde. Zumindest würde ich es nicht zugeben. Und sie lebten glücklich bis an ihr Lebensende.

Zuerst müssen wir aber für ein paar Wochen jeder in sein eigenes Leben zurück. In diesem bleiben uns zwischen den Treffen die Telefonate. Ich begebe mich dazu auf einen Spaziergang oder nutze die Zeiten zwischen meinen Chauffeurdiensten, während Sarahs Eislauftraining zum Beispiel. Gerald ist krank geworden, erzählt er mir. Ich mache mir Sorgen, wie er denn zurechtkommt, so ganz allein. Nein, die Liesi kümmert sich um ihn.

Ah ja, die Liesi, alles klar. Wieder rumort es in mir. Seine Noch-Ehefrau. Aber was will ich denn? Ich habe überhaupt kein Recht zum Rumoren. Immerhin wohnt MEIN Noch-Ehemann unter demselben Dach, während Geralds Noch-Ehefrau in der Wohnung nebenan wohnt.

Das nächste Treffen planen wir für Mitte März in Schladming. Ich muss am Sonntag zur goldenen Hochzeit meiner Taufpatin in die Steiermark und da liegt Schladming wunderbar auf dem Weg. Wieder zwei Nächte und immerhin ein ganzer Tag in einem Skiort. Ich freue mich darauf – bei dieser Vorfreude soll es auch bleiben.

—

Ende Februar ruft Gerald an. Er muss das Treffen im März absagen. Seine Ex-Freundin hat ihn wegen Stalkings verklagt. Wir sind wohl auf dem Christkindlmarkt in Wien zusammen gesehen worden und jetzt steht ihm ein Rachefeldzug bevor. So ganz verstehe ich die Einzelheiten und Hintergründe nicht. Wir können uns nicht sehen. Ach so. Das war ein ebenso kitschiger wie kurzer Film.

Ich habe nur ein gewisses Grundkontingent für Drama zur Verfügung und das brauche ich jetzt ohnehin für meinen häuslichen Bereich, denn hier zeichnen sich Entwicklungen ab, deren Beginn mir wohl entgangen ist. Weil ich eben mit meinem aushäusigen Leben beschäftigt war. Und natürlich mit der Aufzucht des Nachwuchses, denn das ist neben meinem Brotberuf meine Hauptbeschäftigung. Meine Kinder stehen immer an erster Stelle. Die hier beschriebenen Dramen stehen grundsätzlich an zweiter. Ich fahre zum Training, hole vom Training, nutze die Zeit dazwischen zum Einkaufen, Joggen oder manchmal auch für romantische Telefonate, ich koche Abendessen, ich koche für Lunchpakete vor, ich versuche, Florian mit den Grundzügen der Mathematik vertraut zu machen, und höre Sarah französische Vokabeln ab. Meine Kinder sind mein Leben.

DIE ENTWÖHNTE FRAU

Derart beschäftigt kann man schon einmal die eine oder andere Entwicklung verpassen oder zumindest unterschätzen. Martin erwähnte einmal, dass sich eine Ärztin bei ihm beworben habe, eine Türkin, die uns (uns?) zu einem Besuch in der Türkei eingeladen habe. Aus dem Job ist dann doch nichts geworden, doch sie haben Kontakt gehalten und gemeinsam eine Fortbildung für Beautyanwendungen besucht.

An einem Sonntagabend versuche ich als multitaskierende Mutter, gleichzeitig eine Sauce bolognese für das Abendessen zu kochen, Sarahs Gemüse für das montägliche Lunchpaket vorzubereiten und Florian beim Lösen einer Gleichung behilflich zu sein, als Martin plötzlich hereinplatzt. »Ich fahre noch schnell in die Moosstraße.«

»Das Essen ist gleich fertig – was willst du denn da?«

»Ich muss das Kinderbett bei Elif aufbauen.«

Sarah hat sich gerade von ihrem Hochbett getrennt und ihr Jugendzimmer neu eingerichtet. Martin hat es wohl an Elif verschenkt. Interessante Neuigkeit.

»Und das muss jetzt auf der Stelle sein?«

Keine Antwort ist auch eine Antwort.

Elifs Kinder sind ein wenig jünger als meine. Und diese Kinder wachsen natürlich und weil sie wachsen, brauchen sie ab und zu ein neues Bett. Und das kann dann mal auch sehr plötzlich gehen mit dem Bedarf, quasi Notfall am Sonntag.

Ich werde hellhörig. Durch die erzwungene Ent-
wöhnung von Gerald habe ich meinen emotionalen
Fokus wieder mehr auf das häusliche Geschehen und
durchaus auch noch oder wieder auf meinen Noch-
Ehemann gerichtet. Zumindest soll ihn keine andere
bekommen, solange ich ihn nicht höchstpersönlich
freigegeben habe. Und vor allem möchte ich diesmal
Offenheit und Ehrlichkeit von meinem Mann. Dass ich
diese selbst nicht so wirklich gelebt habe in den letzten
Monaten, blende ich großzügig aus. Mein Mann hat
schließlich etwas gutzumachen.

Ich nötige ihm eine Abmachung auf. »Ich weiß, dass
du mit Elif beruflich zu tun hast wegen eurer Beauty-
geschichten. Ich will aber informiert werden, wenn du
dich privat mit ihr triffst.«

Das Stillschweigen werte ich als Zustimmung.

—

Zu Ostern besuchen wir gemeinsam meine Freundin
Ulli am Neusiedler See. Sie ist mittlerweile Mutter
geworden und es tut mir ein wenig leid, diesen auf-
regenden Prozess verpasst zu haben. Mein Aufmerk-
samkeitskontingent ist in den letzten Jahren sehr aus-
geschöpft gewesen.

Offensichtlich bemerken Ulli und ihr Mann Peter,
dass der Bewunderungskurs seinerzeit in Antonios
Lokal nicht den Quantensprung an Beziehungsver-
besserung gebracht hat. Sie fragen, wie es uns geht,

und das ist weder eine Höflichkeitsfloskel noch eine Frage nach dem Befinden des Einzelnen, sondern nach der Befindlichkeit der Beziehung. Wir wissen keine Antwort, die gleichermaßen ehrlich und konkret sein könnte. Ich verspüre nur vage Wünsche und Bedürfnisse, denen ich nicht einmal selbst traue. Auf einem Spaziergang vor Kurzem habe ich mir gewünscht, dass Martin meine Hand genommen hätte – aber warum eigentlich? Will ich wieder ein Paar sein? Oder die Beziehung mit Martin wieder nur als Plan B, weil Gerald mich wieder einmal weggestoßen hat?

Martin reist am Sonntag schon mit Sarah von Neusiedl aus mit dem Zug nach Hause. Sie ist zu einer Party eingeladen. Ich fahre mit Florian noch zu meinen Eltern. Diese Familienauflösung am Bahnhof fühlt sich seltsam an, als ich den beiden hinterherwinke.

Während wir in der Oststeiermark einen Hauch von Frühling genießen, bricht in Salzburg noch einmal der Winter in höheren Lagen herein. Als ich wieder zu Hause auf der Couch lümmle, sehe ich etwas auf Facebook. Warum schaue ich überhaupt Elifs Facebook-Account an? Eine ganz schlimme Angewohnheit aus der Zeit von Martins Affäre, die ich wohl noch nicht ausreichend ablegen konnte. Damals klickte ich die Frauen durch, mit denen er auf Facebook befreundet war. Könnte es diese sein? Oder doch jene? Ich las Geburtsorte, Wohnorte, Ausbildungswege, Beziehungsstatus und studierte Foto über Foto. So viel wertvolle Lebenszeit vertan.

Und jetzt hänge ich schon wieder auf Facebook herum und sehe Elif beim Schneespaziergang. Warum nur fängt mein Bauch schon wieder an zu grummeln? Wer sagt denn, dass sie mit Martin am Götschen spazieren war, wie der gelbe Wegweiser im Hintergrund verrät? Ausgerechnet am Götschen. Was soll eine Stadtpflanze dort, noch dazu in Deutschland? Die meisten Salzburger bevorzugen heimische Berge. Das kann kein Zufall sein.

Die berufliche Beziehung der beiden hat sich intensiviert. Elif hat sich für die Behandlung ihrer Beautypatienten bisher Räumlichkeiten mit einer anderen Ärztin geteilt, aber dort musste sie dringend raus. Bei ihr ist wohl immer alles ganz dringend. So wie Kinder von einer Minute auf die andere aus ihren Betten wachsen, wird Elif offensichtlich von einer Stunde auf die andere aus ihrer Praxisgemeinschaft geworfen. Unsere Einliegerwohnung ist gerade frei. Immerhin hat Martin den Anstand, mich zu fragen, ob es übergangsweise in Ordnung sei, wenn Elif dort ihre Privatbehandlungen anbietet. Hauptsächlich ist sie ja eh angestellt. Für den Aufbau der Beautysparte sucht sie gerade nach geeigneten Räumlichkeiten. Eigentlich fragt er gar nicht anstandshalber. Das Haus gehört zur Hälfte mir, er braucht meine Zustimmung und eigentlich sollte ich jetzt Nein sagen. Tue ich aber nicht. Ich lasse lieber meinen Bauch vor sich hin grummeln und sage Ja.

Bald darauf wird nebst einer stattlichen Praxisliege diverses Behandlungsgerät über unsere Einfahrt zur Hinterseite des Hauses getragen. Neben unserem Klingelschild erscheint ein weiteres mit Elifs Namen. Auf unserem Küchentisch stapeln sich die Exposés von Immobilienmaklern. Martin hält es plötzlich für eine geniale Geschäftsidee, in Elifs zukünftige Praxis zu investieren. Mit gewerblichen Immobilien könne man ja richtig Geld machen. Er gedenkt, eine Praxis zu kaufen und an Elif zu vermieten. Ich bin erstaunt. Das Durchrechnen von Investitionen zählte bisher nicht zu den hervorstechendsten Eigenschaften meines Noch-Ehemannes. Derlei Entscheidungen trifft er für gewöhnlich eher aus dem Bauch heraus. In dem Fall wahrscheinlich eher eine Etage tiefer – Elif ist eine wunderschöne Frau. Mein Grummeln verstärkt sich.

Zur emotionalen Komponente kommt noch die finanzielle hinzu. Dieses feine Alarmglöckchen ist anders als das Bauchgrummeln im Kopf angesiedelt und es schlägt erstmals an. Dieses Haus gehört zur Hälfte mir und es ist das Zuhause der Kinder. Auch während der stürmischsten Zeiten, in denen ich es lieber verlassen und Unterschlupf in der Nähe meiner Eltern und Geschwister gesucht hätte, habe ich diese Homebase für meine Kinder erhalten und das würde ich weiterhin tun, solange sie dies wünschen und brauchen.

Ich beschließe, mir selbst ein Bild vom feindlichen Lager zu machen, und vereinbare einen Termin bei Elif zur Laserenthaarung meiner Beine. Das ständige Epilieren oder Rasieren ist lästig. Warum sollte ich die Vorteile dieser außergewöhnlichen Situation nicht genießen?

Einen optischen Eindruck konnte ich schon auf Facebook gewinnen. Er wird bestätigt, als Elif mir die Tür öffnet. In das von Botox geglättete, mit Permanent Make-up verschönerte Gesicht ist ein strahlendes Lächeln getackert, das ebenso echt wirkt wie der Rest. Das schwarz gefärbte Haar ist perfekt gestylt.

Ich ziehe meine Hose aus und lege mich auf die Liege. Elif zieht eine Schutzbrille über die Augen und beginnt, mit einem Laser auf meine Haarwurzeln zu schießen. Es würde ein wenig wehtun, hat sie mir prophezeit.

Das leichte Ziepen an den Beinen wird in den Schatten gestellt von meinem Bauchgrummeln, das sich in dieser provisorischen Praxis bedrohlich verstärkt wie ein aufziehendes Gewitter.

Ich habe keine Lust auf Small Talk oder Floskeln und eröffne: »Sie wollen mit Martin gemeinsam eine Praxis kaufen, hab ich gehört.«

»Ja, wir haben auch schon ein Objekt gefunden, aber Sie haben ja Ihr Geld gemeinsam in der Ehe.«

»Noch«, rutscht es mir heraus, als sei eine Scheidung bereits beschlossene Sache und die Aufteilung der gemeinsamen Güter nur mehr Formalität.

Weiß mein Inneres hier mehr als ich?

Die wirtschaftlichen Verflechtungen von Elif und Martin scheinen jedenfalls schon fortgeschritten zu sein. Gemeinsam mit dem Bauchgrummeln verstärkt sich auch das Bimmeln im Kopf.

»Was ist das eigentlich mit Martin und Ihnen? Ist das nur beruflich oder ist da mehr dahinter?«

»Er bewundert mich, weil ich so viel schaffe.«

An Selbstvertrauen scheint es der Dame jedenfalls nicht zu mangeln.

Endlich hat Elif den Laserbeschuss beendet. Ich muss hier raus, raus, raus.

EIN BILD SAGT MEHR ALS TAUSEND WORTE

Der nächste Trigger für mein Bauchgrummeln lässt das finale Gewitter über uns hereinbrechen. Vielleicht ungerechtfertigterweise angesichts meiner eigenen Beziehungsgeschichte der letzten Monate mit Gerald. Aber vielleicht rege ich mich deshalb ganz besonders auf, weil diese Geschichte mit Gerald vorbei zu sein scheint?

Der Tag beginnt ganz harmlos. Martin steht am Sonntag früh morgens auf, während wir alle noch schlafen, und fährt zum Attersee, um ein wenig seinen TopCat zu segeln. Das haben wir am Vorabend so besprochen, am Nachmittag würde er wieder zurück sein. Der Rest der Familie schläft gern lang und kann so zeitigen Aufbrüchen nichts abgewinnen.

Am Nachmittag muss er sich mit seinem Fahrrad austoben. Das Segeln hat ihn körperlich zu wenig gefordert. Ich koche inzwischen und wir genießen einen der ersten warmen Frühlingsnachmittage auf der Terrasse. Auf dem Tisch dampft mein Gemüseeintopf, daneben die Nudeln.

»Ach, war das schön heute Morgen, man ist ganz allein beim Segeln, da ist niemand um diese Zeit«, schwärmt Martin.

Nach dem Essen verziehe ich mich aufs Sofa, denn abends ist es noch zu kühl draußen. Die Kinder sind in ihren Zimmern. Wieder vergeude ich meine Zeit auf Facebook. Aber vielleicht ist die Zeit diesmal nicht vergeudet. Dieser Algorithmus, der ganz bestimmte Inhalte auswählt, wurde sicher auch für eifersüchtige Ehefrauen entworfen: Ständig werden einem neue Fotos präsentiert von Personen, die man früher schon einmal zu neugierig beäugt hat. Und da sehe ich es. Das Grummeln ballt sich zu einer gewaltigen Druckwelle auf und ich weiß, dass mein Leben nie wieder so sein wird wie vorher.

Ein Bild sagt mehr als tausend Worte, heißt es ja. In diesem Fall mag das stimmen. Auf dem Bild hängt sich eine schwarzhaarige Frau auf einem TopCat dramatisch nach hinten, hält sich dabei an den Metallbügeln fest, die zum Einhängen des Trapezes gedacht sind. Wenn es wirklich dramatisch wäre, hinge sie im Trapez. So aber ist es nur Fake. Sie trägt blaues Ölzeug und eine rote Schwimmweste. Mein blaues Ölzeug und meine rote Schwimmweste.

Martin kramt gerade in seinem Jeep vor dem Haus herum, als ich nach draußen stürme. »Warum lügst du uns an?«

»Was meinst du?«

Typisch, erst einmal Zeit gewinnen, herausfinden, was ich weiß, und dann keinesfalls mehr als das zugeben.

»Du hast gesagt, du warst allein segeln.«

»Ihr wollt doch eh nicht so früh aufstehen.«

Auch wieder typisch. Immer eine Ausrede, eine Entschuldigung, eine Begründung parat, warum er nie etwas falsch macht.

»Das ist kein Grund zum Lügen.«

»Ich dachte, wenn wir uns ein wenig Freiheit geben …«

»Das muss man aber ausmachen und nicht so hinterhältig und noch dazu mit dieser Frau, die hier ihre Praxis hat und der du dein Geld hinterherwirfst.« Ich werde immer lauter. Und weiß gar nicht, was von alldem mich mehr aufregt. Meine eigenen Freiheiten sind mittlerweile ein paar Monate her, da kann ich mich ja über seine echauffieren.

»Du gehst ja auch mit Antonio radln.«

Schön wäre es. Selbst das hat sich erledigt. Antonio hat eine Freundin. Vielleicht macht mich auch das so wütend. Keiner will mich. Nicht einmal mehr mein Mann.

Eine Welle der Wut rollt über mich hinweg. Ich gebe mich ihr hin, lasse mich mitreißen, versuche, mich nicht dagegenzustemmen. Ich packe einen Tourenski, der noch zum Trocknen an der Hausmauer lehnt, und schlage damit auf die Motorhaube ein. Vielleicht nicht mit aller Kraft, sondern wohldosiert, sodass weder der Ski (es ist immerhin meiner) noch das Auto Schaden erleiden.

»Ich will, dass du sofort ausziehst.«

Plötzlich weiß ich, was zu tun ist. Ganz sicher bin ich mir. Das Experiment ist zu Ende. Ich habe alles versucht. Den Vorwurf, meine Ehe leichtfertig aufgegeben zu haben, muss ich mir wenigstens nicht machen. Beim zweiten Mal ist es einfacher. Zumindest organisatorisch weiß ich, was zu tun ist. Der Schmerz ist jedes Mal derselbe. Nein, nicht derselbe, es gibt unterschiedliche Arten von Schmerz, aber die Intensität ist immer gleich. Das Lied »Beim ersten Mal tuts noch weh«, das wir in meiner Teenagerzeit gehört haben, hat völlig falsche Tatsachen vorgegaukelt. Es tut jedes Mal gleich weh, jedes Mal. Und damit ich das Objekt meines Schmerzes so selten wie möglich sehen muss, die Kinder aber trotzdem dazu Gelegenheit haben, gebe ich ein paar Regeln vor.

»Du kannst jeden Mittwoch hierherkommen und den Nachmittag mit den Kindern verbringen. Ich werde nicht zu Hause sein und erst abends kommen, wenn du weg bist.«

Mittwochs hat Martin frei.

»Dazu jedes zweite Wochenende. Ich werde dann nicht da sein.« Indem ich mich mit Organisatorischem beschäftige, beruhige ich mich langsam.

Martin wirkt ohnehin recht abwesend. Nur der Moment, in dem er sein Auto gefährdet sah, schien seine Aufmerksamkeit zu fesseln. Jetzt schweift sein Blick wieder in die Ferne, so als ob er dort bereits seine Zukunft mit Elif sehen könnte. Oder was auch immer. Jedenfalls nicht mehr unsere Ehe. Offensichtlich ist er erleichtert, als ich ihm die Parameter der nächsten Zeit vortrage.

Die Wochenenden fangen bei ihm erst am Samstagmittag an und gehen bis Sonntagabend. Ich finde, das ist eine gute Regelung, damit die Kinder regelmäßigen Kontakt zu ihm haben.

LIZENZ ZUM VÖGELN UND GROßE FREIHEIT

Wieder sitze ich bei Christian in der Kanzlei. Ich hätte das gleich bei meinem ersten Impuls vor zweieinhalb Jahren durchziehen sollen, dann hätte ich es schon hinter mir. Jetzt fange ich quasi wieder von vorn an. Nicht ganz, immerhin weiß ich jetzt ein wenig über das österreichische Familienrecht Bescheid.

»Was kann ich für dich tun?«

»Ich möchte eine Trennungsvereinbarung machen.«

Täusche ich mich oder huscht da ein ganz leichtes, flüchtiges Lächeln über die Lippen des Anwalts?

»Was ist denn passiert? Erzähl mal.«

Ich schildere die Ereignisse des letzten Wochenendes und die Vorgeschichte dazu.

»Wir können schon eine Lizenz zum Daten machen, aber mein freundschaftlicher Rat lautet, gleich die Scheidung vorzubereiten.«

Ich fühle mich etwas ertappt und überrascht über solche Worte aus dem Mund eines Anwalts. Eine Trennungsvereinbarung würde bedeuten, dass ich wieder ganz offiziell daten darf. Vielleicht wird es mit Gerald ja doch noch was. Diese Besonderheit des österreichischen Familienrechts bietet Privatdetektiven und

Anwälten ein breites Betätigungsfeld. Und darüber lassen sich lustige Filme drehen, wenn man nicht gerade selbst betroffen ist.

Warum will ich überhaupt diesen Umweg gehen? Was in mir wehrt sich so beharrlich, mich scheiden zu lassen? Wir haben doch alles versucht! Oder hoffe ich, die Trennungsvereinbarung schneller über die Bühne zu bekommen als eine Scheidung und so schneller zu meiner Lizenz zum Vögeln zu kommen?

»Wir können es ja als Vorstufe machen und in der Trennungsvereinbarung schon Regelungen zum Unterhalt, zur Vermögensaufteilung und zur Obsorge treffen.«

Ja, genauso möchte ich es haben. Es soll sofort losgehen und mich sofort befreien.

Meinen ersten freien Mittwochnachmittag, an dem Martin bei den Kindern ist, verbringe ich im Einkaufszentrum. Ich schlendere durch die Gänge, als ich von einem Verkäufer an einem Pop-up-Stand angesprochen werde. Ich betrete diese Einkaufszentren normalerweise nur zielgerichtet, das planlose Schlendern zum Zeitvertreib ist sehr ungewohnt, aber nicht unangenehm. Der charmante junge Mann möchte mir gern die phänomenale Wirkung der Dead-Sea-Kosmetik vorführen. Bereitwillig lasse ich meinen Handrücken eincremen und siehe da – er fühlt sich sofort weicher an. Das ist genau das, was ich in meiner Lebenslage brauche: jüngere, weiche Haut. Ich kaufe das Komplettprogramm und bezahle die umfangreiche Rechnung mit der Kreditkarte auf Martins Konto. Danach setze ich mich auf die Terrasse von Raschhofer und verzehre einen Schwarzbrottoast.

Es fühlt sich besser an als gedacht, dieser erste trennungsgeregelte Nachmittag. Ich betrachte es einfach als freien Nachmittag und kann es genießen. Erst als ich sicher bin, Martin nicht mehr anzutreffen, fahre ich nach Hause.

Für das Wochenende buche ich ein Hotel. Ich scrolle durch die Angebote auf einer Buchungsplattform. Ein wenig Komfort brauche ich schon. Am günstigsten wäre das Radisson Blue im selben Gebäude wie mein Büro, aber ich glaube, das schaffe ich nicht. Da würde ich mir vorkommen, als ob ich das Wochenende in der Arbeit verbringe. Das H+ direkt am Bahnhofplatz ist nur einen Block entfernt, aber immerhin. Die Lage ist zwar nicht so berauschend, aber ich muss ja nicht aus dem Fenster sehen. Dafür werde ich auch gar keine Zeit haben.

»Kleintarfing ist aber nicht weit weg von hier«, stellt der Rezeptionist fest, als er mein Anmeldeformular überprüft.

Mühsam unterdrücke ich meinen Ärger. Was geht ihn das an, wie weit weg ich wohne? Wie unprofessionell ist das denn? Ich lasse mir nichts anmerken und kommentiere die Aussage nicht. Als ob das Ganze nicht schon schlimm genug wäre, muss der Typ auch noch in meiner Wunde stochern. In meinem Kopf singt Reamonn zur Beruhigung »Supergirls don't cry«. Ich bin Supergirl. Ich schaffe auch das hier.

Mein umfangreiches Programm lässt mir gar keine Zeit, mich weiter über den Typen zu ärgern. Als Erstes schicke ich Gerald ein Foto von meinem Trolley im Zimmer mit dem Text »Notschlafstelle für Scheidungsnomaden«. Na ja, vielleicht ist das etwas überdramatisiert. Es kommt keine Antwort. Dann beginnen die ausgiebigen Vorbereitungen für den Abend. Ich bin mit meiner jungen und schönen Kollegin Sabrina verabredet.

Im Badezimmer baue ich die einzelnen Bestandteile der Dead-Sea-Kosmetik auf und beginne mit der Maske. Das heißt, zuerst beginne ich mit dem Studium der diversen Gebrauchsanleitungen, um zu lernen, welches Produkt ich auf welche Weise in welcher Reihenfolge auftragen muss. Aller Anfang ist schwer, aber irgendwann bin ich eingekleistert und lasse das Zeug einwirken. Aus dem Handylautsprecher singt Reamonn von Supergirl, das niemals weint.

Als ich ausreichend verschönert und verjüngt bin, genieße ich mit Sabrina das Menü in einem Fisch-Restaurant mit mehreren Gläsern Malvasier, bevor wir uns in das überschaubare Salzburger Nachtleben stürzen. Mit Sabrina in einer Bar zu erscheinen bedeutet, unsichtbar zu sein, so als hätte ich Harry Potters Tarnumhang an. Alle Blicke wenden sich ihr zu, die Herren am Tresen möchten ihr einen Drink spendieren. Manchmal wird mein Tarnumhang gelüftet und ich komme auch in den Genuss eines Drinks, wenn der Herr nicht knausrig erscheinen möchte. Ich habe damit kein Problem, spiele nicht nur altersmäßig in einer

anderen Liga als meine schöne Kollegin und so finde
ich diese Mehrgenerationen-Abende sehr unterhaltsam.

Nach ein paar Drinks verlassen wir die Russ-Bar
und steuern das Half Moon an. Ich genieße das
Aufgehen in der Musik und tanze bis kurz vor dem
Morgengrauen. Sabrina hat einen Bekannten getroffen
und ich mache mich zu Fuß auf den Weg zum Hotel.
Wie schön, an der nächtlichen Salzach entlangzu-
gehen, den Kopf und die Gehörgänge noch ein wenig
auszulüften.

Am Sonntag ist Ausschlafen angesagt, bevor ich
mich zum Katerfrühstück schleppe. Danach zwinge ich
mich auf den Stepper, schließlich habe ich den Fitness-
raum mitbezahlt. Nach einem kurzen Spaziergang
an der frischen Luft ist es auch schon wieder Zeit, zu
Hause zu übernehmen. War doch eigentlich gar nicht
schlimm. Im Gegenteil, so ein Wochenende für mich
allein ist herrlich – solange ich die Umstände ausblende,
die dazu geführt haben.

Gut, dass ich das Wochenende in Freiheit so genossen habe, denn am Montag auf der Arbeit wird mein
Trennungsentschluss auf eine harte Probe gestellt. Mein
Handy zeigt eine neue WhatsApp an. Mit einem Profil-
bild, das mir gleich einen Stromstoß durch den Körper
jagt. Ich verschwinde in der kleinen Kaffeeküche.

Elif schickt mir eine Audiodatei mit einem Lied. Ich
habe keinen Bock, das anzuhören, aber gleich hinterher
kommt eine Nachricht. Ich will sie nicht lesen, kann
aber nicht anders. Als ob man an einer Unfallstelle

vorbeifährt – man will gar nicht schauen, aber so ein bisschen linst man doch in die Richtung.

> Guten Morgen! Das ist ein Stück von einem guten Freund. Ich möchte Ihnen das für den heutigen Tag schenken und wünsche Ihnen ganz viel Kraft. Ich verstehe Sie … vielleicht hilft Ihnen das … aber bitte halten Sie an Ihrer Liebe fest.

Warum kann ich das nicht einfach löschen und Elif blockieren? Wer sabotiert mich hier, wer führt meine Finger über das Display? Ich will nicht antworten, ich will nicht mit dieser Frau schreiben.

> Danke, es geht mir gut. An einer Liebe festzuhalten, von der man so gedemütigt wird, wäre Selbstzerstörung, daran bin ich nicht interessiert.

Elif schickt ein trauriges Emoji.

> Ich antworte: Ihre guten Ratschläge hätten Sie Martin bei Ihren ach so guten Gesprächen geben können, ich bin definitiv die falsche Adresse.

> Elif: Habe ich gemacht, glauben Sie mir.

Ich: Sie sind nicht der Grund für unsere Trennung, sondern nur der Auslöser.

Elif: Am liebsten wäre ich gar nichts in dieser Angelegenheit.

Ich: Das hätten Sie sich früher überlegen müssen, welche Rolle Sie in der Beziehung Ihres guten Freundes spielen wollen.

Elif: Es tut ihm unendlich leid, dass er es Ihnen nicht gesagt hat. Er möchte nicht weg von Ihnen und den Kindern.

Ich: Ich weiß, dass er nicht von den Kindern wegmöchte, deshalb habe ich den Plan gemacht, wie er sie sehen kann. Von ihm kommt ja nichts. Das Ganze macht überhaupt keinen Sinn, wenn Martin nur IHNEN sagt, dass es ihm leidtut und dass er zurückwill, und zu mir gar nichts.

Elif: Ich bin mir sicher, dass er es Ihnen auch sagen wird. Er wartet, bis Sie sich beruhigt haben, damit es bei Ihnen ankommt.

Was ist bloß in mich gefahren? Was mache ich hier, was schreibe ich hier?

Die WhatsApperei hat sich über den ganzen Tag verteilt, mich hineingezogen wie ein Sog. Ich will das nicht. Im Kopf weiß ich, dass das alles keinen Sinn mehr ergibt, ein sauberer Schnitt ist das Beste, aber irgendetwas in mir klammert. Ich weiß nicht einmal so genau, woran: an Martin, an die Idee von Ehe, an die Vorstellung von Familie?

Am nächsten Tag habe ich mich gerade ein wenig davon erholt, da kommt eine Sprachnachricht von Elif. Irgendetwas zwingt mich, sie zu öffnen, ich will eigentlich gar nicht. Zuerst höre ich nur seltsame Geräusche. Ich will die Nachricht schon wieder schließen und von meinem Handy löschen. Da kommt die Erklärung. Elif erzählt mir, dass sie wegen mir weint. Ich bin so geplättet, dass ich die Datei doch nicht lösche.

EIN KLEINER SCHRITT

Ängstlich taxiere ich den Parkplatz. Ist er schon da? Ob er überhaupt kommen wird? Es ist nicht so einfach, sich einvernehmlich scheiden zu lassen, wenn einer der Noch-Ehepartner sich nicht scheiden lassen will. Christian hatte mich darauf aufmerksam gemacht. Wenn es minderjährige Kinder gibt, ist für eine einvernehmliche Scheidung eine Beratung erforderlich. Und da bin ich jetzt. Da biegt Martin auch schon um die Ecke. Er parkt sein Auto, nach einem verhaltenen »Hallo« betreten wir das Haus. Wir sind beide zu früh. Die Assistentin bittet uns trotzdem schon in das Beratungszimmer. Wir nehmen auf zwei unbequemen Stühlen nebeneinander am Schreibtisch Platz, gegenüber wird die Beraterin sitzen. Auch gut, so haben wir vorher noch Zeit für Organisatorisches.

»Am nächsten Wochenende bin ich bei den Kindern.« Sicherheitshalber erinnere ich Martin an die gemeinsamen Planungen.

»Nein, nächstes Wochenende bin ich da.«

»Das war aber anders ausgemacht. Ich habe kein Hotel gebucht.«

Martin zückt sofort sein Handy, um mir zu beweisen, dass ich unrecht habe. So ist er immer. Anstatt eine Lösung zu finden, muss zuerst die Schuldfrage geklärt werden. Das regt mich tierisch auf.

»Warum kannst du dich nicht EINMAL an etwas

halten, das ausgemacht ist?« Trotz der einschüchternden Umgebung werde ich langsam laut.

»Warum musst du immer so ein Hin und Her veranstalten?«

Schon haben wir uns in klassischer Weise aneinander festgebissen und der schönste Streit ist im Gange, als die Beraterin den Raum betritt. Sie bedient meine klischeehafte Vorstellung mit üppigem Busen, bunter Kleidung und Holzschmuck. Mit hochgezogenen Augenbrauen nimmt sie hinter dem Schreibtisch Platz. Jetzt setzt sie eine neutrale Miene auf, aber ich bin ganz sicher: Ich habe Missbilligung über ihr Gesicht huschen gesehen angesichts unserer Streiterei.

Schlagartig haben wir uns beruhigt und sehen sie schuldbewusst und erwartungsvoll an. Sie setzt ihre Lesebrille auf, die vor ihrer Brust baumelt, und studiert unsere Unterlagen. Als hätte sie es nicht herauslesen können, fragt sie jetzt: »Wie alt sind denn Ihre Kinder?«

»14 und 16«, antworte ich.

»Das ist das ungünstigste Alter für eine Scheidung.«

Sofort bin ich wieder auf hundertachtzig. Was soll das denn? Glaubt sie, ich mache das spaßeshalber? Glaubt sie, ich würde mein Mutterherz brechen lassen, wenn nicht mein persönliches Herz in seinen Grundfesten gefährdet wäre?

»Ich will mich ja gar nicht scheiden lassen.« Martin setzt wieder sein trotziges Gesicht auf.

Sofort wendet sich mein Groll von meinem

Gegenüber gegen den Sitz neben mir beziehungsweise auf den, der darauf sitzt.

Erstaunlicherweise bekomme ich jetzt sogar Schützenhilfe vom Gegenüber. »Manchmal kann das aber trotzdem das Beste für die Kinder sein«, wendet sich die Beraterin an Martin.

Den Rest der Beratungseinheit nutzt sie für geduldige Trennungsberatung. Das Einzige, was wir hier über den Umgang mit den Kindern in der Trennung lernen, werden wir nicht beherzigen: Man soll nicht gemeinsam Weihnachten feiern.

Wumms. Die Beraterin drückt einen Stempel auf ein Formular und setzt ihre Unterschrift darunter. Das ist mein Fahrschein in die Freiheit, diese Bestätigung brauche ich für eine Scheidung.

»Wie lange ist die denn gültig?«, frage ich, als sie mir den Zettel hinhält.

»Lange genug.«

Täusche ich mich oder war da ein feines Zwinkern in ihrem linken Auge?

Trotz der Streitereien kann ich meine Wunschwochenenden behalten und fahre zu meiner Freundin nach Wien. Am Sonntag ist Muttertag. Ich muss rechtzeitig zurück sein, damit der flüssige Kern vom Schokokuchen nicht fest wird, den Sarah mir backen wird. Trotz meiner gescheiterten Ehe und aller damit verbundenen Schmerzen bin ich wirklich ein Glückspilz. Meine Kinder lieben mich und ich habe Freunde, mit denen ich meine neu gewonnene Freizeit verbringen kann.

Sandra holt mich mit ihrem schicken Cabrio am Bahnhof ab und wir fahren zum Naschmarkt. Es ist einfach wunderbar, mich der Führung meiner Freundin anzuvertrauen. Ich habe Wien vor zwanzig Jahren verlassen. Für mich fühlt es sich wie eine neue Stadt an. Ganz abgesehen davon hätte ich mir als Studentin die Lokale, die wir nun besuchen, gar nicht leisten können, selbst wenn es sie gegeben hätte. Wir essen hervorragend, streifen ein wenig das »Was bisher geschah« der letzten drei Jahre und lassen uns dann im Nachtleben treiben. Erst beim Sonntagsbrunch gehen wir ins Detail und ich berichte von den neuesten Vorkommnissen. Ich spiele die Sprachnachricht von Elif ab, auf der sie weint. Meinetwegen? Um mich? Plötzlich wird mir die Skurrilität des ganzen Dramas bewusst und ich kann mit Sandra gemeinsam darüber lachen. Einer der eisernen Ringe, die in den letzten Wochen zu eng um mein Herz lagen, hat sich mit einem leisen »Pling« verabschiedet. Wenn man darüber lachen kann, ist es schon nicht mehr so schlimm.

AUFRÄUMEN

Es ist einer dieser Donnerstage im Juni. Feiertag, Christi Himmelfahrt. Alle Welt ist übers lange Wochenende verreist. Für mich ist es kein langes Wochenende. Ich werde am Freitag arbeiten, muss mit meinen Urlaubstagen haushalten als alleinerziehende Mutter. Jetzt regnet es auch noch. Florian ist beim Training, Sarah hat sich mit einem Buch verzogen. Eine einmalige Gelegenheit, Dinge in Angriff zu nehmen, die ich schon ewig vor mir herschiebe. Nein, nicht Fenster putzen, so schlimm ist es auch wieder nicht. Ich werde meine E-Mails der alten, stillgelegten Adresse aufräumen. Und bei der Gelegenheit schauen, ob sich noch etwas Wichtiges hineinverirrt hat in diesen Account.

Das war unser erster Versuch mit dieser neuen Technik. Zuerst hatten wir nur eine E-Mail-Adresse vom Provider für die ganze Familie. Dann haben wir für jedes Mitglied eine eigene angelegt, aber wir haben sie nicht einzeln mit Passwörtern geschützt – wozu auch innerhalb der Familie? Ich öffne den Account. Für mich ist nichts dabei. Aber für Martin ploppen zwei ungelesene Nachrichten auf. Mein Herz schlägt schneller. Die erste ist von seinem Freund Robert aus Seattle, den kenne ich vom Hörensagen. Ich überlege ein wenig, dann schreibe ich eine kurze Antwort auf Englisch, dass Martin unter dieser Adresse wegen unserer Scheidung nicht mehr erreichbar ist.

Dann wird es spannend. Die nächste Mail ist von einer Frau. Wie könnte es anders sein? Der Name sagt mir nichts. Noch spannender ist die Firma, von der aus die Mail verschickt wurde. Martin arbeitet mittlerweile als angestellter Arzt in einer Kuranstalt, von einer Kollegin dort kommt auch die Mail. Warum reden sie nicht dort miteinander? Ich öffne die elektronische

Post. Es geht um irgendeinen Kollegen. Und dann der Schlusssatz, der mich den Rest des Tages und darüber hinaus beschäftigen wird: »Ich freue mich auf dich.«

Schreibt man so etwas an einen Arbeitskollegen? Der ausschließlich Kollege ist und sonst nichts? Ich öffne die Website des Unternehmens und sehe die Fotos der Angestellten durch. Da ist sie. Marketingabteilung. Blond, schön, strahlendes Lächeln. Wie gern würde ich dieses Klischee endlich verlassen. »Ich freue mich auf dich.«

Wieder einmal weiß ich, was ich zu tun habe.

OB ENGEL HELFEN KÖNNEN?

Christian mailt mir den ersten Entwurf der Trennungsvereinbarung. Er scheint nicht ganz zufrieden damit. Insbesondere im Teil mit dem Unterhalt sieht er Konfliktpotenzial. Das ist tatsächlich ein heikles Thema. Wann immer ich es angesprochen habe, auch in unseren ersten Trennungsmonaten vor fast drei Jahren, ist Martins einzige Reaktion: »Sag, wie viel ihr braucht.« So stellt er sich das vor. Wenn die Kinder neue Schulhefte oder Schuhe brauchen, dann bezahlt er das. Die monatliche Überweisung eines fixen Betrages kann er mit seinem Inneren wohl nur schwer vereinbaren. Deswegen machte er den Vorschlag, mir Zugriff zu einem Konto zu geben, von dem ich diese Zahlungen tätigen kann.

Christian schickt mir den Link zum Unterhaltsrechner der Jugendwohlfahrt. Ich solle das Thema auf
dieser Basis mit Martin besprechen. Wir treffen uns
in einem Restaurant in Bad Eichenfels, ein neutraler
Boden scheint uns angemessen. Martin macht keinen
glücklichen Eindruck. Ein neuer Freund von ihm sitzt
ebenfalls mit am Tisch. Der verabschiedet sich rasch,
als er den Ernst unserer Lage begreift. Ich habe den
Unterhaltsrechner ausgedruckt bei mir und möchte
gleich in medias res gehen, um so schnell wie möglich
wieder von hier flüchten zu können. Das Thema wird
an diesem Abend nicht besprochen, mein Zettel bleibt
in der Tasche. Dafür gehe ich um einige Erkenntnisse
reicher nach Hause. Und um einige Sorgen.

Martin hat tatsächlich die Idee mit dem Therapeuten
aufgegriffen. Allerdings anders, als ich es mir vorgestellt
habe. In seinem Leben gibt es jetzt einen Erklärbären,
den Manfred. Manfred ist nicht irgendein Therapeut,
der sich sein Wissen aus Büchern oder Seminaren
zusammengeklaubt hat, nein, Manfred erhält seine
Erkenntnisse direkt von oben. Er ist ein Medium
und kommuniziert mit Engeln. Martin wiederum
kommuniziert mit Manfred via iPhone. Dadurch kann
man indirekt per iPhone mit Engeln kommunizieren.

Martin hat Manfred auf Elifs Empfehlung hin
konsultiert. Manfred hat eine astreine Erklärung für
Martins Schwierigkeiten im Leben. Er wurde in seinem
früheren Leben als Sklave gehalten. Nun ja. Ich dachte,
nach den Erlebnissen der letzten drei Jahre könne mich

nichts mehr vom Hocker werfen, aber ich habe falsch gedacht. Wenigstens bin ich dermaßen sprachlos, dass mir nicht einmal zynische, abwertende oder sonst irgendwelche Äußerungen entfleuchen, die mein Noch-Ehemann mir übel nehmen könnte. Ich bin sprachlos.

Ich kann dem Ganzen immerhin auch etwas Positives abgewinnen. Martin beginnt, sich mit seiner Opferrolle auseinanderzusetzen. Bisher war ich ja immer an allem schuld. Meinetwegen musste er fremdgehen, die Familie verlassen, und die Wiederaufnahme habe ich auch nicht überzeugend genug versucht (in dem Teil würde ich ihm sogar zustimmen).

Aber auf diese Weise? Was soll das bringen? Und was steckt dahinter? Meine Sprachlosigkeit wird wohlwollend aufgenommen. Martin erzählt weiter. »Es gibt viel mehr zwischen Himmel und Erde, als wir uns vorstellen können.«

Diesem Allgemeinplatz kann ich nicht einmal widersprechen.

»Ich werde das in Zukunft auch beruflich für mich nutzen.«

Alarmglocke Nummer zwei springt an.

»Ich fahre zu einem Seminar für Remote Viewing nach Paris.«

Remote Viewing? Da der Einstieg die Engel waren, wird es ja wohl kaum um technische Kommunikation in der Ferne gehen.

»Ich kann aus der Ferne die Beschwerden der Patienten erspüren und sie heilen.«

Ach, wie praktisch! Überfüllte Warteräume gehören der Vergangenheit an. Martin braucht gar nicht mehr aufzustehen, er heilt von zu Hause aus und das weltweit.

Es zerreißt mich innerlich. Ich bin mit dem Mann auf der anderen Seite des Tischchens verheiratet, habe ihm Treue in guten und schlechten Zeiten versprochen, sogar in der katholischen Kirche, wo das lebenslänglich bedeutet. Aber zusätzlich zu diesen äußeren Zwängen tue ich mich immer noch unglaublich schwer, diesen Mann innerlich loszulassen. Mein Hang für hoffnungslose Fälle klammert sich an diese Liebe wie ein Ertrinkender an die Rettungsinsel. Ich vertage das Thema Unterhalt, stehe auf und fahre nach Hause.

Doch auch die häusliche Situation ist nicht zu besonderer Beruhigung geeignet. Die Lage beginnt, sich zuzuspitzen. Elifs Verhalten wird immer seltsamer. Auf die Phase mit Anrufen, WhatsApp- und Sprachnachrichten folgt eisiges Schweigen. Ich kenne ihre Rolle und ihre Motive nicht und kann mir auch keinen Reim auf ihr Benehmen machen. Braucht sie Martin nur als Investor und Handwerker für die Praxis? Haben sie eine sexuelle Beziehung? Interessiert mich das überhaupt? Das Schweigen würde ich eigentlich begrüßen, aber wenn mir jemand in meiner Einfahrt offen ins Gesicht schweigt, ohne mich zu grüßen, empfinde ich das schon als grobe Unhöflichkeit. Unserem ersten Epilationstermin hätten noch weitere folgen sollen für ein nachhaltiges Ergebnis. Nach der Phase mit den zahlreichen Nachrichten habe ich darauf allerdings verzichtet.

Trotzdem erwarte ich ein Mindestmaß an Höflichkeit, wenn sie auf dem Weg in ihre Praxis an mir vorbeigeht.

Dummerweise hat sie auch Sarah die Epilation schmackhaft gemacht und nun spielt sie auf diese Weise mit uns. Sie vereinbart Termine mit meiner Tochter, zu denen sie dann nicht erscheint, ruft an, um neue Termine zu vereinbaren, die sie dann verschiebt. Wenn dann einmal ein Termin stattfindet, quält sie Sarah mit Gesprächen über ihren Papa. Ich kann meiner Tochter die Epilation bei Elif aber auch schlecht verbieten. Jede Äußerung von mir wird von Sarah auf tausend Goldwaagen gelegt. Ich kann aber sehr wohl dafür sorgen, dass diese Frau von meinem Grundstück verschwindet, und das werde ich jetzt in Angriff nehmen.

Der Lkw der Spedition parkt draußen in der Einfahrt. Der Fahrer steigt aus und klingelt. Ich habe ihn vom Küchenfenster aus schon gesehen und bin sofort an der Tür. Ich nehme den Zweitschlüssel der Einliegerwohnung vom Haken und gehe mit dem Fahrer und seinem Helfer zur Rückseite des Hauses. Elif ist heute nicht da. Ich schließe die Tür auf und zeige den Mitarbeitern der Spedition den Inhalt der beiden Räume, der für den Abtransport bestimmt ist. Allen voran die sperrige Praxisliege, das teure Laser-Epiliergerät, im Nebenraum die Sitzgarnitur des Wartebereiches, der Stuhl, auf dem Elif während der Behandlung sitzt. Ich verlasse

So habe ich es mir in meiner Fantasie vorgestellt. Auf diese Weise würde ich mich der Praxis entledigen, auf sehr elegante und vor allem spektakuläre Weise. Ich müsste mich mit niemandem herumstreiten. Das Szenario entspringt aber nicht meiner Fantasie, sondern einem realen Vorbild. Ein Freund hat mir erzählt, seine Ex-Freundin habe sein ganzes Zeug per Spedition vor seinem Büro abladen lassen. Während er auf einer Konferenz in Kapstadt war. Nun ja. So weit würde ich nicht gehen. Aber ich könnte Elif gegenüber die Möglichkeit erwähnen, schließlich habe ich keinen Mietvertrag unterschrieben. Ich will diese Frau aus dem Haus haben. So schnell wie möglich.

Das muss noch ein wenig warten, denn Elif weilt in London. Das kann ich sowohl ihrem Facebook-Account als auch den Berichten meines Noch-Ehemannes entnehmen. So ist das also. Kein Geld für Praxismiete, aber für eine Vergnügungsreise nach London.

Nach der Rückkehr aus London werden rasch geeignete Praxisräumlichkeiten gefunden. Martin geht ganz auf in der Renovierungsarbeit. Da bleibt naturgemäß wenig Zeit für die Kinder. Er pendelt zwischen seiner Arbeit und der »Ordi« hin und her. Allein der Ausdruck – Ordi. Seit zwanzig Jahren lebt Martin in Österreich, was seinem hannoverischen Deutsch bisher nicht anzuhören war. Und jetzt spricht er von der Ordi. Die Frau scheint großen Einfluss zu haben.

Jedenfalls muss in der Ordi offensichtlich ein neuer Fußboden verlegt werden. Florian braucht ein neues Bett, sein Fahrrad braucht ein Service, aber all das muss warten. Ich suche mit Florian gemeinsam ein Bett bei IKEA aus und bitte Martin per SMS, es aufzubauen. Irgendetwas wird man vom Erzeuger ja wohl noch erwarten dürfen, auch wenn er jetzt den Bauarbeiter bei der schönen Türkin macht. Als Antwort bekommt Florian eine Nachricht aufs Handy mit der Frage, welcher Boden beim Baumarkt gekauft werden soll. Fehlgeleitete SMS – jetzt wissen wir wenigstens, womit er beschäftigt ist. Mein Groll steigt und steigt. Immer schön ruhig bleiben vor den Kindern.

Wenigstens hilft der Groll, meine Ellbogen ein Stückchen weiter auszufahren. Meine Freundin Teresa hat mir dazu schon geraten, als ich ihr zum ersten Mal von Elif berichtet habe. Bei Martin hat allein die Drohung mit der Spedition schon Wirkung gezeigt, die ich ihm per

WhatsApp angedeutet habe. Nacheinander entfernt er die Einrichtungsgegenstände aus der Einliegerwohnung. Die sperrige Liege wird als Letztes über die Einfahrt getragen. Elif war bei der Aktion nicht anwesend. Ich kann wieder ein wenig freier atmen, als die Räumlichkeiten leer sind, dieses Kapitel abgeschlossen ist. Ich bitte Martin noch, das Klingelschild abzumontieren, doch auch ein Jahr später wird es noch dort hängen.

Im Juni reise ich mit Mutter und Tochter nach Rom, ein Geschenk zum 70er.

Am letzten Tag sitze ich mit meiner Mutter am Brunnen am Fuße der Spanischen Treppe – was für schöne Erinnerungen habe ich an diesen Ort. Sarah sitzt ein wenig abseits und zeichnet.

»Lass dich endlich scheiden. Ich seh doch, dass du nicht glücklich bist, Kind.«

Was für eine Aussage aus dem Mund meiner Mutter! Meine katholischen Eltern haben mir nach Martins ersten Rückkehrwünschen noch geraten, sogar nahegelegt, ihm zu verzeihen. Ich bin erstaunt. Und es gibt mir zu denken. Wirke ich wirklich so unglücklich? Ich habe mir größte Mühe gegeben, diesen Ausflug zum Erfolg werden zu lassen. Keinesfalls wollte ich die Stimmung überschattet haben von meinen privaten Dramen.

Ich gebe keine Antwort, aber das wird auch nicht erwartet.

Meine Eltern mischen sich äußerst selten in mein Privatleben.

Und jetzt rät meine Mutter mir zur Scheidung. Warum klammere ich mich so an diesen Mann? Warum gelingt es mir nicht, Kopf und Bauch in Einklang zu bringen, oder Kopf und Herz oder wo auch immer der Ort ist, an dem die Emotionen sitzen, die mich zurückhalten vor einer Scheidung?

ERKENNTNIS ODER WAS DIE DEUTSCHE BAND »ECHT« SCHON LANGE VOR MIR WUSSTE

Nachdem wir aus Rom wieder in meinem Elternhaus angekommen sind, bringe ich Sarah nach Semmering zu einer Veranstaltung der Begabtenförderung. Allein fahre ich nach Salzburg zurück. Florian wird heute von seinem Gletschertraining mit der Snowboardmannschaft kommen. Martin hat sich bereit erklärt, ihn vom Treffpunkt abzuholen, für den Fall, dass ich es nicht schaffe. Möglicherweise würden wir dann zu Hause aufeinandertreffen, aber mittlerweile ist das nicht mehr so schlimm.

Ich hege immer noch Groll gegen meinen Noch-Ehemann, vermengt mit einem Wirrwarr an Gefühlen, die ich unmöglich einzeln benennen kann. Aber da ist nicht mehr diese Wut in mir, die manchmal unbedingt irgendetwas zerstören möchte, und so habe ich es gewagt, unser strenges Regime etwas aufzuweichen.

Gelegentlich laufen wir uns bei den Übergaben über den Weg, ohne dass ich mit einem Ski auf Martins Auto eindreschen muss.

Ich bin also schon zu Hause, als Martin mit Florian eintrifft. Die beiden laden das Gepäck aus und tragen es hoch in Florians Zimmer. Florian bleibt oben, um sich aus den stinkenden Snowboardklamotten zu schälen. Vielleicht kann ich ihn danach sogar zu einer Dusche überreden. Martin kommt die Treppe herunter, ich erwarte ihn im Flur.

Ein paar Stufen oberhalb bleibt er stehen. Eine ungünstige Ausgangsposition für das Gespräch, das ich gleich eröffnen werde, aber mir fehlt die Geduld, zu warten. Ich falle mit der Tür ins Haus. »Empfindest du noch etwas für mich?«

»Lass uns doch mal in Ruhe über alles reden.«

Mein Wutpegel beginnt, schon wieder leicht zu steigen. Ausflüchte statt Antworten. Seine Position auf der Treppe, von der aus er auf mich herabsieht, passt wunderbar zu dieser Aussage. Distanziert und überheblich wie immer.

»Warum willst du dich nicht scheiden lassen?«, bohre ich weiter.

»Denk doch an alles, was wir uns aufgebaut haben.«

Was soll das denn schon wieder? Das Haus, die Kinder wären ein Grund, zu bleiben. Aber was ist mit mir und meinen Gefühlen? Wovon sollen die genährt werden? Wieder fühle ich eine leichte Steigerung des Wutpegels. »Und was ist mit mir? Liebst du mich überhaupt?«

Schweigen. Wenigstens ist er ehrlich und versucht nicht, mir etwas vorzugaukeln, was nicht ist. Mit einem Schlag hat sich die Wut in nichts aufgelöst, ist verpufft durch diesen einen nicht gesagten Satz. Ruhe breitet sich stattdessen in mir aus und macht Platz für eine Erkenntnis. Durch diese Erkenntnis fügen sich plötzlich Kopf, Herz und Bauch zu einer Einheit. Diese Erkenntnis spricht zu mir. Selten zuvor habe ich meine innere Stimme derart klar vernommen.

Versuch nicht, etwas aus ihm herauszupressen, was nicht drin ist.

Vielleicht hat ja einer der Engel vom Erklärbären Manfred zu mir gesprochen. Der Engel konnte das Drama auch nicht mehr mitansehen. Diese Erkenntnis, diese Klarheit gibt mir die Kraft, endlich in Angriff zu nehmen, was seit Jahren überfällig ist. Sie wird mir die Kraft geben, es durchzustehen, denn es ist nicht so einfach, sich einvernehmlich scheiden zu lassen, wenn einer der Eheleute sich nicht scheiden lassen will. Und wenn selbst der Scheidungswillige manchmal von Wankelmut und Unsicherheit ergriffen wird.

Ein Lied erklingt plötzlich in meinem Inneren, so als wenn man von einem Ohrwurm gequält wird, nicht weghören kann. Diesen Ohrwurm, den ich die nächsten Jahre hören werde, manchmal nur innerlich, manchmal auch real über meine Kopfhörer, den mag ich wenigstens, auch wenn er furchtbar traurig ist. Aber er hilft mir trotzdem.

»Du trägst keine Liebe in dir«, singt die deutsche Band ECHT für mich.

Es ist nicht nur so, dass er MICH nicht liebt. Er kann gar niemanden lieben. Nicht einmal sich selbst.

VORBEREITUNG FÜR DEN AUFBRUCH

Ich sitze wieder in der Anwaltskanzlei von Christian und mache meinem Unmut Luft. »Mittlerweile verstehe ich Leute, die ihren Partner einfach umbringen.«

Christian findet das gar nicht lustig. Ich eigentlich auch nicht. Es ist mir einfach so über die Lippen gegangen. Ich erschrecke selbst vor dem Gedanken. Aber ich kann es ein Stück weit nachvollziehen. Alle Wut, Demütigung, Ausweglosigkeit können in einem Augenblick aus einem herausbrechen. Ich schiebe die schrecklichen Gedanken weg und widme mich wieder dem Naheliegenden. Schließlich zahle ich viel Geld für den Termin bei Christian, da sollte ich die Zeit nicht mit sinnlosen Fantastereien verbringen.

»Die meisten Männer haben bei einer Scheidung Angst davor, Unterhalt bezahlen zu müssen.« Christian hat eine mögliche Erklärung für Martins Weigerung.

Aha. Ist mir auch schon aufgefallen. Daher kommt unsere seltsame Regelung mit dem Zugriff auf sein Konto – die ich bisher auf meine ganz eigene Art interpretiert habe. Ich hebe jeden Monat genau so viel Geld ab, wie den Kindern gemäß Unterhaltsrechner zusteht, und spare es.

»Du bekommst ja eh keinen Unterhalt. Dafür verdienst du zu gut«, sagt Christian.

Ist mir auch lieber so. Ich bin stolz und glücklich, nichts zu brauchen, für mich selbst sorgen zu können. In meiner Situation von Glück zu sprechen, ist natürlich relativ. Aber das Bewusstsein, nicht wegen des Geldes an einen Mann gekettet zu bleiben, erzeugt schon ein Gefühl, das dem von Glück nahekommt. Ich werde frei sein. Meine emotionalen Ketten sind schon schlimm genug, aber die sind ganz allein mein Ding. Die kann ich loswerden, wenn ich stark genug bin, und daran kann ich arbeiten.

Er liebt mich nicht. Weil er es nicht kann. Ich habe in ein schwarzes Loch hineingeliebt. Viele Jahre lang. Und es ist ein Trugschluss, zu glauben, dass, wenn man nur lang genug hineinliebt, auch Liebe zurückkommen wird. Es ist auch nicht so, dass das Loch irgendwann voll ist und die Liebe, die ich selbst hineinliebe, übersprudelt. Sie wird absorbiert und verschwindet.

Es hat mir auch nicht geholfen, parallel dazu andere Männer zu lieben. Zuerst Antonio, der mich auch zurückliebte. Realistisch betrachtet ähnelte diese Liebe allerdings einer Amour fou. Oder Gerald, von dem ich gehofft habe, dass er mich auch zurücklieben würde. Seine Aktionen interpretierte ich so. Er kam schließlich vorzeitig meinetwegen aus Australien zurück. Ich habe gehofft, dass er mich lieben würde, mich retten würde. Das hoffe ich noch immer.

Bei den praktischen Dingen unserer Trennung hat sich die Methode mit den abwechselnden Wochenenden im Haus sehr bewährt. Alles andere ist für uns nicht machbar. Martin bewohnt ein Zimmerchen auf einer Alm in der Nähe seiner Arbeit, circa eine Stunde mit dem Auto von unserem Haus entfernt. Vor einiger Zeit hat er seine Praxis in Bad Eichenfels verkauft und ist wieder angestellt. Florian hat ein dichtes Programm mit Training und Snowboardwettkämpfen neben der Schule, Sarah trainiert an den Wochenenden Eiskunstlauf. Das klassische Modell wäre für uns schlecht durchsetzbar. Wie sollen sie jedes zweite Wochenende nach Gastein pilgern, wo sollen sie dort wohnen und warum sollen sie aus ihren Routinen gerissen werden? Für meine freien Wochenenden, an denen Martin bei den Kindern ist, brauche ich allerdings eine feste Bleibe. Mittlerweile habe ich alle Freunde abgeklappert und jedes zweite Wochenende ins Hotel zu ziehen ist sowohl finanziell als auch mental auf Dauer nicht so toll.

»Ach das Nestmodell. Ja, das ist in Amerika schon verbreitet. Hier kennt man das eigentlich gar nicht. Das gibt nur Ärger, zum Beispiel, wenn der Mann das Haus nicht so sauber zurücklässt nach seinem Wochenende, wie die Frau es sich vorstellt.«

»Diese Rollen sind bei uns anders verteilt«, kann ich Christian mit einem innerlichen Lachen beruhigen. Martins Sauberkeitsstandards sind höher als meine, er wird sich eher aufregen, das Haus so dreckig vorzufinden. Das soll aber nicht mein Problem sein.

»Und du hast dann keine Privatsphäre. Wir können reinschreiben, dass das Schlafzimmer während Martins Anwesenheit verschlossen wird und er in der Einliegerwohnung nächtigt.« Christian nimmt es wirklich ganz genau. Es fehlt nur, dass er noch reinschreibt, wo der Schlüssel versteckt wird.

Unsere Scheidungsfolgenvereinbarung wird über acht Seiten lang. Aber das Wichtigste ist erst einmal, dass sie überhaupt unterschrieben wird. Mir geht das alles viel zu langsam.

»Wir können ja langsam den Druck erhöhen und einen Brief schreiben«, schlägt Christian als nächste Eskalationsstufe vor.

Mir steht der Sinn aber nach etwas mehr Druck als nur einem zahnlosen Zettel vom Anwalt. »Ich möchte lieber eine Scheidungsklage einreichen. Martin hat sich doch genug zuschulden kommen lassen.«

Christian holt mich so sanft wie möglich mit Unterstützung der betreffenden Paragrafen auf den Boden der Tatsachen zurück. Zur besonderen Abschreckung erzählt er mir von seinen schlimmsten Fällen und wie die Kinder darunter leiden. »Selbst im günstigsten Fall würde eine strittige Scheidung Jahre dauern.«

Nun, ich hatte eigentlich gehofft, dass es damit schneller gehen würde.

Und es kämen wohl erheblich höhere Anwaltskosten auf mich zu. »Seine erste Freundin zählt nicht mehr als Eheverfehlung. Das hast du verziehen, als du ihn wieder daheim aufgenommen hast.«

Ich wusste ja, dass das ein Fehler war. Ich hätte die Scheidung gleich durchziehen sollen.

»Und schließlich hattest du dann auch eine Affäre. Der Herr würde als Zeuge geladen werden.« Christian zählt immer mehr Gründe gegen die strittige Scheidung auf.

Das könnte lustig werden – Antonio vor Gericht in meinem Scheidungskampf. »Der kann aber kein Deutsch.«

»Dann würde ein Dolmetscher hinzugezogen werden.«

Das ist ja wie in einem schlechten Film.

»Die türkische Ärztin würde natürlich auch geladen.«

Was für ein Auflauf. Die Dame könnte den Auftritt immerhin zur Selbstdarstellung nutzen und auf Facebook einstellen.

»Und die Kinder müssten auch aussagen über die Zerrüttung der Ehe.«

O. k., ich gebe mich geschlagen: Wir arbeiten weiter an der einvernehmlichen Scheidung.

AUFBRUCH IN DIE KLEINE WEITE WELT

Das Zimmer wirkt riesig. Weiße Wände, alter Parkettboden, schön hell durch die zwei großen Fenster zum Hof hin. Genauso mag ich es. Das Bad – na ja … echt 60er mit den türkisen Fliesen und der Badewanne. An der Stange werde ich einen hübschen Duschvorhang anbringen. Immerhin eine kleine abgeteilte Küche, die ich nicht viel benutzen werde, aber ein Frühstück ist schon fein, bevor ich zur Arbeit fahre oder zum Wandern aufbreche. Und das ist das echte Plus an der Lage dieser Wohnung – fünf Minuten zu Fuß entfernt vom Wanderparkplatz.

Mein erstes eigenes Reich seit … ja, seit wie vielen Jahren eigentlich? Kurz vor Sarahs Geburt gab ich meine Wohnung in Anif auf und zog zu Martin ins Ferienhaus seiner Eltern, nach Kärnten. Im Nachhinein betrachtet erscheint es riskant, eine Familie mit einem Mann zu gründen, den man nur aus einer Wochenendbeziehung kennt, mit dem man noch nie zusammengelebt hat. Man sieht ja, was dabei herausgekommen ist.

Meine Stimmung neigt sich bedrohlich in Richtung Selbstvorwürfe. Ich habe den falschen Mann als Vater meiner Kinder ausgewählt. Noch schlimmer – ich habe den Auswahlvorgang nur sehr nachlässig vorgenommen. Jetzt müssen die Kinder leiden und ich bin schuld.

Stopp.

So einfach ist das nicht. Ich habe mein Bestes gegeben. Wieder singen Echt in meinem Kopf »Du trägst keine Liebe in dir«. Das hätte ich vielleicht in einem zweisamen Zusammenleben ohne Kinder nicht bemerkt.

Nun ja, wenn ich es wirklich hätte wissen wollen, hätte ich es wissen können. Wir waren schon einmal ein Jahr getrennt gewesen, noch lange vor den Kindern. Danach hatte ich die Beziehung wieder aufgenommen, ohne nur den Versuch einer Aufarbeitung zu machen.

Ich hatte es vorgezogen, das Bild eines Mannes zu lieben, das ich mir selbst gebastelt hatte.

Meine Stimmung neigt sich noch ein Stück weiter. Bald kann auch Echt nicht mehr helfen. Klar hat er mich nicht geliebt, ich hätte das rechtzeitig bemerken müssen. Vorzugsweise vor der Familiengründung. Den kleinen Stachel, den das fehlende »Ich liebe dich« über all die Jahre in mein Herz gegraben hat – kann etwas Fehlendes sich überhaupt eingraben? –, habe ich immer versucht zu ignorieren, weniger schmerzhaft zu machen: Er kann es nicht sagen. Er fühlt es ja, aber er kann es nicht ausdrücken. So sind die Männer halt. Das ganze »Ich liebe dich«-Gedöns ist ja sowieso eine Hollywood-Erfindung.

Martin bot auch eine ganz plausible Erklärung. »Sieh meine Taten«, pflegte er zu sagen, wenn ich seinen Mangel an Liebeserklärungen beklagte. Die da waren: mein Auto ein- und wieder ausparken, sämtliche Dienstleistungen in Haus und Garten. Die habe ich in der Tat zu wenig gewürdigt. Das habe ich spätestens ein paar Wochen nach seinem Auszug bemerkt.

Aber als Liebeserklärungen? Ich weiß nicht. Liebe sieht für mich anders aus. Das versuchte ich ihm in unseren letzten Diskussionen zu sagen. Ich kann alles outsourcen an bezahlte Dienstleister, Handwerker. Wenn ich das wirklich wollte, könnte ich auch das Auto einparken lassen. Ich wünsche mir von ihm das Einzige, das ich nicht outsourcen kann: geliebt zu werden.

Das hat er nicht verstanden.

Mit der fehlenden Liebe habe ich auch versucht, Dritten gegenüber das Scheitern unserer Ehe zu erklären. Lange Zeit galten wir als Vorzeige-Ehepaar. Selbst die Kindererziehung wurde geteilt – so ein moderner Papa. Ich hatte alles außer Liebe. Schon fängt Echt in meinem Kopf wieder an zu singen.

Ich packe weiter meine Kiste aus. Ein Wasserkocher und ein Toaster in knalligem Rot werden ein wenig Leben in die Küche bringen. Im Wohnschlafzimmer wird vorerst nur die rote Schlafcouch stehen. Und mein Esstisch mit vier Stühlen aus meiner Wohnung in Anif, meinem letzten eigenen Refugium, wird hier in meinem ersten eigenen Refugium nach vielen Jahren stehen.

Martin wird mir beim Transport und Aufbau der Möbel helfen. In letzter Zeit hat er sich sehr großzügig gezeigt, selbst die Miete hier hat er für sechs Monate übernommen. Was er sich wohl davon verspricht? Die Trennungsvereinbarung ist unterzeichnet und mit etwas Glück gibt es im nächsten Frühjahr einen Ge-richtstermin für die Scheidung.

Ich werde hier bewusst kein Internet haben, der Empfang über Handy ist auf der deutschen Seite auch sehr bescheiden. Die freie Zeit möchte ich zum Schreiben nutzen. Und zum Wandern. Und vielleicht bringe ich auch meine Gitarre hierher. Das wird mein Kreativ-Refugium werden.

Am Montag fahre ich zum ersten Mal von der Wohnung aus zur Arbeit. Die Ausfahrt ist ein wenig holprig. Ich muss aufpassen, den MiTo nicht aufzusetzen.

Hinter der Grenze im Ortsgebiet von Kleintarfing wird es mir ein wenig mulmig. Wird Martins Jeep in der Einfahrt stehen? Werden die Kinder gerade herauskommen auf dem Weg zur Schule? Als ich an meinem Haus vorbeifahre, sticht es wie beim Zahnarzt, wenn er mit seinem Häkchen einen maroden Zahn erwischt hat. Nur eine Etage tiefer, in der Brust, im Bauch. Was für eine Schnapsidee, die Wohnung an einem Ort zu nehmen, wo ich bei jedem Arbeitsweg an meiner Rest-Familie vorbeifahren muss.

AUSZEIT VOM AUFBRUCH

Ich umrunde den pompösen Glaspalast auf der Suche nach dem griechischen Konsulat. Hier muss ich bestätigen, dass ich als leibliche Mutter und Erziehungsberechtigte meinem Ehemann erlaube, ohne mein Beisein mit unseren Kindern nach Griechenland einzureisen. Heuer wird zum ersten Mal getrennt geurlaubt. Und das ist auch gut so. Wenigstens haben die Kinder zwei Urlaube. Ein weiteres Bootsdrama hat keiner der Beteiligten für erstrebenswert gehalten.

Am Abreisetag muss ich unbedingt weg sein, wenn Martin die Kinder abholt. Unterwegs mit Katharina nach Mailand, mich auf der Autobahn zum Flughafen in ihren stetigen Strom von Worten einhüllen lassen, nur nicht auf die Uhr sehen, nur nicht nachdenken.

»Jetzt kommt er gerade.«

»Jetzt laden sie das Gepäck ins Auto.«

»Jetzt parken sie am Flughafen.«

»Jetzt gehen sie zum Check-in.«

Nein, nichts von alldem werde ich denken auf dem Weg nach München, im blauen Punto von Katharina.

Genau die Katharina, die uns vor Kurzem noch gemeinsam mit Eloy im Tango Argentino unterrichtet hat. Damals hatten sie uns auch einen Stick mit Musik zum Üben für zu Hause mitgegeben. Nachdem wir unser Scheitern sowohl als Tanz- als auch als Ehepaar eingestanden hatten, habe ich Katharina auf WhatsApp gefragt, wie ich ihr den Stick mit der Tangomusik zukommen lassen soll. Wir kommen nicht mehr zum Tangounterricht, weil wir uns getrennt haben, schrieb ich ihr. Katharina schlug ein Treffen in einem Kaffeehaus vor. Sie fand sehr mitfühlende Worte für meine Situation. Und ließ mich wissen, dass sie in derselben Situation sei. Eloy und sie sind auch getrennt.

Seither bilden wir eine kleine Schicksalsgemeinschaft. Wir beide gegen alle Narzissten dieser Welt. Katharina arbeitet als Schulpsychologin in Salzburg und nähert sich dem Ganzen mit wissenschaftlicher Perspektive. Während ich bisher mit einer Liedzeile von Echt das Auslangen finden musste, bereitet Katharina ein ausführliches Psychogramm ihres Ex-Partners auf.

Ich lerne mehr über Narzissten, als ich jemals wissen wollte, und je länger ich über Martin nachdenke, desto besser passt auch er in diese Schublade. Wenn nicht, dann wird er eben passend gemacht. So ergibt im Nachhinein gesehen vieles Sinn. Nein, nicht der klassische, laute, selbstdarstellerische Narzisst – so einem wäre ich niemals auf den Leim gegangen. Es gibt auch die ruhige Variante. Stundenlang können wir uns über unsere Ex-Partner auslassen. Diese Psychohygiene tut richtig gut.

Und ich probiere etwas für mich früher Unvorstellbares – ich tanze mit einer Frau. In meiner kleinen konservativen Welt haben das nur die Verzweifelten getan, die gern getanzt hätten, aber keinen Mann abgekriegt haben.

Katharina findet es traurig, dass ich nur wegen meiner Scheidung mein Tangotalent verkümmern lasse, und unterrichtet mich in meiner neuen Wohnung. Tango ist schließlich eine ganz eigene faszinierende Welt. Auf den Milongas genannten Tangoveranstaltungen werden die Paare bunt durchgemischt, auch Unbekannte zum Tanzen aufgefordert. Das ist nicht so langweilig wie beim klassischen Gesellschaftstanz, wo jeder nur mit seinem Partner tanzt und maximal noch die Schwiegermutter auffordert, weil der Schwiegervater es an der Hüfte hat. Ich muss nur noch ein wenig lernen und üben, dann kann ich auch in die wundervolle Welt der Milongas eintauchen. Katharina ist einstweilen so nett und tanzt den Herrn für mich.

In Teisendorf ist ihr der Partner zum Unterrichten ausgefallen. Sie bittet mich, einzuspringen. Als Dame hat man ja einen großen Vorteil beim Tanzen mit einem Herrn, der sehr gut führt: Man muss so gut wie gar nicht tanzen können, sondern sich nur führen lassen. Zwischendurch werde ich sogar von einem mir unbekannten Herrn aufgefordert. Es stimmt offensichtlich, was man sich erzählt von der schönen, offenen Tangowelt. Für den zweiten Teil der Tangostunde trifft aber seine Partnerin ein und ab jetzt tanzt er mit ihr. Nun ja. Eigentlich hat er mir eh nicht gefallen.

Nun verbringe ich mit Katharina drei Tage in Mailand. Wir wohnen in einem Airbnb, das diesen Namen wirklich verdient. Kein steriler Raum, der eigentlich ein verkleidetes Hotelzimmer ist und der lokalen Bevölkerung den Wohnraum entzieht, sondern die Wohnung von Giovanni, der gerade nicht da ist. Wir residieren inmitten seiner persönlichen Dinge: Von den Fotos lacht er mit seiner Freundin, die vielen Bücher zeugen von seiner Belesenheit. Die Erdgeschosswohnung war früher ein Ladengeschäft: Straßenseitig ist ein schweres Rolltor geschlossen, hofseitig sollen dicke Stäbe in den Fenstern die Einbrecher abhalten.

Giovanni übergibt uns den Schlüssel persönlich, zusammen mit einer Flut an Informationen. Das ist etwas ganz anderes als diese Schlüsselboxen, die man in Salzburg an den Hauseingängen sieht. Er fährt jetzt in Urlaub und für unsere Abreise müssen wir uns folgendes Prozedere merken: Der schwere Schlüssel wird in ein Geschirrhandtuch gewickelt und mit Schwung durch das offene WC-Fenster zwischen die Gitterstäbe hindurch nach innen geworfen. Wir müssen daran denken, vorher den Klodeckel zu schließen. Schlüsselübergabe auf Italienisch.

Nach den Übergabeformalitäten und Wegbeschreibungen machen wir uns zu Fuß in Richtung Dom auf. Die Lage der Wohnung ist genial. Unterwegs kommen wir an einem riesigen Park vorbei. Sehr schön, hier kann ich morgen früh joggen gehen. So ganz konnte ich mir Giovannis Beschreibungen nicht merken, vielleicht lässt mich aber auch mein Italienisch im Stich. Ich schlage den integrierten Stadtplan des kleinen Reiseführers auf – und sehe nur verschwommene Striche und Punkte. Das gibts doch nicht! Von einem Tag auf den anderen hat die Altersweitsichtigkeit zugeschlagen. Dafür ist es doch viel zu früh. Ich bin viel zu jung, mit meinem kurzen Kleidchen und den High Heels (die hier auf dem Kopfsteinpflaster zugegebenermaßen etwas unbequem sind) fühle ich mich in der Blüte meines Lebens!

Ich fotografiere den Stadtplan und zoome ihn auf lesbare Größe heran.

Am Abend lassen wir uns durch Brera treiben und ehrfurchtsvoll sehe ich hoch zum gläsernen Turm eines der zahlreichen Bürogebäude. Was für ein Arbeitsplatz! Ich stelle mir vor, wie ich hier aus der Bürotür trete und mich vom Mailänder Nachtleben empfangen lasse. Das ist einmal mein Plan gewesen. Ein Leben in Italien. Mir erschien der Plan sogar einigermaßen realistisch, realistischer als die gemeinsame Pension am Meer mit Antonio. Trotzdem muss ich gestehen, dass der Plan doch mit meiner italienischen Affäre zu tun hatte.

Das Unternehmen, bei dem ich arbeite, bot damals ein feines Expat-Programm. Zwei Jahre in einem anderen Land arbeiten, einmal im Monat wird der Heimflug bezahlt. Sarah zieht mit siebzehn zum Studium weg und Florian möchte dann ins Internat, um nicht mehr die Fahrerei zum Sportgymnasium zu haben. In Gedanken zog ich schon nach Italien um. Mittlerweile ist Antonio genauso Geschichte wie unsere Firma, die an einen französischen Konzern ver-kauft wurde.

Nichts ist so beständig wie der Wandel. Diese Plattheit wird mir beim Anblick des Turmes so richtig bewusst. Nicht einmal vor meiner Sehstärke hat der Wandel halt-gemacht. Bei all den Turbulenzen der letzten Jahre bin ich nie dazu gekommen, mich mit meinem Alter zu beschäftigen. Und auch jetzt schiebe ich den Gedanken ganz weit weg.

In der ersten Nacht in Mailand finde ich lange nicht in den Schlaf. Unruhig wälze ich mich im Bett. Die Wohnung ist so groß, dass jeder ein eigenes Zimmer bezogen hat. So störe ich Katharina wenigstens nicht.

So schön der Städtetrip mit einer Freundin auch ist, meine Gedanken schweifen zu meiner Familie, be-geben sich auf die Reise über das Wasser und landen beim Boot. Die Krake Selbstmitleid will sich meiner bemächtigen, streckt ihre Tentakel nach mir aus. Ich versuche, mich zu wehren, will mich nicht geschlagen geben. Es gibt so vieles, wofür ich dankbar sein kann: meine Eltern, die mir über schwere Zeiten geholfen haben, meine Kinder, meine Freunde, die für mich da sind, und letztendlich muss ich sogar Elif dankbar sein. Durch die skurrilen Situationen seit ihrem Auftreten in unserem Leben hat sie dafür gesorgt, dass wir uns aus unseren Verstrickungen lösen und uns endlich freilassen können. Mit dieser Dankbarkeitsübung schlafe ich endlich ein.

Als das erste Licht durch die Fenster schimmert, stehe ich auf und ziehe meine Laufsachen an. Katharina schläft gern lang, sie wird mich nicht vermissen, wenn ich eine Runde durch den Park laufe.

Die Bewegung tut mir gut. Ich bin beeindruckt von der außergewöhnlich schicken Sportkleidung der italienischen Joggerinnen – und deren Kondition. Ich bin nicht nur die am schlechtesten gekleidete, sondern auch die langsamste Läuferin hier. Aber immerhin laufe ich. Und spüre mich dabei. Auf dem Rückweg zur Unterkunft halte ich an einem kleinen Café. Ich gönne mir einen Cappuccino, sitze an der Straße und freue mich. Ich bin in Mailand, die Sonne scheint, aber es ist nicht zu heiß. Ich bin eine Runde durch den Park gelaufen und gleich werde ich meiner Freundin eine Freude mit einem Cappuccino to go machen. Das Leben ist schön.

FINALE

»Ich verstehe nicht, warum ich überhaupt Unterhalt zahlen soll«, sagt Martin.

Sofort bin ich wieder auf hundertachtzig. Wie gut, dass Christian die Verhandlungen führt. Ich muss eigentlich nur dabeisitzen und mich möglichst ruhig verhalten. Aber das fällt mir nicht leicht. Jeder normale Mensch weiß, dass er Unterhalt an die Kinder zu zahlen hat bei einer Scheidung, aber Martin ist natürlich zu knausrig dafür und fühlt sich schon wieder beklaut und betrogen.

»Aus Ihrer Sicht kann ich das natürlich verstehen.« Christian klingt salbungsvoll und ruhig wie ein Pfarrer beim Sonntagsevangelium.

Die Strategie ist genau richtig. Martin fühlt sich abgeholt und kommt ein wenig aus seiner Abwehrhaltung.

Jetzt setzt Christian zu einer Erklärung an. »Jede Causa hat drei Seiten, sagen wir immer. Eine rechtliche, eine wirtschaftliche und eine menschliche. Und von der menschlichen Seite her betrachtet, kann man sagen, alles kommt zu einem zurück. Wenn Sie jetzt großzügig sind, kommt das immerhin Ihren Kindern zugute und kommt vielleicht in irgendeiner Form wieder zu Ihnen zurück.«

Der Typ ist echt sein Geld wert. Wenn er mit den Paragrafen um sich geworfen hätte, nach denen der Kindcsuntcrhalt zu zahlen ist, hätte Martin sich noch mehr verschanzt. So kann er sich jetzt als der großzügige Mensch fühlen, als der er sich selbst gern sieht.

Wir nähern uns tatsächlich Schritt für Schritt einer Lösung. Das ist auch dringend erforderlich, denn als Martin vor einer halben Stunde schon einen Break machen und den Rest der Verhandlung auf einen nächsten Termin vertagen wollte, sagte Christian: »Wir gehen hier heute erst mit einer fertigen Lösung raus.«

Wir kommen tatsächlich zu einem Ergebnis. Die Scheidungsfolgenvereinbarung ist fertig. Wir haben endlich festgehalten, wie viel Unterhalt Martin für die Kinder zahlen wird und wie wir das Vermögen aufteilen. Ich habe mich mit dem Nestmodell durchgesetzt, die Kinder bleiben also im Haus, während Martin und ich uns mit der Betreuung abwechseln. Gemeinsam mit den Kindern werde ich im Haus wohnen bleiben, bis Florian neunzehn ist. Auch was danach mit dem gemeinsamen Haus passieren wird, ist bis ins kleinste Detail geregelt, aber das kümmert mich jetzt wenig. Wenn die Kinder weg sind, ziehe ich sowieso aus dem Riesenteil in unpraktischer Lage aus.

Mit gemischten Gefühlen verlasse ich die Anwaltskanzlei und gehe die paar Schritte durch die herbstliche Kühle in der Dunkelheit zu meinem Auto. Ich bin erleichtert, dass die Verhandlungen jetzt beendet sind. Und dass Martin sich überhaupt zu den Scheidungsverhandlungen eingefunden hat. Es geht voran. Das ist gleichzeitig das Traurige daran.

ALLER ANFANG IST LEICHT

So richtig gut sieht das nicht aus. Jedenfalls ganz anders als auf den Fotos. Auch das Handling ist viel schwieriger, als ich gedacht habe. Vielleicht sollte ich sie noch einmal waschen? Ein Blick auf die Uhr sagt mir: Dazu ist keine Zeit mehr. Ich muss das jetzt so hinkriegen. Ich habe viel zu wenige Hände dafür, zwei reichen einfach nicht. Ständig löst sich eine Strähne aus dem Haarglätter. Zu Hause habe ich es auch schon mal versucht und als Sarah das Ergebnis sah, kam ein ernüchternder Kommentar: »Bind sie dir zusammen.«

Das ist heute keine Option. Unbedingt muss ich aussehen wie auf den Fotos vom Shooting. Zumindest sollte ich den Fotos einigermaßen ähnlichsehen. Es ist schließlich mein erstes Date als freie Frau. Nun ja, als fast freie Frau. Der Gerichtstermin wird erst nächstes Frühjahr sein, aber die Trennungsvereinbarung ist unterschrieben. Ich habe nun die Lizenz zum Daten. Und nicht nur das: Ich fühle mich auch wieder dazu in der Lage, einen fremden Mann kennenzulernen. Ich habe komplett mit allem abgeschlossen, meinem Mann, meiner Affäre, meinen Hoffnungen auf eine Beziehung mit Gerald. Ich bin frei.

Immerhin liegen die Verhandlungen schon einen Monat zurück.

Vielleicht sollte ich die gleiche Bluse anziehen wie auf den Fotos? Ich hatte die Bilder des Shootings auf

PaarGlück gestellt. Man will sich ja schließlich von seiner Schokoladenseite zeigen und das sind definitiv die besten Fotos, die je von mir gemacht wurden. Möglicherweise nicht komplett authentisch und für mich nicht ganz einfach, diesem Bild beim Date gerecht zu werden. Aber zuerst ist es wichtig, überhaupt ein Date zu erhalten. Ein Bild sagt mehr als tausend Worte, heißt es schließlich.

Nein, nicht die Bluse. Das wirkt, als hätte ich sonst nichts anzuziehen. Das ist vielleicht außerdem overdressed. Ich entscheide mich für einen schlichten schwarzen Rolli und Jeans.

Jetzt noch das Make-up. Das ist fast genauso schwierig. Wimperntusche, Lipgloss und abdeckendes Puder sind normalerweise mein absolutes Maximum. Außer natürlich zum Ausgehen mit Sabrina, aber da ist es dunkel. Da trage ich großzügig Lidschatten auf, wie ich es beim Shooting gelernt habe. Das finde ich für einen Kaffeehausbesuch mitten am Tag nicht ganz angemessen.

Als das Make-up im Gesicht klebt, habe ich das Gefühl, keine Luft zu bekommen. Aber da muss ich jetzt durch. Zur Not müsste mein Date mich wiederbeleben. Das Licht hier im Badezimmer ist auch nicht ideal, das sollte in der neuen Wohnung besser sein. Eine eigene Wohnung – das war mein Traum. Hier in dieser Mietwohnung würde ich keinesfalls eine neue Lampe installieren, der Duschvorhang von IKEA war das absolute Maximum gewesen. Diese Wohnung war ein Babyschrittchen in die Freiheit gewesen, nicht mehr. Ich muss unbedingt raus aus dem Dunstkreis des Familienhauses. Jetzt fahre ich nicht nur zum Arbeiten in die Stadt, sondern auch zum Daten und jedes Mal an meinem Haus vorbei. Wandern hin oder her. Ich will in die Stadt ziehen, nach dem Ausgehen zu Fuß nach Hause gehen, so wie in meiner Hotelnomadenzeit. Nicht an Haus und Kindern und Ex-Mann vorbei. Zur Übung bezeichne ich ihn schon einmal so, auch wenn die Scheidung noch nicht durch ist. Ich will mich zwingen, den Kopf geradeaus zu halten an der betreffenden Stelle (soll man ja eh beim Autofahren), und schiele dann doch leicht nach links, um vielleicht einen Blick auf das Geschehen oder zumindest die parkenden Autos zu erhaschen.

Wenn ich zu Hause bei den Kindern und dem Kater bin, dann bin ich das mit Leib und Seele. Aber wenn ich mein freies Wochenende oder meinen freien Abend habe, dann möchte ich, dass nicht nur mein Leib, sondern auch meine Seele frei hat, dass die beiden sich in Einklang an einem Ort befinden.

Langsam steigt die Aufregung. Ich schlüpfe in meine Schuhe, nehme die Handtasche und verlasse die Wohnung. Die Vermieterin, eine rüstige Dame jenseits der achtzig, hat nicht auf einem Namensschild neben der Tür bestanden. Ich wusste beim Einzug schon, dass ich nicht lange bleiben würde. Ob ich auf eine Wunderheilung meiner Ehe oder den Spontaneinzug bei einem neuen Partner (spekulierte ich damals immer noch auf eine Beziehung mit Gerald?) oder eine tolle neue Wohnung für mich hoffte, war mir selbst nicht klar gewesen. Ich wusste nur, dass ich nicht in diesem Haus der Gestrandeten bleiben würde. Auch nicht für die durchschnittlich sechs Nächte pro Monat.

Vielleicht ist das Jammern auf hohem Niveau. Eine Wohnung zu mieten, in der man nur so wenig Zeit verbringt, zeugt zumindest von finanziellem Luxus. Mir ist durchaus bewusst, dass mein Ex-Mann (flutscht doch schon, die Bezeichnung) diesen Luxus nach der Scheidung nicht mehr finanzieren wird. Ich bin erstaunt darüber gewesen, dass er die ersten sechs Monate hier freiwillig bezahlt hat. Ich habe ihn nicht nach seinen Beweggründen dafür gefragt. Vielleicht hoffte er auch auf eine Rettung unserer Ehe, getreu seinem Mantra: »Sieh es an meinen Taten.« Vielleicht war er auch froh, dass er sich um nichts kümmern musste, dass ich die Besuchszeiten bei den Kindern zur Zufriedenheit aller regelte.

Er war mit der Renovierung von Elifs Praxis und der Kommunikation mit seinen Engeln mehr als ausgelastet, das merkte ich deutlich bei unseren wenigen Kontakten.

Ich hole meine Gedanken wieder in die Gegenwart. Und schicke sie von da gleich weiter in die Zukunft. Dort wartet Wunderbares auf mich, davon bin ich überzeugt. Aktuell wartet auf mich ein wunderbares Date – und das werde ich genießen.

WIE GEHT ES WEITER?

Wird Julia die erhoffte Liebe finden? Wie geht es mit ihrer Selbstachtung weiter? Wird sie alte Fehler wiederholen oder neue machen? Das könnt ihr im zweiten Teil lesen.

Auf meiner Website www.julia-landers.com erfahrt ihr mehr über mich und meine Bücher.

Wenn ihr euch dort zum Newsletter anmeldet, könnt ihr den aktuellen Stand meiner Projekte verfolgen und außerdem eine Gratisgeschichte lesen.

DANKE ...

… an meine lieben Testleserinnen Veronika, Christina und Ulli. Ohne euch gäbe es dieses Buch nicht. Und an meine Lektorin Mona, die mit anfeuernden Kommentaren die Zweifel einer Debütantin zu zerstreuen weiß.

Danke auch dafür, dass du bis hier gelesen hast.

Ich freue mich, wenn dir das Buch gefallen hat. Ganz besonders freue ich mich, wenn du das Buch bewertest, damit auch andere es für sich entdecken können.